知库

文学与艺术

—

张炜研究

（第一辑）

主　编：瓦　当
副主编：李士彪　路翠江　陈　佳

新华出版社

图书在版编目（CIP）数据

张炜研究. 第一辑 ／ 瓦当主编 . —北京：新华出
版社，2022. 8
ISBN 978 - 7 - 5166 - 6474 - 2

Ⅰ . ①张… Ⅱ . ①瓦… Ⅲ . ①张炜—文学研究 Ⅳ.
①I206. 7

中国版本图书馆 CIP 数据核字（2022）第 179155 号

张炜研究. 第一辑

主 编：瓦 当

责任编辑：张 谦 封面设计：中联华文

出版发行：新华出版社
地 址：北京石景山区京原路 8 号 邮 编：100040
网 址：http：//www.xinhuapub.com
经 销：新华书店
购书热线：010-63077122 中国新闻书店购书热线：010-63072012

照 排：中联学林
印 刷：三河市华东印刷有限公司

成品尺寸：170mm×240mm
印 张：16. 5 字 数：279 千字
版 次：2023 年 4 月第 1 版 印 次：2023 年 4 月第 1 次印刷

书 号：ISBN 978 - 7 - 5166 - 6474 - 2
定 价：95.00 元

编 委 会

目 录
CONTENTS

第一编 小说研究

第二编　儿童文学研究

第三编　诗歌研究与综合研究

第四编　自述与访谈

01

小说研究

向原生复归，使精神复魅

——试析张炜《九月寓言》的生态内涵

张　玉

摘要： "融入野地"是张炜一贯秉持的小说创作态度，在《九月寓言》中小村人与工区人持续的矛盾冲突以及小村人质朴自然的生活态度展现出张炜对现代工业发展所带来的负面影响的不满以及"融入野地"的决心，而小说批判当下个人中心主义的贪婪、借助复魅唤醒现代人内心信仰，呼吁人与自然和谐共存成为张炜达成"融入野地"愿景的主要途径。

关键词： 张炜；九月寓言；融入野地；生态内涵

《九月寓言》是张炜将视角转向土地与人性后写出的作品之一，小说讲述的是海边平原上一个外来户组成的村庄，村民从很远的地方迁徙而来，他们在艰苦岁月里认真地劳动、生活；小村附近的工区人对小村人充满不满，甚至嘲讽小村人为鲼鲅（一种深海毒鱼），最终故事以工区人修筑的煤矿伸向小村地底，煤矿坍塌，小村瞬间覆灭的悲剧结局。故事秉持着张炜"融入野地"的书写态度，作家用深沉的笔调表达其自身在孤独中对诗意精神世界的找寻、在矛盾中对淳朴自由人性的坚持。张炜站在大地中央，"跋涉、追赶、寻问——野地到底是什么？它在何方？野地是否也包括了我浑然苍茫的感觉世界？"① 张炜自始至终都未停止寻求更完整、澄明的"野地"，这一意象既单纯又丰富。

从对自然的回归与共生之中，我们能感受到张炜"融入野地"最基本的思想支撑，即是与自然的平等对话、对精神的原生回归，这是张炜"知识分子"的意识。当今社会人，却对本应敏感的生存问题麻木不仁。《九月寓言》中工区人对自然的贪婪掠夺，在现实社会比比皆是，大气污染、水污染等一系列环境问题接踵而至，自然资源在时代车轮呼啸向前时被蹂躏、被碾压，

---

① 张炜：《散文精选·融入野地》，山东友谊出版社，1993 年版。

人的精神被物质层层包裹卷挟，长此以往，"野地"何在？思想何在？张炜借《九月寓言》为麻木不仁的现代人拉响警钟。

一、于"融入野地"中展现生态整体思想

《九月寓言》中小村人从外地迁入，与土地的亲疏关系呈现出两种动态情况：其一是小村人由外地迁入，世世代代在小村这片野地上扎根，在荒原上"奔跑"、劳作，如少男少女们整夜在荒原中奔跑、"肥"的父亲死后还幻作鬼魂在村口晃悠、村中的忆苦活动等都足足显示出村民对土地的热爱；其二是个别小村人尝试脱离土地，亲近工区人、事，皆尝苦果，终又返回小村，如妇女到工区澡堂洗澡被偷看后自我羞愧、三兰子遭语言学家抛弃后返村，赶鹦遭工程师戏弄返村等。在这两种选择与运动中，"土地"始终是小村人的归宿，正如王安忆在其小说讲稿《心灵世界》中提及，小村人的外号"鲅鲅（一种剧毒的海鱼）"怀疑是"停吧"的谐音①，即小村人停留在这片近海的土地上，"融入野地"的姿态在这群奔跑着的小村人身上体现得淋漓尽致。而使小村人持续"融入"的缘由是人与土地的整体关系。

这种整体平衡状态首先体现在人与土地交互的物质层面上。九月的土地满足小村人所有的欲望：饿了便从土地里扒瓜干，地里的瓜干是村民全部的吃食；冷了，白毛毛花绒给小村人当棉袄被子御寒；烧胃的瓜干进肚，"热力顺着脉管奔流，又从毛孔里涌出"②，化成力气，人们便在土地上尽情奔跑、耕地做活，与地里的"精灵"鼹鼠嬉闹。土地提供生存物质，小村人呵护土地。这种最原始的人与自然的互动状态使人与自然相融从而构成一个和谐的整体。

在物质层面上，土地给予村民以食粮与生存场地，但当"生存"向"生活"进发时，小村人依旧有数不清的苦难阻隔。小村人"融入野地"同样需要一种精神力量来调和。"忆苦活动"是小村人精神层面上的自我慰藉，村民们热爱的"忆苦"活动是借助金祥、闪婆对祖辈与自身苦难的迁徙历史的追溯，来感恩自然给予的馈赠，满足现实拥有。过往更艰辛的苦难弥补了现实

---

① 王安忆：《心灵世界：王安忆小说讲稿》，复旦大学出版社，1992年版。
② 张炜：《九月寓言》，上海文艺出版社，1993年版。

生存的伤痛，同时换取对现有生存状态的满足使小村人心甘情愿归属于这片土地，在这片土地上生活、奔跑。从精神层面上的协调可以看出小村人并未将现实生存的种种苦难归咎于沉默的土地，归咎于生活上的原生态，并企图以高于土地的身份去改造、开发土地，而是从反思历史的角度，接受苦难，感恩土地所给予他们的一切，并继续保持与土地的亲密关系。

面对生存问题，张炜笔下的小村人有海明威小说里硬汉形象的影子，坚韧地承受着一切，不同的是，《老人与海》中圣地亚哥以个人为中心，与自然对立，征服欲充斥人物内心。但《九月寓言》中的小村人却与自然共存：土地为小村人提供物质与精神食粮，小村人也终生感恩这片土地，融入这片土地。物质与精神上人与自然融于一体时的平衡与安稳使小村人坚持"融入野地"的选择。人与自然相融的生态整体主义思想在小说行文中得以升华。

二、在小村挽歌中控诉个人中心主义

小说中小村与工区的矛盾自始至终都存在。一方面是小村人所诟病的工区人作风问题，工区人偷小村人的鸡，自此"工厂阶级儿"便被戏称之为"工厂拣鸡儿"、工区人嘲笑小村人为鲅鲅（一种深海毒鱼）使小村人心存芥蒂、工程师戏弄赶鹦、语言学家抛弃三兰子、喜年眼睛被工区人弄瞎等等。这一系列矛盾冲突显现在文本中，也印刻在淳朴本真的小村人心间。

作者在批判工区现代人贪婪、自私的同时时刻在挖掘更大的矛盾即工区煤矿与小村土地之间的矛盾，但值得注意的是小说中小村人对于这件"大事"，并没有像第一层矛盾那样表现出激烈的反抗，而是对煤矿这一庞然大物充满着未知的疑惑与恐慌。作者笔下小村人的这种反应并非是全然接受现代工业对于他们生活的改变，而是在迷茫中显示出一种无力感，无法扭转也不知所措。小村人这种面临现代工业却茫然无措的表现，更深刻地表现出小村人的淳朴、单纯、与自然相融，更直观地暴露出工区人为自身利益不惜损害自然、利欲熏心的丑陋面。而作者作为文章全局的把控者，同情淳朴的小村人，怜惜现代工业科技糟蹋的自然，全然站在小村人一旁，以一个"过来人"的经验笔法为小村人发声，这一层的抵牾在张炜毫不留情地批判现代科技工业、批判现代人性欲望中展开。小说一浅一深两重抵牾深刻揭露了现代人被物质所玷污的灵魂深处的贪婪自私，批判了现代工业科技侵犯自然的无理性与肆意性，当今社会，现代工业犹如病毒一般以不受控制的速度肆意扩张。人们完全将自然视为可以进行无限掠夺的开发地，欲望已经不再局限于工区人唾手可得的一个个"黑面肉馅饼"那么简单，它犹如洪水猛兽一般无法遏止地吞噬地球上其他的存在。

小说最后，工区与小村的现实矛盾最终被打破：地下煤矿将地底凿空，导致地上的小村全然坍塌覆灭。作者笔下，这个结局似乎是无法逆转的现实：在小说的最后一部分，少白头龙眼这一人物，恰如张炜所赋予的人物名一样，即"龙的眼睛"，实际也是作者的化身，地下煤矿中龙眼主动央求去凿洞子，他在小村地下摸索，眼前出现先人祖辈们迁徙扎根的历程，耳畔响起妈妈传唤的声音，明知无法逆转，只能将自己定义为有罪，在自己熟悉的土地下，与土地一起毁灭。作者借龙眼的主动行为阐释自身创设结局的无可奈何，身处现代工业化时代的作者，明知科技力量的强大与人性欲望的可怕，却也束手无策，只有贴近自然，融入野地，与土地共存亡。

在小说的开头，便以"老年人的叙说既细腻又动听……"① 将悲剧结局向读者揭示出来："一切都消失殆尽，只有燃烧的荒草。"② 小说惨痛的结局警示现代将自然作为掠夺对象的贪婪人类，如不加以克制，小村的故事注定是人类未来的悲剧。

三、借复魅寓言重构现实乌托邦

随着17、18世纪西方启蒙运动的发展，科学思想为人类打开了未知世界的大门，人们逐渐用理性代替想象，社会发展走向祛魅。启蒙所伴随的祛魅延传至今，人类生活的物质品质不断提升，但与此同时，人类精神与自然生态却持续面临危机：先前的乌托邦设想在当今科技社会中已经很大程度上获得实现甚至超越，从生活起居到医疗卫生，科技在带给人类十足的物质满足感的同时也削弱了人类对乌托邦的更深层次的欲求。人类一直处于达成目的的路上，也忘记对自身精神的抚慰；在实现欲望的过程中，人类中心主义思想不断蔓延，毫无节制的工程、计划导致一系列环境问题、生存危机，人类

---

① 张炜：《九月寓言》，上海文艺出版社，1993年版。
② 张炜：《九月寓言》，上海文艺出版社，1993年版。

生存空间受到威胁。

"祛魅祛除了千万年来沉积在人类心中的愚昧和迷信；同时也祛除了人性中长期守护的信仰与敬畏"①。如何关照当下人的精神生活状态与自然生态状况，是如今亟待解决的问题。张炜在《九月寓言》中便通过一系列"复魅"因素来重构小说人物对自然的敬畏，唤起读者对精神世界上的关注：在小说中出现一系列神奇现象，男性金友乳房喷乳汁、金祥寻鳖子归途中遇见黑煞，龙眼妈喝农药自杀不仅没死反倒将胃里的污物全部吐出……作者掺入神话要素增添了故事中自然世界的神秘感，也是张炜期待跳出现实中被科学技术解释过改造过的透彻的物质世界，保持内心对自然单纯的敬畏与崇敬，入驻精神乌托邦。

张炜使小村存在于现实社会中，却不点明故事发生的确定时段，对自然的那份敬畏与信仰，使小村人的某些思想依旧如同处于蒙昧社会一般，与工区人思想状态截然相反。"复魅"不仅表现小村人的单纯质朴，也展现张炜对当今现实世界人类生存困惑的消解：老人死后魂灵常在村边晃悠，露筋与闪婆在山洞河边度过美好时光体现了小村人对大地的迷恋、热爱与融入；憨人爸常常与动物对话，表现出人与动物关系的平等状态；金祥讲述地主因贪婪成性，陷害自己的猴子精妻子实则是批判当今社会，人类物质条件充足却背弃自然，侵犯自然的恶性……基于种种神奇现象，小村人所做出的反应是保持一颗敬畏之心，与自然进行单纯交流，无丝毫人类中心的野蛮姿态。张炜借助"复魅"在这个海滨小村中营构了一个生态乌托邦。

值得注意的是小说中有一个贯穿始终的神话形象，小村三宝之一的赶鹦，她是村里红小兵的女儿，说着数来宝，带领少男少女在夜晚不停地奔跑，"一双怞动不停的圆腿，辫子粗粗，长可及臀"②。"讽刺不断地趋近于神话，重又隐约地显示出古代祭祀仪式和垂死神祇的轮廓。"③ 而赶鹦，无疑是张炜为故事的讽刺结局所设置的贯穿始终的人物形象。在小说结尾处，小村幻灭之际，"一匹健壮的宝驹甩动鬃毛，声声嘶鸣，怞起长腿在火海里奔驰"④。赶鹦化作一匹宝驹现身于覆灭的小村之上，在火海中奔驰，弗莱在《批评的解

---

① 鲁枢元：《生态文艺学》，陕西人民教育出版社，2000 年版，第 81 页。

② 张炜：《九月寓言》，上海文艺出版社，1993 年版。

③ ［加］诺思罗普·弗莱著，陈慧、袁宪军、吴伟仁译：《批评的解剖》，百花文艺出版社，2006 年版。

④ 张炜：《九月寓言》，上海文艺出版社，1993 年版。

剖》中提道"火的象征常常是破坏性，并不乏讽刺意味的。上苍实际指天空，那里有日月星辰等炽热的天体，人们通常把它视为即是神谕世界的天堂，或视之为通往天堂的途径。神祗总是在火中出现，四周簇拥着火的天使和光的天使"①。毋庸置疑，小村覆灭、宝驹现身火海的结局是张炜对工区人贪婪无节制地开发自然的讽刺；但从结局中看出，张炜不仅仅只沉溺于对工区人贪婪自私的批驳上，宝驹在火海中跳跃，"它的毛色与大火的颜色一样，与早晨的太阳也一样"②。早晨的太阳是自然精灵的美好样貌，同样也是作者对现世生存困惑的消解：尽管小村与工区的矛盾以悲剧收场，土地被现代化煤矿毁灭，精灵依旧如太阳般存活于世间。时光的碾盘犹如往回拨转了好久，又回到充满神话信仰的启蒙时代以前……

张炜借"寓言"一词来命名小说，实际上是极具讽刺性与教育性的。一方面作者作为讲故事的人，借助海滨小村故事中奇特的幻想成分、夸张的人物动作、曲折的故事情节、悲惨的覆灭结局阐明自身立场，另一方面也在努力让麻木的现代人清醒：人类是自然的一员而非主宰，对自然怀有敬畏之心的灵魂才是真正生动的。

参考文献：

［1］鲁枢元. 生态文艺学［M］，西安：陕西人民教育出版社，2000年版.

［2］王安忆. 心灵世界：王安忆小说讲稿［M］，上海：复旦大学出版社，1992年版.

［3］王诺. 欧美生态文学［M］，北京：北京大学出版社，2011年版.

［4］叶舒宪. 文学与人类学［M］，北京：社会科学文献出版社，2003年版.

［5］张炜. 九月寓言［M］，上海：上海文艺出版社，1993年版.

［6］张炜；散文精选·融入野地［M］，济南：山东友谊出版社，1993年版.

［7］［加］诺思罗普·弗莱著，陈慧、袁宪军、吴伟仁译：批评的解剖［M］，天津：百花文艺出版社，2006年版.

---

① ［加］诺思罗普·弗莱著，陈慧、袁宪军、吴伟仁译：《批评的解剖》，百花文艺出版社，2006年版。

② 张炜：《九月寓言》，上海文艺出版社，1993年版。

张炜小说的魔幻叙事及其价值意义

——以《蘑菇七种》《九月寓言》《刺猬歌》为例

陶君艳

摘要：张炜是当代中国一位极其重要的作家，其小说创作因对魔幻世界的描摹和神话传说的化用以及夸张、荒诞手法的运用而呈现出明显的魔幻叙事特征。而这一叙事特征的建构则是由拉美魔幻现实主义的影响和中国本土文化的熏陶共同促成的。通过魔幻叙事，一方面使其作品凸显出独特的思想指向和审美价值，并对当代文学及其创作具有一定的启示意义；另一方面作者则更好地完成了对当下社会和人类生存问题思考。

关键词：张炜小说；魔幻叙事；拉美魔幻现实主义；本土文化

被誉为"大地守夜人"的张炜，几十年来孜孜不倦地书写着他所痴爱的土地与大自然，作为一位大地的歌者，将胶东半岛绚丽迷人的风景画卷般地展示在读者面前。追求现代化是时代大趋势，然而这一进程带来发展与便利的同时，也产生了巨大的负面影响，对农业文明的入侵造成了环境破坏、资源浪费。物欲社会摧毁了原有的价值体系，人的道德感下降，精神逐渐荒芜。面对这些问题，张炜主动肩负起知识分子的责任和使命，以土地和大自然为立足点，拷问社会、历史及人性，积极探索知识分子生存和人类命运的问题。阅读作品可以发现在张炜笔下，瑰丽绚烂的大自然被描绘成了一个神秘魔幻的世界，人与其他自然物之间是一种异常亲密的关系，完全处于平等的地位，自然界的物质拥有超乎现实、难以理解的能力。这是一种在张炜小说中占有重要地位的魔幻化叙事方式。近年来随着研究的不断深入，张炜小说创作的这一魔幻特征逐渐引起了人们的注意，且研究逐渐深入。

本文主要以张炜80年代的《蘑菇七种》，90年代的《九月寓言》和新千年之后的《刺猬歌》为中心进行论述。通过文本细读，首先对其小说中呈现出来的怪诞魔幻的环境氛围、神话传说的移植、夸张荒诞手法的运用等魔幻特征予以梳理，进而对这一魔幻叙事特征的成因予以探析，并在此基础上试图对这一魔幻叙事特征在文学与文化上的价值作一探索。

一、张炜小说魔幻叙事

魔幻性是张炜小说创作的显著特征，在其诸多作品中均有表现：《蘑菇七种》一片林场两个世界，蜘蛛会施咒语、毒蘑菇会微笑、狐狸能变换人形、死去的动物灵魂在飘荡。这些情节的描绘很明显结合了作者的主观幻想，显得魔幻怪诞。而《九月寓言》中"鲅鲅"们住的小村是一个地瓜红的似火、野草藤蔓疯长缠绕、野物到处乱窜、人鬼混杂的神秘世界。在《刺猬歌》中则更为奇特，人与物不存在身份地位的差异，动物可以闪化为人形，人可以与动植物相爱结亲、生育后代，平等和谐地生活在一个神话王国中。以上事件和场景显然不会真实出现，不能以生活常识来解释，将真实与幻想相结合，是原始思维的产物，是作家将现实生活夸张、变形后的艺术创作。而这样的魔幻叙事所呈现的特征主要体现在以下三个方面。

（一）魔幻世界的描摹

鬼怪活动和奇妙自然现象的描写可以给作品造成一种魔幻的环境氛围，张炜通过描写人鬼混杂、精怪变幻的奇异世界实现魔幻叙事。其中《九月寓言》就是人鬼混杂描写的典型作品。在小说中，死去的人以鬼魂的形式存在于人世当中：如去买酒的龙眼妈碰到了在街巷上转的老转儿，老转儿现在是一个浑身土色的鬼魂，如活着时一样，一天到晚在村口转悠；在肥要逃出小村时，老转儿去揪闺女的衣襟，被砍掉了胳膊，和活人一样血像朱砂一样流着；死去的牛杆因为记挂着老婆孩子，又回小村来了，不过作为鬼魂，他们虽还能待在人世间，但他们也由专属自己的地方，那是一个跟"阳世"相对的世界，他们也有要遵守的规则，不能完全和活着一样；龙眼妈让老转儿帮忙促成肥与龙眼的婚事，但他说已与阳世人"隔了一层纸"；新死的牛杆要进村，老转儿告诉它，作为鬼魂的他们只能在村口看着，却不能进去，要想与人接触，也只能等他们出村。

精怪变幻的情节除了《刺猬歌》外，《蘑菇七种》也有典型描写：林子里有一只善于变化的红毛狐狸，它能变成老丁的样子，有一次揍了"宝物"一顿，有一次骗了林场员工。还变成过申宝雄的样子，在调查小组的人员在去小村的路上，它坐在路中央，人端起枪来就变成申宝雄，放下枪又复为狐狸。鬼怪变幻，生死交融是人们的一种迷信思想，也是一种古老的观念，作者将虚幻故事融入现实生活，艺术化地反映了现实，也给作品增添了魔幻色彩。

魔幻环境氛围的营造还包括对生活中似真似幻的神奇景物的描写。《九月寓言》这部作品整个基调都是奇妙魔幻的，这片神奇的土地温热的泥土，孕育了充满激情的一切生命。这到底是怎样一片荒野？"疯长的茅草葛藤交扭在灌木棵上，风一吹，满地日头一烤，像燃气腾腾的火。满泊野物吱吱叫唤，青生生的浆果气味刺鼻。兔子、草獾、刺猬、鼹鼠……刷刷刷奔来奔去"。①灌注了作者回归生命本真激情的荒原莽野，显示出一派似真非真的神奇景象。《蘑菇七种》对自然界景物和现象的描写更神奇，"暮色苍茫，树影如山，宝物出巡了"，随着宝物的进入可以看到，林子深处昏暗潮湿，脚下遍布滑腻的青苔，各种虫类交错奔走，头顶大鸟横穿而过。还有毒蜘蛛一边谈着丝琴，一边念着咒语，死去的动物蓝色的魂灵飘荡着，毒蘑菇发出邪恶的微笑。这片林子平时看来平静繁荣，然而在调查组进入后，却呈现的是另一番图景，山猫野狸、狐狸乌鸦胡飞乱窜，数不清的毒蛇茅草般成团成簇，蝙蝠横冲直撞，还有地枪树箭乱射，陷阱机关遍布满地，浑身长满绿毛的毒蟹举着大钳子向人示威，调查人员被弄得伤痕累累，不得不放弃调查。林子仿佛着了魔，似有一股神力在操纵着它，奇特的景物和怪诞的现象表现出了浓厚的魔幻色彩。魔幻是作家用来表达观点态度的手段，强大的生命力为小村披上了魔幻的外衣，人们抵抗的住物质匮乏和食物短缺的困难，却阻挡不了工业化对农村的进攻，小村难逃被毁灭的命运。作者借此表达对以毁坏环境、攫取资源为代价的现代化发展的不满与担忧。一片林子包含人与动植物两个世界，充满神秘氛围的动植物世界是对人类社会的隐喻，老丁不仅有管理他人的权力，还能改变林子的秩序，通过魔幻的故事情节和神秘的环境描写，作家亦对专制的历史予以反思，对专制历史背景下变质的人性予以拷问。

（二）神话传说的运用

神话传说的运用是张炜魔幻叙事的又一显著特征。"神话是关于神灵的传说故事"②，是想象和幻想的结合物，传说与神话一样都是原始思维的产物，神话传说的移植会使小说充满神秘色彩。而这种移植方式在张炜小说中主要

---

① 张炜：《九月寓言》，重庆：重庆出版社 2013 年版，第 1 页。
② 王增永：《神话学概论》，北京：中国社会科学出版社 2007 年版，第 87 页。

表现为神话的叙事方式和对神话传说故事的模拟和引用。《刺猬歌》是张炜神话的叙事方式运用最典型的作品，通过人与自然物通灵相爱的故事，呈现了一个神话般的世界。在唐家父子没有着手破坏这片土地之前，这片荒原上人与动物相依为命，互相结亲，例如，女主人公美蒂就是人与刺猬生下的孩子，珊婆的五个养子是土狼的儿子。棘窝村曾经最大的财主霍公，他的二舅是一头野驴，所以他也是一副驴的长相，六十岁以后不再吃一口荤腥，主要吃青草。霍公爱好美女，以及长得好看的动物，甚至还和一棵白杨树成了亲。神话世界中的万物能够由此物变成彼物，可以相互转化，这是原始先民的互渗观念的体现。作家以非现实世界影射、讽刺现实世界，其目的在于表达自己所持的批判性态度。

除了神话的叙事方式外，对神话传说故事的模拟和引用也增添了文本的魔幻色彩。《九月寓言》里金祥取鏊子的情节，就是对唐僧西天取经故事的模拟。五十岁的金祥为了取摊煎饼用的鏊子，他以执着的信念和累垮身子的代价，历经了千辛万苦终于完成了这一"壮举"，从此"金祥成了西天取经的英雄，全村人奉为楷模"①。这与历经九九八十一难，一心去西天取经以造福大众的唐僧是何等相似。对神话的模拟，使得普通的人被赋予了神力，他的行动超出了原本的意义，产生了更崇高的价值，这无疑为小说蒙上了一层神秘色彩。《丑行或浪漫》里刘蜜蜡两次逃亡、两次寻人的故事则可以寻觅到孟姜女千里寻夫的影子。还是学生的蜜蜡爱上了她的老师雷丁，但下村的恶霸小油矬看上了这个浑身散发着青草香味的"大水娃"，为了得到她，小油矬意欲除掉雷丁。雷丁被逼走，蜜蜡被小油矬霸占，但蜜蜡并没因此而屈服，她在骗得小油矬信任之后，借口回娘家开始了第一次逃亡，一路上风餐露宿、忍饥受饿历尽艰辛就为了去雷丁家找他，要嫁给他，然而最终的结果却是雷丁已死，至此她完成了第一次寻夫。逃跑的蜜蜡被抓回去了，早就对蜜蜡垂涎三尺的伍爷，想借机得到她，在反抗侮辱的过程中，蜜蜡失手杀死了伍爷，开始了第二次逃亡。这一次逃亡除了躲避追捕外，还想寻找她爱的另一个男人"铜娃"，这一次从乡村逃亡到城市，蜜蜡遭受了肉体和精神上的双重伤害，但功夫不负有心人，她终于找到了已经变成"赵一伦"的"铜娃"，完成了第二次寻夫。孟姜女的故事千古流传，新婚的孟姜女放心不下被抓走的丈夫，决心去寻夫，一路跋山涉水、历尽辛苦也没退缩，终到长城寻得丈夫，

①　张炜：《九月寓言》，重庆：重庆出版社 2013 年版，第 46 页。

尽管只是一具尸骨。相同的目的，相似的经历，苦难的命运，坚韧勇敢的性格，通过对神话传说故事的模仿，以孟姜女对照蜜蜡，尽显作者对人物的褒扬之情。

除了对神话故事的模拟之外，还有对传说故事的引用，比如金祥忆苦时讲的"大搬运小搬运"故事，穷苦的孤儿黑孩儿靠着猴精女娃挣得了泼天财富，女娃积劳成疾，黑娃看她不再好看竟然使计将怀孕的她害死。徐福（市）东渡的故事在胶东半岛广有流传，在当地甚至还有对其进行祭祀的庙宇，张炜在《古船》《柏慧》《刺猬歌》《瀛洲思絮录》等小说中多次对这一传说进行引用。如唐童出海寻三仙山，成岛主是对徐福东渡的戏仿。此外还写到了关于民间传说打旱魃以及狐精附体等传说。作者对神话、传说故事的模拟和引用，使小说情节扑朔迷离，客观上极大地增强了幻想色彩、渲染了神奇的氛围。

（三）夸张、荒诞手法的运用

夸张、荒诞是现代主义流派常用的手法，魔幻现实主义是师法欧洲现代派的结果，但不同于现代派，魔幻现实主义借助于夸张，把具体的现实变成了一种"具有幻想色彩的新现实"，"这种'具有幻想色彩的新现实'并没有完全隔断同具体现实的联系"。[①] 荒诞是夸张的结果，魔幻现实主义作家们通过夸张体现了事物的荒诞特征，是对现实生活的一种反映或者投影。正是在现实的基础上，通过夸张荒诞等艺术手法，融进了作家的主观想象，才使作品充满魔幻意味。作者在《九月寓言》里对赤脚医生的注射器和缝伤口的针线就做了夸张处理。医生给生病的肥打针，"肥眼瞅着他把一根锈迹斑斑的长针套在一个擀面杖大小的玻璃管上，吓得喊叫了一声"[②]。憨人被小红马踢破了鼻子，他看到赤脚医生给他缝鼻子的是一条粗长的线绳，"如果不是亲眼所见，他无论如何也不会相信可以用来缝鼻子。这分明是缝靴子用的"[③]。显而易见，这是一种夸张的表述，一方面表现了在面对打针和缝鼻子时主人公们内心原始的恐惧感；另一方面也反映了客观物质的贫乏和医疗条件的落后。正如马尔克斯在《百年孤独》中对何塞·阿卡迪奥的夸张描写一样，张炜小说也有对人物外形极度的夸张描写，而人物的夸张外形则多与他们的吃有关

---

① 柳鸣九：《未来主义　超现实主义　超现实主义》，北京：中国社会科学出版社 1987 年版，第 422 页。

② 张炜：《九月寓言》，重庆：重庆出版社 2013 年版，第 5 页。

③ 张炜：《九月寓言》，重庆：重庆出版社 2013 年版，第 9 页。

系:《刺猬歌》金堂的父亲老饕，他有着奇特的长相:头颅眼睛鼻子耳朵都比常人小很多，一张嘴却特别大，天生一副能吃相。不仅把自己祖传的家产吃没了，连他的岳父家也被他由地主吃成了贫农。老饕不仅食量惊人，还什么都吃，响马头儿和他比饿，他吃了棉花，拆了钟表，把表盘指针连同壳子一一掰碎，就着水吃了，最后在吃了一面盆泥土后死了。《九月寓言》里，金祥忆苦时说到的"老祖宗""不太高，老粗老粗，屁股比碾盘小不了多少。脸比揉面盆还大，红得像地瓜皮儿。头发全白了，手指一根一根像红萝卜，指甲两寸长。坐那儿，周围的东西都变小。打嗝的声音像闷雷"。① 老祖宗好吃当月的小猪，喜欢亲手将它掐死。此外类似的人还有像《古船》里有着硕大臀部的"四爷爷"赵炳，吃蚯蚓的赵多多，《丑行或浪漫》里的"大河马"伍爷等。这样的描述体现出人物非人的本质，对恶的夸大使人身上动物般的残忍得到了暴露，情节的夸张使文本具有了荒诞性。夸张、荒诞等现代派创作手法的运用为张炜小说增添了魔幻色彩，将幻觉、想象等因素糅进现实，营造了作品的神秘气氛，成为其魔幻叙事的特征之一。

二、张炜小说魔幻叙事成因考略

探讨张炜小说魔幻叙事特征的成因，必须联系作家所处的时代背景、文化语境和生长环境。作家的创作受时代环境的影响是一种必然，20 世纪 80 年代在涌入中国的各种西方思想文化潮流中，拉美魔幻现实主义影响最大，其"魔幻"叙事手法与中国传统神秘文化相似性，唤起了中国的神秘叙事传统。因此，运用现代派技巧表现中国本土文化中的神秘因素成为当代文坛创作的一个重要现象。此外，个人的生长环境对作家的创作也会产生很大影响，除了主流文化中儒家、道家文化的影响外，胶东半岛地区濒海临山的自然环境所孕育出的独特的齐文化，使得出生于此的张炜从小耳濡目染了齐人血液里流传下来的浪漫豁达与富于幻想。受到这种文化语境浸润的张炜，其创作思想毋庸置疑烙下了时代特征与地域文化的印迹。

（一）拉美魔幻现实主义的影响

魔幻现实主义是 20 世纪 40 年代至 50 年代在拉丁美洲形成和发展起来的

---

① 张炜:《九月寓言》，重庆:重庆出版社 2013 年版，第 135 页。

一种文学创作方法。"其特点是把现实放到一种魔幻的环境和气氛中客观地、详细地加以描写，换言之，也就是给现实披上一层光怪陆离的魔幻外衣，却又始终不损害现实的本质"①，是拉美作家师法欧洲现代派（主要是欧洲超现实主义）创作技巧的结果。"对于外国文学的译介实践只有进一步与本土文学产生摩擦、冲撞、呼应和沟通，才能被后者真正接受，并对本土文学的发展产生实质性的作用。"② 拉美魔幻现实主义作为一种异质文化传入中国，在中国这片新的土壤上扎根结果，必然有一个被选择与调整的过程，由于中拉相异的社会现实，中国作家对拉美魔幻现实主义的借鉴主要是在魔幻创作方法和借魔幻手法表现社会现象的创作理念上，当然每位作家的具体接受情况是不同的。通过阅读张炜的散文、杂感等可以发现每个时期张炜对拉美魔幻现实主义的态度是不一样的。八十年代以来的作家或多或少地受到魔幻现实主义的影响，针对这种影响，有的作家直言对其欣赏与借鉴，如莫言、李杭育；有的作家却态度含糊，如贾平凹。张炜曾多次声称他的作品不属于魔幻现实主义，但这种说法却与其作品客观呈现出来的事实不符，对于这种现象有学者提出"作家的自述是影响研究的一个十分重要的依据和材料，但作家的自述又不一定完全都是事实，因为有的时候出于某种心理的原因，作家会在他的自述中对一些关涉影响的问题加以回避、掩饰或说谎"③。认为这与"影响的焦虑"有关。张炜曾对阿斯图里亚斯的《玉米人》表示了极大的欣赏态度："在我所读过的众多的拉美小说中，《玉米人》前1/3的篇幅给予的，已经超过了其他拉美作品的总和……我觉得阿斯图里亚斯是正宗的拉美作家。"④《玉米人》是拉美魔幻现实主义的代表作之一，作者采用叙事交错的手法，把现实、梦境、神话、幻觉等熔为一炉，讲述了一个个或虚或实的故事。张炜的《刺猬歌》也是通过在现实中融和幻觉、神话等非现实因素，产生了一种亦真亦幻的氛围。而在处理人与自然物之间的关系上，两者更是显示出极大的相似性。在印第安人的观念中，每个人生下来都要找一个保护神，是一种动物，他们称为"纳华尔"，最为神奇的是，印第安人自身可以变成保护自己

① 柳鸣九：《未来主义　超现实主义　超现实主义》，北京：中国社会科学出版社1987年版，第372页。
② 宋炳辉：《世界与方法：中外文学关系研究》，上海：复旦大学出版社2013年版，第173页。
③ 曾利君：《魔幻现实主义在中国的影响与接受》，北京：中国社会科学出版社2007年版，第211页。
④ 张炜：《域外作家小记》，北京：作家出版社2014年版，第174页。

的动物，即"纳华尔"。《玉米人》里，在这种"人兽合一"和人死可以复生的观念影响下，邮差尼丘·阿基诺是野狼，巫医库兰德罗是七戒梅花鹿，"每个印第安武士身上都带有保护他的野兽的气味"①，有野猪、蟒蛇、麋鹿、蜂鸟等，加斯巴尔·伊龙在黄毛兔子的保护下，能够死而复生。而在《刺猬歌》中，老棘窝是个人烟稠密的地方，"这儿的人个个都与林中野物有一手"②，那些野物与人生下的孩子，年轻时是人，越老越像动物，爱好女人和一切雌性野物的霍公自然不必提了，老了之后已经分不清他到底是人还是畜生了。生活在林子里的野物似乎年纪越大就会变成人形，珊婆接生的那些动物，她们虽然身上还有动物特性，如狐狸娇媚、刺猬温柔、海猪憨厚、野狼凶残，但是却呈现出的是女人的样子。这固然受了传统神怪小说的影响，却也不排除是作家对魔幻现实主义的一种吸收。

　　张炜在谈到马尔克斯时说："他经营那个世界的独特性令人魂牵梦绕。"③ "他的作品太迷人，太有趣。"④ 早年就有论者就《古船》和《百年孤独》的关系进行探讨，认为《古船》的创作受《百年孤独》影响，如同样以一个镇子来观照整个民族或社会的模式，且有着相同的孤独主题以及相似的意象内蕴等。后来又有论者分析了《九月寓言》与马尔克斯的关系，认为"《九月寓言》是张炜进行的一次中国的'马尔克斯式'的想象"⑤，尽管作者本人认为"不能一写到不可理解的事物就拉美魔幻"⑥。但是拉美魔幻作为一种新的文学资源，正如人们对陌生事物的接受一样，并不能完全做到无动于衷。魔幻现实主义作为一种文学创作方法，相较于传统现实主义，将现实魔幻化、神话化，加大了对现实的批判力度，立足于现实却超越了现实。魔幻创作手法包括土著文化（神话思维、土著语言等）、现代派技法、打破时空的界限等。而张炜笔下就有着大量与此特征紧密相关的叙事：《九月寓言》里"鲅鲅"们方言的运用和人鬼混杂世界的描摹；《刺猬歌》里通过穿插在回忆与现实中的方式呈现"棒小伙儿"廖麦颇为传奇的一生；棘窝村人对"紫烟大

---

① 阿斯图利亚斯著. 刘习良，笋季英译. 玉米人［M］. 桂林. 漓江出版社. 1987 年版，第13 页。

② 张炜：《刺猬歌》，北京：人民文学出版社 2007 年版，第 24 页。

③ 张炜：《域外作家小记》，北京：作家出版社 2014 年版，第 173 页。

④ 张炜：《域外作家小记》，北京：作家出版社 2014 年版，第 173 页。

⑤ 王文静：《〈九月寓言〉：中国"马尔克斯式"想象》，《神州》，2015 年第 10 期。

⑥ 孔范今，施战军：《关于〈九月寓言〉答记者问》，《张炜研究资料》，济南：山东文艺出版社 2006 年版，第 22 页。

垒"和"蓝烟大垒"的认识以及两部作品都存在的夸张荒诞的人与事。这些魔幻叙事与情节处理不难看出作者对魔幻现实主义借鉴的痕迹。

（二）中国本土文化的熏陶

身为一位极具社会责任感的作家，张炜不为物欲潮流所吞没，坚守在民间大地上，探索着民族、人类的历史命运与存在价值。在他的作品中既有受传统主流文化中儒、道家文化影响，同时，他对底层乡土民间的书写，亦表明受到极具民间性的地域文化的浸润。而就魔幻叙事特征来看，则主要是受道家文化和齐文化的影响。

唐长华在《张炜小说中的传统文化精神》中说道："张炜小说中道家文化精神主要体现在对人的纯洁天性的赞美和对人与自然一体性关系的重视上。"① 这促成小说魔幻叙事特征而言，主要体现在人与自然关系的处理上。道家提倡"天人合一"的自然观，认为因天地万物和人类同生于道，故而同属一体。庄子主张与天为一，与大自然融为一体，认为这是人生的最高境界，"在这种最高的体验中，物我之分、内外之别泯然消逝了。从而进入了最高层次的天人合一境界。"②《九月寓言》里，孕育了火红的地瓜，为动物们提供了家园的土地，人摸着感觉泥土也是温热的。《蘑菇七种》里老丁待"宝物"为自己所关心的人，在"宝物"的协助下，老丁将林子管理得井井有条，人与动物植物和谐地生存在一起。《葡萄园》里老奶奶把一条名叫老当子的狗和葡萄树称作人，老当子是个好人，脾气也好；爱吃小香瓜和葡萄的小野獾是个馋人；北斗星是个把世间的事都装在心里的老人；芦清河是个脾气暴躁的好人。葡萄树是园子里辈分最高的一个人，园里的其他葡萄都是它的儿子、孙子。老奶奶和葡萄树能够互相理解对方，他们能够交流，"它说脚背疼，被什么东西磨坏了，我一看，见老当子的锁链系在葡萄根上，磨出了黑乎乎的一道痕子"③。老人知道老人的心思，所以老奶奶可以和葡萄树、北斗星说话。这里自然万物与人一样，也有七情六欲，物人性灵相通，能够互相理解甚至直接对话，体现了道家思想中人与大自然融为一体的观念，表现在小说创作中，更加增强了作品的魔幻色彩。

张炜本人深受齐文化的浸润，他曾多次提及要理解他的作品须得理解齐

---

① 唐长华：《张炜小说中的传统文化精神》，《深圳大学学报》（人文社会科学版），2012年第3期。

② 关四平：《论道家的"天人合一"思想》，《上海师范大学学报》，1997年第4期。

③ 张炜：《葡萄园》，北京：作家出版社2014年版，第135页。

文化。"齐文化是一种与大海紧相关联的巫文化。巫文化本身就多怪异之人、物，再加上大海的海天明灭，海市蜃楼、神山、神人、仙药，这就更增加了其怪异神秘的色彩。"① 齐文化影响了张炜的性格，并无处不在地体现在了作品中，关于大痴士、大聊客、流浪汉的传奇经历，神话传说故事，动物闪化而成的精灵与人相爱的传说，以及其他各种怪人轶事总是萦绕在作品当中，这些光怪陆离、胡言乱语的成分造成作品亦真亦幻的氛围。以《刺猬歌》为例，自称徐福之后的"大聊客"，本是一个因酗酒而被解雇的船员，就因会聊天，"一开口就停不下来"而被唐童任命为船长。大聊客说了许多海上的怪异，海里有宝物、有神仙、有能分泌出栀子花香味的美人鱼，还有上面居住着仙人的三仙山，对徐福求仙的故事讲得也是有头有尾，唐童听得两眼发直，信以为真，更坚定了出海的决心。像大聊客这样的人在其他作品中也有，如《古船》里的隋不召，《九月寓言》里的金祥等。也许在读者看来，这些普普通通的底层人物，竟拥有如此丰富的想象和超强的表达能力，显得不太真实，但是结合齐地文化则更容易理解。胶东半岛靠近大海，大海不仅为人们提供了丰富的生活资源，它的神秘也刺激了人们的想象，对大海的敬畏和好奇滋生了许多幻想，养成了齐人富于幻想和长于言说的特点。除了对能说会道的人物的塑造外，齐文化的怪诞特征还体现作品中的许多"胡言乱语"成分，这些成分包括神话和动物精灵与人的故事。《刺猬歌》中，老棘窝村人爱好结交野物，人与动物的后代霍公在死前的几年里，达到了与大自然浑然一体的地步。他走在林子里，本来相生相克的野物都和谐又亲密的跟随着他。此外，如三仙山传说、恋村、打旱魃等均是齐文化的重要内容。齐人爱幻想，对神秘莫测的大自然有自己的理解，小说神秘、浪漫、奇幻的色彩正是得益于齐文化的滋养。浪漫开放的齐文化为张炜的小说创作增添了一层魔幻色彩。

三、张炜小说魔幻叙事的价值意义

于 20 世纪 80 年代兴起的当代中国魔幻叙事热潮，虽产生于拉美魔幻现实主义的刺激之下，但也经过了本土化的过程，发生了变异，因此，具有了异于拉美魔幻现实主义的中国化的特性。当代中国魔幻叙事旨在师法外来经

---

① 叶桂桐：《齐文化的特质》，《山东社会科学》，2000 年第 2 期。

验，发扬当代中国文学，尽管出于同一目的，然迥异的个性使作家的接受、实践情况各不相同，文本的魔幻性自然各有特色。张炜魔幻叙事的独特性主要体现在民间性特征之上，作家选取民间生活素材，透过民间视角表现了一个丰富生动的民间世界。张炜创造性地将对魔幻现实的书写与对齐文化的挖掘结合起来，立足乡土，反思历史，批判现实，弘扬文化，探索人性。

表现魔幻并不是张炜小说创作的目的，作为他小说创作特性之一的魔幻叙事，是其通过精怪世界反思批判苦难历史，反观当下社会，传达人文关怀与对现实社会观照的表达方式，以及实现文本的诗意化追求，表达对文化重建的呼唤。此外，在当代文学的发展中，如何处理外国与本土文学以及传统与当下文学的关系上，张炜的努力为当代文坛所提供了一定的启示意义。

（一）魔幻叙事的思想指向

反思和批判苦难历史是张炜魔幻叙事的一个重要内容。张炜是一位探索型作家，根据不同的社会现实调整自己的视角，不断地追求着艺术的进步，对于他创作中发生的转变，学界也早有关注，"张炜的小说创作经历了从纯美的注视、文化批判到文化坚守等三个富有逻辑意义的时期"①。以《声音》为代表的短篇时期主要是对乡土生活和自然风光的诗意赞美，到了《古船》时期主要是站在现代性立场上开始批判和反思传统文化中的糟粕成分，随着现代化的进一步发展，在看到工业化带来的一系列恶劣后果之后，作家的态度从文化批判转而成为文化坚守。也就是从以《古船》为代表的文化批判时期，张炜在思考文化的同时开始了审视和反思给人们带来巨大灾难的那段特殊历史。《九月寓言》在一片饱含激情的生命的欢腾背后显示的是一个物质资源匮乏，人民生活水平低下的历史背景。《蘑菇七种》林场职工小六的死于专制政治荼毒，而村姑小野蹄子的死则是对特殊历史时期人民极度贫穷的状况的真实写照。《刺猬歌》从"吃土""砍树""血统论""编瞎话"到"打旱魃"等情节囊括了"中国由兵荒马乱的时代到改革开放新时期这百多年的社会历史，包括革命战争、大跃进、文革、改革开放等历史里程"②。通过魔幻化的手法，作家不仅委婉巧妙地处理了历史真实与文学描写的关系，更深刻地反映了苦难历史对人及自然的戕害。

---

① 孔范今、施战军：《张炜的诗、音乐和神话》，《张炜研究资料》，济南：山东文艺出版社 2006 年版，第 366 页。

② 刘圣红：《从纯美的注视到文化坚守——张炜小说创作道路略论》，《胜利油田师范专科学校学报》，1999 年第 2 期。

张炜小说魔幻叙事体现了对社会的观照和人文关怀。张炜小说的魔幻性表达与拉美魔幻现实主义一样，是立足于社会生活，融合非理性因素反映社会现实。张炜具有魔幻色彩的小说，主要以胶东半岛为中心，以当地人民的苦难生活为原型，通过模拟他们独特的思维方式，表达了对社会现实的关照与对人类命运的关怀。揭开魔幻这层面纱，可以发现张炜的魔幻书写多与现实社会生活紧密联系在一起。《九月寓言》里赤脚医生给肥打针时用的锈迹斑斑的针、擀面杖般的针管，给憨人缝鼻子时所用的粗长的线绳，是对小村低下的医疗水平，贫乏的物质条件的反映。对恋村、老兔子精和红小兵交流酿酒秘方、"大搬运小搬运"等魔幻情节的描绘，表达了工业文明入侵之下，金钱对人性的腐蚀，暗含了对盲目照搬西方"现代化"后整个中国社会正在遭受的浩劫的讽刺。《刺猬歌》里霍公时代的棘窝镇野物与人不分彼此，和谐相处。唐老驼砍了九年树后，"镇上人与林中野物唇齿相依、你来我往、你中有我我中有你的日子，从此将一去不再复返"[1]。到了唐童时代，在金钱与物质的诱惑下，人变的利欲熏心，美丽的棘窝镇变成了臭气熏天的"鸡窝镇"，美丽善良的美蒂也"不再是一只羞涩的小刺猬了"。这些是对时代的变更所造成的社会变化的理性观照。

此外，魔幻书写也表达了作者对当下人类所处的生存环境的担忧与对人的终极关怀的无限思考。张炜小说的魔幻性主要体现在人与自然物的关系上，表达的是一种"天人合一"的思想，而随着社会的发展，人类对自然展开的盲目攫取，资源被浪费，环境遭到了污染，在金钱的冲击之下，传统道德瓦解，价值观念扭曲，人的精神日渐荒芜。《九月寓言》在"工人拣鸡儿"的挖掘下，美丽神秘的小村塌陷了，生活在小村里的"鲅鲅"们将何去何从？是搬迁到郊区还是像他们的祖先一样开始新一轮的流浪？这些魔幻而冷峻的叙事所触及的问题是值得人们反思的。

（二）独特的审美价值

张炜小说的魔幻性还为作品增添了诗意的审美特征。有人说"张炜全部小说的核心可以用一个字来概括，那就是诗。不从这个角度出发，就没有办法理解张炜"[2]。张炜诗意的审美追求主要体现为意境营造。魔幻性特征有助于诗意意境的营造，魔幻化的过程就是作家将现实与幻想互相糅合的过程，

---

① 张炜：《刺猬歌》，北京：人民文学出版社 2007 年版，第 41 页。
② 范成祥：《论张炜小说〈刺猬歌〉的叙事特色》，《小说评论》2008 年第 5 期。

在写实的过程中,加入了梦幻、神话传说等因素或者经过了夸张变形,使原本的旧现实变为能够给人无穷想象力的新现实的过程。丰富的想象力使魔幻化的现实具有了浓厚的诗意性,无论《九月寓言》神秘魔幻的整体氛围,还是《刺猬歌》人与自然物相亲相爱的神奇魔幻的具体内容,都是作家将客观现实经过主观想象加工之后的结果,加工之后的现实披上了一层神秘的外衣。作家通过魔幻凸显了工业文明入侵对农业文明的毁坏,不仅刺激了人们的想象力,增加了作品的诗意,拓展了作品的叙事空间,而且也凸显了底层民众的苦难生活,加大了对现实社会的批判力度。

小说的节奏影响作品的内在深度和审美力度,作家通过作品的节奏表现自己内在思想、情绪的波动跳跃。张炜小说是舒缓平和的外节奏和昂扬激烈的内节奏的结合体。外节奏是指故事的外在叙事节奏,内节奏指的内在情感对小说发展影响而产生的节奏感。小说内节奏规约着外节奏,影响着作品的审美价值,好的作品内节奏和外节奏和谐统一,张炜的小说很好地实现了这一点。无论《九月寓言》还是《刺猬歌》等,作者用舒缓的语调平静地叙述着一段段历史变迁下社会的发展变化。然而,在这大的叙事框架之下,作家忧愤、激昂的情感态度透过一个个跳动变化、虚实相交的故事迸发了出来。《九月寓言》随着小村由热火朝天的鼎盛时期到最后塌陷被毁的过程,中间讲述了生活其中的人们各自不同的生活,分开来看作品每一章都可当作一个独立单篇。而"忆苦""恋村"等魔幻情节的加入进一步拓宽了作品的叙事空间,丰富了作品的内涵。《刺猬歌》的内部结构更复杂,叙事内容更庞杂。作品以廖麦的传奇人生为线索,叙述了随着历史的发展棘窝镇所发生的一系列变化。作品在历史真实中掺杂了神话、传说、幻想等魔幻元素,促进了情节的跳跃变化,张炜以魔幻的方式讽刺批判了物欲社会吞噬下人性的变异,传达出一种激昂的情绪。魔幻叙事表明了作家的一种情感态度,本身就具有独特的审美价值,作为张炜小说的一部分,它一方面丰富了小说的内容,另一方面加深了作品的深度,使小说呈现出刚柔并济的特征,体现了较高的审美境界。

(三) 对当代文学的启示意义

作为一种创作技巧,可以说新时期文学的魔幻叙事是在拉美魔幻现实主义文学的刺激之下产生的。在中国这样一个有着神怪小说传统的国度里,对外来魔幻与本土魔幻关系的处理有一个渐进的过程,有论者专门对此进行过论述。而张炜既吸收外来影响,又立足本土文化展现中国式魔幻叙事的经验,对当代文坛具有一定的启示意义。

魔幻叙事是张炜基于东方和西方两种历史、两种传统的思考的结果，体现了张炜探寻当代文学出路的理想。自从进入消费时代，精英文学的中心位置被瓦解之后，中国当代作家一直在探索一条适合当代文学发展的出路，这也是具有强烈知识分子责任感的张炜一直思考的问题。"作为处于'古今'裂变和'中西'交流的复杂条件下追求'现代化'的中国新文学，是一个'弃旧图新'的历史性过程，有一个如何重建新的文化主体的问题。"① 重建新文学取代旧文学，并不是意味着切断传统，而是在传统的基础之上吸收新的因素，最终达到创新的目的。新文学在争取主权与自身的文化进步的过程中，如何处理传统与现代、本土与西方的关系问题上，张炜的经验可以说是成功的。张炜认为传统是文学之根，它的价值不容置疑，文学如果一直贬抑传统，"就会贫血缺钙，就会虚脱"②。文学也是时代的声音，是时代的重要组成部分，而时代的声音是来自底层的，文学作品应该贴近现实，尤其是底层现实。中国自古以来是一个农业大国，书写农村是从事文学的基本保证，艺术贴近大自然的本性需要作家对土地深刻的感悟。所以，在他看来重建当代文学，探寻当代文学出路，不能离开自己脚下的这片土地，必须坚持对土地的书写。

张炜的魔幻叙事是对中国农村题材和土地的书写，是对传统文化的继承，也是对西方技巧的接受、学习与本土化转变。张炜认为对作品而言，对精神素质和人类命运的关注是重要的，但是艺术技法探索同样也是重要的。好的艺术技法能帮助作品更好地表现精神，可以使作家对人性的探讨更深入。但是，文学仅靠模仿是走不远的，一味地模仿西方势必会造成中国文学的死亡。文学的生存与发展依靠的是独立思考，"我们的文学和发展都离不开自己的文明基础"③，我们的文学之根深扎在本土文化这片土壤之中，要寻求新的发展壮大的方式也必须是在中国文化这个基础之上。因此，探讨文学作品时，不能把内容、精神与艺术技法相分离，"尤其是后者，一旦离开了前者即成为廉价的简单模仿，既无难度又无生命"④。他坚持中国与西方有着不同的文化土壤，作家的写作在结合外来技巧时必须立足于本民族的文化传统，必须要有民族气韵。能在世界文坛中取得优异的成绩，是中国当代作家的共同愿望。

---

① 杨匡汉：《20世纪中国文学经验》（上），上海：东方出版中心2006年版，第30页。
② 张炜：《周末对话》，北京：当代作家出版社2014年版，第98页。
③ 张炜、王光东：《张炜王光东对话录》，苏州：苏州大学出版社2003年版，第187页。
④ 张炜：《筑万松浦记》，青岛：青岛出版社2010年版，第4页。

借鉴西方先进经验是必要的，但争取当代文学的主体地位显然更重要，"民族的才是世界的"，尤其是在"全球化"大背景下，中国当代文学只有坚持民族性，才能防止被殖民化。魔幻叙事大潮由学习拉美魔幻现实主义而掀起，也唤起了中国神秘叙事的传统，唤起了当代中国作家的民族意识，张炜小说的魔幻叙事是当代中国文坛魔幻大潮的重要组成部分，他的创作过程、创作经验以及文化观念，在以上问题的处理上对当代文坛具有启示意义。

四、余论

综上述论，魔幻叙事是张炜小说创作的重要特征，是张炜在吸收拉美魔幻现实主义和本土道家文化与齐文化基础之上产生的。表现魔幻并不是张炜的创作目的，而只是作为表达现实关照和人文关怀的一种手段，同时使作品更具诗意性。魔幻叙事是一种新的文学形式，表现了作家重建当代文学的理想，在对待传统与现代、西方和本土文学关系上，张炜的处理具有启示价值。因此在分析作家魔幻叙事特征产生的原因时，单向度地关注拉美魔幻现实主义或本土文化都是不够的。当然，与莫言等作家一样，在将西方魔幻技巧融入中国文化的过程中，张炜也经过了一个由生硬到逐渐成熟的过程。《古船》时期，是单纯的对拉美魔幻现实主义的神秘现象和情节等的模仿，如古船的出土、城墙的倒塌、大树着火时的呜咽声看着神秘，却总给人一种生硬的、不自然的感觉。以一个古镇的兴衰变化来隐喻整个国家民族前途的模式是对《百年孤独》的模仿，像下个不停的雨、找不见的铅桶等也是对《百年孤独》情节上的简单模仿。到了《九月寓言》时期，作家对拉美魔幻现实主义的理解深化了许多，在借鉴魔幻的表现手法时，融入了本土文化因素。如金祥取鳌子的情节是对西天取经故事的模拟，"恋村"是齐文化的一种表现。"大搬运小搬运"故事里传达出的也是中国人的劫富济贫的观念。直到《刺猬歌》时期，张炜关于西方技巧与本土文化的思考已经完全成熟了，将拉美魔幻现实主义技巧灵活地融进本土文化当中，所呈现出来的那个充满魔幻意味的，人与自然物亲密共存的世界，完全是齐文化思想的体现。张炜小说的魔幻叙事，不仅弘扬了独特的齐文化，继承和发展了中国神怪小说传统，而且也是对当代中国文学的进一步丰富和拓展。

魔幻现实主义与魔幻主义现实

——张炜《刺猬歌》叙事的另一种结构与解构

张 杰

一、农业文明的记忆化石

张炜的《刺猬歌》，是一部具有史诗性意味和框架的小说，说它具有史诗性意味是因为它在农业文明和工业文明两个叙事维度的同时推进，以及它以时代为背景对这一复杂变化所做的真实记录。而在整个写作过程中，叙事方式并非使用一种类似零度写作的非介入方法，而是采取了一种短兵相接的现实介入式写作法，达到一种作家与作品本身、写作客体同呼吸共命运的现场感。这与作家对于客体（现实生活）的在场把握并把这种在场感以在场的方式与高度的时段性表达有关。但这里作家并没有直接表达自我观念，而是采取一种隐蔽介入的小说方式，注视着整个故事与现实的客观性推进。在这一点上，既显示了作家对于写作客体非僭越性的尊重，同时又构成了叙事的第三个维度——写作主体与客体之间的精神性维度。因为作家对主体（自我）情绪的控制隐忍，第三叙事维度和另两个叙事维度的关系处理得相当恰当，它们呈现一种明暗互补关系。这让整体叙事结构丰富而稳定，这种在传统叙事意义基础上的多元叙事方法，使叙事话语整体上变得立体与诡谲起来。它使整个叙事文本和写作主体在不同气质但层次一致的层面上得以充分展开。

说《刺猬歌》是农业文明的记忆化石，基于这样的话语背景之上：在短短时光的流逝中，在各种话语权力系统的滚滚狂潮中，农业文明已经在我们的大脑中消退成了一种类似记忆的元素或符号，而我们并没有觉察或无力觉察这种丧失的事实。而感觉呈现给我们的却是另一副映象：世界仿佛一下变成了眼前的这个样子，中间没有任何过程和步骤，它似乎在以一种跨越的方式发展，并且几乎所有人都在另一种社会潮流中认可了这种变化，认为世界在以它应然的方式改变。

《刺猬歌》会在这时告诉我们这是一种错觉，因为它记录了世界变化的几乎整个过程。它过滤掉应该漏掉的部分，而留下被集体无意识所忽略却不应该忽略的部分，还原了整个刚刚成为历史的现实的本来面目。这部作品让大家明白，作家与大众的区别在于，作家抓住应该抓住的一切，大众则忘记不应该忘记的一切。也即所谓的集体无意识。人们面对重大社会事件时习惯留下一个社会集体性盲区。这时至少有两点使我们感觉意外：一是现实竟然如此在我们的思维里熟视无睹地变化着，而我们竟然几乎毫无觉察。尽管我们的每一根神经每天都与它们息息相关，我们却忽视或漠视了这种变化；二是个体在这种变化面前的分量，在这种现实面前我们一定会感觉到自我生命分量的轻，而此前我们大致不这么认为，而感觉我们多少都会在这种变化里面拥有自己的那一份重量。但个体在现实面前的无足轻重告诉我们，脆弱而失重的事实大致并不是朝这样的意志方向发展，它有着另一种隐含的力量向度，这种力量才具有指导性质，而我们一直对这种力量多有忽视——不只忽视了它的存在，而且忽视其存在的复杂性。《刺猬歌》却能够把我们忽视的一切告诉我们，也就是它把我们曾经丢掉的东西又重新交到了我们手上。对于非物质性事件来说，这等于是时光与记忆的失而复得，《刺猬歌》更多在这个层面呈现其意义。从这个意义上，说它是农业文明的记忆化石应该是一种较为准确而恰切的表述，甚至在以后的时代精神研究中，它也应该是一部极具现实参考价值的著作。

这里，富有意蕴的是小说的称谓——《刺猬歌》，用这一谓词来指称整部著作，在增加叙事层次同时，它提供了一种叙事与观察的角度——这让我们有一种仿佛立刻回到刺猬唱歌众生融洽相处的农业文明时代的感觉。它像一个坐标一样起一种镜像作用，标识着我们物质和精神的走向与历史轨迹。它大致标识出我们目前所处的人文或物理位置与精神层次状态，以及我们离开出发点所走过的路程，还原一种历史纵深感。这让整个叙事本身具有一个支点式的原点，而使叙事变得像一种类似电影或时光回放的意味。因为我们都曾经亲历其中，是我们经验的一部分，只不过我们不小心把它们遗失了。这种遗失是令人心痛的，因为这意味着对自我的遗失。我们并非只是忘记或忽略了某种时代精神，而是忘记或忽略了我们自己，但《刺猬歌》把基本人性还给了我们。这种遗失对于任何记忆都是有难度的，书中传神地把那些细节都一一交代清楚，不只使叙事本身具有一种根基，更使读到这种叙事的我们具有一种基础感。我们的阅读被置于一个根基扎实的地方。不然我们的阅读将会被悬空或倒置——这样的阅读会因此失去或削弱其阅读的意义，甚至会形成一种有害阅读——不只不能更加清醒地了解自我，而且更加深了对他人与时代精神的误解。《刺猬歌》在叙事基础上，首先避免了一点。这与作家对阅读者的提前预置和写作准备的充分有关，甚至在写作没有开始之前，文本已经最大限度地预防了这一点——无效或有害阅读，让时光有效地回流、倒溯。这是一个优秀叙事文本的基本要求和成熟标识之一。

《刺猬歌》关于农业文明的叙事在张炜众多优秀叙事文本中并不少见，可以约略看出这是一个自觉把写作与宏大事实对应起来的作家，亦可看出张炜是那种在古老土地上，试图持续使用一种史诗性写作原则不断调整自己的作家，在他眼里或许只有这样的叙事才与他视域里的世界更趋于一致。但和他在《古船》与《九月寓言》里的关于农业文明叙事有所不同，他对于写作客体的叙事节奏和力度明显不同，而且更富张力。这里呈现的是一种类似关于农业文明叙事的惯性加速度与重力加速度。这种节奏、力度与张力的增加来源于时代精神的节奏和作家个人内在气质与精神层次，以及这种文明发展变化的内在节奏在作家思想中时刻发生着的类似化学变化的心理变化。与《古船》里精神牧歌方式的叙述和《九月寓言》诗意式的叙述，以及《能不忆蜀葵》里对于农业文明审美式的叙述都有所不同，这里关于农业文明的叙事更加接近这种文明的本质。因为两种文明冲突的日益尖锐，张炜在这里对它的叙事作最大限度的还原，而这种还原来源于这种文明行将消失的外部客观现实和内在心理原因及事物紧迫性的应对措施。如果留心一下的话，并不难发现这样一个事实：张炜关于农业文明的叙事的节奏是逐渐加快增强的。开始是一种类似牧歌的节奏，后来变成了广板、圆舞曲与行板速度，这里甚至变成一种类似急行军或冲锋的节奏。它类似于小说里机器吞噬平原宁静的节奏。作家大概认为已经没有可能也没有必要对其进行一种多余的技术性处理或者引导，他觉得自己目前最紧迫的任务是先把它作为一种活化石的文本保存下来再说，其他意义都尚在其次。

张炜是一个具有浪漫主义精神特质的作家，而且是作为社会重量承载者敏感角色的作家，这种舍弃自我痛感和审美写作习惯的做法，一定有其深义预设其中的——我觉得这是一种关键时候作家的责任感和使命感在起作用，它让作家自觉取舍其本质部分。也只有此时，作家的叙事品质才会经受最大限度的考验，这对于精神气质性作家来说尤其明显。从这一点可以看出，张炜属于那种本质上理性现实主义表述方式一类的作家，浪漫主义精神表象下掩藏的是理性主义的本质属性。这一点使他一度成为一个难于理解的作家。他的理性主义不易被觉察，大概与他的作家角色有关，也与他的思考与表达习惯有关，他似乎并不刻意使用一种理性的表述方式，而更倾向于自己喜欢并适合事物本身的形式，哪怕因此招致或遭受误解甚至毁誉。人们以为善于以文学形式表达自己的作家应该是感性主义的，其实这是一种误解或一种浅表化理解。这种表达习惯的选择表现了作家在另一个精神品质向度与叙事品质向度的延伸，这是作家的一种叙事气魄与勇气所致，有时当然是以误解为代价的。

这里，《刺猬歌》农业文明的情境设置，不只是为呈现一幅温情或温暖的真实农业文明的人性画面。叙事可以唤醒早已丧失的人类群体记忆，他的目的是让我们面对一种现实——记忆中的现实：我们曾经拥有的人性状态，人类曾经能够听懂刺猬的歌唱，我们曾经与它们有着相通的语言与交流，灵魂曾处于歌唱的背景之下。但他的叙事目的甚至以忽略上述意义为前提的，这里张炜不只告诉我们一个遥远的美好事实，而且告诉我们这个事实的现实性：我们不只失去了作为美好现实的客体环境，而且可怕的是我们失去了作为美好现实的主体性。我们在失去那些动物环境的同时，也失去了与其时代相匹配的人性自我。对于一个丧失主体性的群体来说，作家告诉我们这是最可怕的，而我们恰恰没有意识到这一点或者对此估计明显不足。这对我们来说，会觉得作家仿佛故意在这里采用了一些类似魔幻现实主义的表现方法。其实，并不只是作家的表述方式是魔幻现实主义的，而且我们的确处于一种魔幻主义现实之中，我们的生活经历本身就是魔幻现实主义的。只要我们看一下似乎是忽然而至的现实——变化，就可以明白用魔幻主义这一称谓来指代现实的意蕴是再恰切不过的，其魔幻的成分在于我们已经成了魔幻主义现实的一部分，而且并没有引起自觉。现实当然会变成最不令我们瞠目结舌的现实，因为我们一直以为自己生活在一个非魔幻现实主义的理性现实情境之中，而且对其已经由陌生而至麻木进而变为认同了。张炜把我们感觉上并不认同的现实撕给我们看，让我们看到自我感觉的欺骗性。这时，我们看到自己露出一种面对魔幻现实主义的表情。这种表情是叙事和主客体角色转换所致，在作家的叙事文本面前，我们变成了标本似的客体，这让我们多少增加了一些对自我和现实的认识——我们忽然发现，现实，的确够令我们吃惊的。

可以说这是文本的祛魅或招魂作用，我们借此更接近现实——一个基于更加客观的现实，而非文本的现实，甚至可以说是一种超文本的现实。这就是文本本身所蕴含的能量。《刺猬歌》在这个意义上，是超越文本本身，而直指事物本质的。这也是称其为一个建立在魔幻主义现实基础之上的魔幻现实主义作品的原因之一。借此，它完成了一种类似客观世界的自我或自动呈现。

二、工业文明的创伤标本

对于工业文明的表达对当下语境下的作家来说，是一件并不容易的事情，这源于工业文明带来的种种混乱及其叙述的限度。这种难度还在于对世界工业文明的把握及对当下工业文明轨迹的认识高度。作家的思维往往会为表面所遮蔽和扰乱而使文本流于浮泛进而失去其现实意义等。但作为一个具有文本经验支撑的作家，张炜是在这个层面上遇到难度较小的一个作家。因为无论从技术层面和思想艺术层面，还是作为作家的整体性指标，对于两种文明的把握和训练早已在他以前的文本中积淀了足够的储备。可以说张炜是一个早已完成自己史诗性叙事原则的原始资本积累期的作家。这里张炜侧重描写了工业文明给这个社会带来巨大物质同时带来的巨大精神性伤害，以及物质与精神世界的悖论与对立。《刺猬歌》不只是一部工业文明发展史性质的画卷，更是一部工业文明发展心灵史的史诗性文本。

张炜是一个非文本主义者，对于文本技术性本身的探索似乎并不十分感兴趣，而更喜欢把这些技术性因素贯穿于作品的现实叙事本质之中。张炜是那种一点都不缺少先锋写作意识或魔幻现实主义素质的作家。上个世纪八九十年代，在中国先锋写作的所谓巅峰状态时期，《九月寓言》以横空出世的姿态几乎可以使所有先锋写作无言。而这种使当时中国先锋写作黯然失色的魔幻现实主义能力，并不只建立在智识写作和文本主义写作的基础上，还建立于理解生活现实本质这一基础之上。从张炜的众多文本中可以发现，他并不刻意使自己成为某类魔幻现实主义色彩的作家，有时甚至有意压抑自己作品魔幻现实主义表达成分。也就是说，魔幻现实主义只是他众多表达方法中的一种，而且是他十分警惕的一种，他有意不让自己的叙事技术压倒或淹没叙事本身。这种叙事上的自觉规避在《刺猬歌》里有了更进一步的表现，可以看出张炜已经大幅地压制了其中的魔幻现实主义成分，而求与现实的神似。

但并没有因为这种压缩而使整部作品的魔幻现实主义色彩有所冲淡，而是显得更加光怪陆离，这与作家对现实本身的理解观察和整部作品的构造能力的对应有关。从这一点上可以看出，张炜属于那种功能强大的复合型写作者。有很多写作者是以某一写作特点为目的，比如魔幻现实主义，但正是这种绝对技术性追求使整个文本显得十分平庸而僵硬。尽管这种做法在文本表达上取得一些词语意义上的效果，但这是一种远离写作客体及其本质的形式主义，而且会因文害义，可以说这是一种坏的魔幻现实主义表达方法，它直接表现为文本词语本身的诡谲与过量和对应现实事物本质的苍白与无力。

　　张炜对于自己魔幻现实主义写作与构造能力的压制，体现了作家本人理性主义写作的特点。作家面对词语的诱惑有一种十分强烈的操作欲望，这也是一种十分难以抵御的诱惑。这一方面源于作家本身对于词语本身的依赖，另一方面源于文本本身的行驶速度。在魔幻现实主义的使用文本里，词语以一种超常的速度与节奏行驶。在《刺猬歌》的魔幻现实主义技术部分，我们甚至可以听到张炜对其频频实施刹车的咪咪摩擦声。这除了对整个文本的驾驭能力之外，更多是作家对于词语诱惑的理性取舍和对文本行驶速度的控制。使他能够自觉理性地运用这一收敛式叙事方式的，一是事物本质的外在要求，二是作家内心的最高理性法则——最大限度地使文本、现实与作家意欲构造的世界做到契合合一——而这几乎是写作主体与整个客观世界的对抗——客观物质世界与精神意识世界及其介质的对抗——客观世界似乎有一种抗拒被复述或描述的本能，不然几乎每个人都能成为作家。作家的能力就体现在这种客观世界对词语世界对抗的驾驭能力。作家是缓和这一紧张矛盾的主体之一，其他有诸如哲学家、人类学家、社会学家及其他艺术家等。这里，可以看出张炜是一个极力使其文本靠近绝对值的作家，他依靠一种内在的秩序和客观理性写作，这主要由作家的精神品质和意志构成。为了达到这一目的，他不惜割掉自己最喜爱的表达章节——唯一的原因是它们无法与那个绝对标准趋同——特别是那些有可能使文本变得张扬的魔幻现实主义叙事部分。从这个意义上，可以说张炜是一个消极的魔幻现实主义者，他往往采取一种把它们淹没于自己庞大精神架构的文本体系之中的方法，魔幻现实主义只是为这个多元技术者所用的技术之一。但他把魔幻现实主义的表达手法与其他表达方式处理得相当恰当，使整个文本浑然一体。因此《刺猬歌》体现了作家这种惊人的文本整体构造与驾驭能力。这有点像作家笔下现代主义与后现代主义式的紫烟大垒对整个海边平原的笼罩与摧毁一样，对整体叙事文本有一种可怕的"摧毁力"和"控制力"，这是另一种意义上的"紫烟大垒"，整个叙事结构被他牢牢控制在手中，这是作家对现实解构与文本构造能力的有力而成功的表现。

有很多评论分析文本，倾向于把张炜定位为一个古典意义上的作家，这可能与它们注意到作家对古典美和传统的持久关注与表达方面有关。张炜的确是一个比较注重社会持续性和传统的作家。比如他主张社会结构的内部重建。这在一个与意识形态相对抗的自由主义潮流及其同时所产生的另一种新意识形态的庸俗世界观中——认为作家作为知识分子的原型代表应该持一种与主流意识形态对抗的姿态或至少应该服从一种与之相对的思想，其实这是另一种面孔的精神机械主义或文化专制主义。它们大都从一种理论与个人气质出发，而非从社会结构的根本为出发点。它们被自己的工具遮住了双眼。我认为这是由一种社会整体性知识结构与道德、宗教等基本匮乏的深层原因所致。在这一点上，张炜甚至不惜忍受各种各样的误解，比如有人把保守主义甚至守旧主义的标签贴在他身上，但他依然在遵循自己原则和客观规律的基础上维护社会现实的人文发展。那些标签同样并不具有说服力，放下简单机械的化约主义嫌疑不说，因为它们并没有遵循对一个作家的还原性阐释原则而使评论踏空。它们至多是只说对了问题的一面，但这无异于肢解的方法论，同样是一种意识形态控制性思维方式。可惜，在这个时代并不是每个人都意识到了这一点，而是几乎普遍被淹没其中。张炜的确是一个社会文化传统意义上的人文主义建设者。但不只如此，张炜身上一点都不缺乏社会发展的现代性高度与现代主义精神气质，而且按照西方文明的标准他的文本中间甚至有着诸多后现代的迹象。但这都没什么奇怪，相对于一个作家来说，他更多的是一个复合体，而非一种标签化的符号客体。张炜只是没有像众多的精神虚弱者时常把某种时尚化的思想或技术当成某种奉若神明的万能，而且这一点从来在张炜这里不曾奏效。他是一个默默消化型的作家，他把诸如此类的那些经验变成自己整体的一部分。以魔幻现实主义技术（当然它也是一种内在精神气质）为例，在张炜文本中的应用其内力要远远高于其他使用者，而且让人觉得这种力量直接来自作家生命内部核心及其润泽作家生命的现实基础。而他对于各种思想或技术的综合融汇更整体地体现出他作为一个作家的现代性，一方面是对于古典与传统的执着，另一方面是对于各种现代思想技术的高度把握。这才构成一个全面意义上的张炜作为作家的客观形象，两者兼顾的方法对于还原作家全貌是一种有益的尝试，一些标签化的做法是因为我们习惯于一种极端化的表达或解读。这也是张炜作为中国当代作家重要性的至关重要的部分，即他的重要性既不体现在他作为古典意义上的作家身份，也不表现在对于现代思想技术的把握与表达之上，而是他能够把这两种在一些人看来几乎水火不容的文化思想或技术成分在他那里得到了最大限度的统一和融合。这使他牢牢站在社会时代精神应然的中间点上，既不想"左"倾也不想右倾。对一个虚弱的时代尤其作家来说，这是一种难能可贵的品质。一个作家的创造性也往往体现在这个地方，这种创造性才真正可以称其为创造，这样的作家才能成为社会的源动力之一。从这个意义上，张炜是当代不可或缺的重要作家之一。从此意义上，人们对于《刺猬歌》和张炜的理解，也许才刚刚开了一个头儿。

上面说过，除了张炜自身所具有的魔幻现实主义生命特质与精神意识之外，他的魔幻现实主义生命表达的另一个维度来自客观现实的魔幻性。这种色彩的获得来源于他对这种魔幻现实的理解、理性表达与真实还原。这种以各种奇怪现象都不以为怪的集体无意识的荒诞感，我们每个人都感同身受，并以自己的角色塑造加重着这种荒诞性与魔幻感，但我们因不自觉而被取消了表达力。这样，作为作家的张炜因自我意识的清醒而取得了一种表达与角色上的认同、统一和主动性，各种魔幻现实主义在作家身上取得了一种汇聚，使他的文本最终带上一种客观的魔幻现实主义色彩。这种几乎是水到渠成的表达在其他叙事技术的基础烘托下，获得一种文本与现实意义的双向跨越。这是《刺猬歌》具有一种超文本意义而直逼历史与现实的力量和方法之一。基于魔幻主义现实的魔幻现实主义表达，使作为文本的《刺猬歌》获得一种意义与身份的双重飞跃，这也是张炜诸多文本能够飞翔起来的有力动力之一。这一点十分符合飞行原理：既具备飞行的硬件基础设施——魔幻主义现实，又具有飞行的软件基本条件——作家拥有魔幻现实主义的诸多技术特点，更掌握着支撑这个软件的起飞基座——作家的其他传统与现代素养，这最大限度地保证了《刺猬歌》作为魔幻现实主义飞行器的旅程深度和分量。从这个意义上，《刺猬歌》应该是张炜向这个世界发射的一个重要而具有多重意义的飞行物。穿过茫茫夜空，可以看到它稳健的飞行，这里可以说魔幻现实主义叙事技术是它联系太空与大地的一项重要技术性指标。《刺猬歌》里的魔幻性是张炜采制农业文明和工业文明及其过渡标本的重要手段之一，尽管他最大限度地控制了这种质性的表达，但依然可以看到它们具有鲜活度的有力双翼。

魔幻现实主义效果获得的前提是作家所使用的两种主要情境设置：一是

农业文明背景的设置；二是动物与人类关系情境的设置。农业文明是一种时间维度，动物界参照是一种空间维度，加上时代性自身空间，这样文本获得了一种三维叙事空间。但事情好像并不如此简单，张炜在这里还设置了一种精神性的隐性维度。它由作家作为写作主体的精神气质特点与所表达客观约定俗成的客体意识形态构成。这里有一个明显的标志性特征，即在阅读过程中，看上去写作主体的作家表述和叙事，有时是来自作家生命内部，有时则来自那片土地的所有曾经或现实的在场者。这是一种需要仔细辨认的叙事与阐述，也是《刺猬歌》这个文本本身有多重意蕴和多层次特点的原因所在。对于人类的感知来说，四度空间的设置与接受是一种最大值，《刺猬歌》的这种方法使文体既具有庞大的信息量，又在立体交叉的处理方式中显得十分恰切。这使它既具有强烈的感官阅读快感，又不会在这种感官刺激中淹没其思想内涵及其深度，这应该是《刺猬歌》复杂性的重要因素之一。

　　在农业文明和动物界两种情境的设置之下，张炜的叙事显得简洁有力，而且直指事物本质，加上精神隐性维度的设置，三个维度如同三个一尘不染的镜子。像三架不停运转的纪录装置一样，几乎一点不剩地拍摄下工业文明在那片土地上进程中的蛛丝马迹，而且它们似乎采取一种支点拍摄与运动多机位拍摄相互交替的方法，使呈现对象具有立体感和层次感，即不只摄取了工业文明的表象，而且记录下工业文明的精神实质及其隐含意义。它最大限度地还原制作了一个作为工业文明发展的镜像。从这个意义，我说《刺猬歌》里面的工业文明记录，在这个飞速变化并被遗忘的时代，具有标本意义。而它前进中的每一个创伤，都在这三个维度留下不同的或大或小的痕迹，作家把这些创伤成功地变成了一些记忆体，通过类似解码与压缩技术得以最大限度地保存。因此，从这个意义上说，《刺猬歌》文本的标本意义是极其重要的。

　　这里还隐含着另一重意义，即在当下时代精神背景中，《刺猬歌》提供了一个有意味并且实质性工业文明的文本。它的意义在于它几乎完整地记录了从农业文明到工业文明过渡的整个物质与精神性过程，是目前国内最为完整而可信的文本之一。而这一文本的形成，除了那些以魔幻现实主义为例的技术性特点之外，与作家本人的披沙拣金能力与在混乱的时代精神环境下的判断力和精神高度有着直接关系。作家对于时代来说就像一架具有庞大吞吐量的机器一样，把成吨的社会性泥沙冲掉，让最少的时间金子留下，而与淘金术有所不同的是，这些元素的获得与作家本人的心灵与灵魂直接相关，而不仅仅出于作家的体力。它是来自作家的智识与良知的技术性混合的文本。还是那句话，作家与众不同的是把该留下的留下，而众人则是把不该留下的留下，把该记忆的放走。

而这些又集中体现在《刺猬歌》基于魔幻主义现实的魔幻现实主义技术的文本主义特色上。魔幻现实主义是这一标本的一个技术性窗口，它交代了文本的丰富性与荒诞感，为阅读者提供一些阅读与审美上的便利。但若只把《刺猬歌》当成一种仅仅是魔幻现实主义的解读，这种方法本身则是最为魔幻现实主义的。这里需要重申一遍的是，它只是整个文本整体构造的技术与气质之一，而非所有的技术与气质。整个文本的特点在于各种文本技术的综合使用及其驾驭能力的娴熟和对文本结构的牢固把握，以及文本与现实的一一对应性。

三、冲突的尴尬结局：焦灼

与解构主义关系密切的"后现代主义"，是 80 年代的一个时髦词汇。它的确切含义很难确定（因此这个词本身就是后现代的）。思想的零碎化也体现在这样一种趋势中，即对于不同的学科，后现代主义有着不同的意义。它们都想使用这个术语，把它当作一种急需的整合原则；需要有一种后现代主义经济学和社会学，以及后现代主义建筑和诗歌，甚至后现代主义科学和技术。每一个人都用它表示统一的丧失和综合的缺乏；它意味着彼此不可通约的多重话语、不同的"语言游戏"和"生活世界。"

（罗兰·斯特龙伯格：《西方现代思想史》，中央编译出版社）

焦灼指向后现代。这里，张炜宁肯让自己的文本走向另一种深度和向度，也不让它轻易走入后现代主义叙事性混乱无序。那对他来说无异于背叛。张炜在《刺猬歌》的文本叙事中，很明显拒绝使用"一种急需整合的原则"，依然使用一种类似结构主义原则对现实进行一种能指上的解构，让现实在文本中呈现其整体结构及其轨迹。然而，令人惊讶的是他竟然用结构主义的方法直接指向工业文明与后工业文明所带来的现代与后现代结局之一：焦灼。从严格意义上，这已经是一个后现代主义特色的谓语，它指称一种后现代主义的核心地带意识形态的精神实质。但几乎整齐划一的结构主义文本方式为何不只在后现代语境中没有表现出应有的吃力和表达障碍，反而使其萎缩于庞大整体架构之中。所以，我觉得《刺猬歌》是一种结构主义的叙事文本是一种冒险。恰切一点说，它采取了一种综合性叙事原则。后现代主义现实是以排斥任何关于自我的表述为其前提预设的。但在张炜的叙事话语系统中，它们似乎变乖了，仿佛一群不良少年变成了圣教徒。但我们知道使它们变得听话并不是一件很容易的事情，因为这时作家面对的是一群随时可能恶作剧的少年，它们拥有足够作家陷入叙事困境的智商——"总体上信奉断裂、零散化、非理性、易变性"（《西方现代思想史》，中央编译出版社）。

　　究竟是什么使张炜不只摆脱了现代与后现代主义的现实叙事困境，而且在高于它的层面展开叙事架构，这依然要归功于他综合叙事基础上的理性主义写作法则。这种法则从最为古典的方法论中汲取经验，比如《荷马史诗》与屈原《离骚》等文本，它们构成张炜文学表述风格的两大基座；在另一个向度上，作家熟悉诸如乔伊斯、普鲁斯特等现代与后现代主义大师的著作及其叙事谓语，并且利用文本主义的方式向现实的层面过渡和渗透，使文本对社会从农业文明到工业文明及其之后的发展具有足够的涵盖能量；他的另一个具有隐蔽性的向度是他对东西方哲学思想的平衡掌握，这可以使他成为一种基于现实的不偏不倚的作家，尽管这是最不容易做到的；另外，俄罗斯的精神实质为他在艰难语境中的跋涉提供了参照坐标及其精神资源。这里，他使用一种类似史诗性的古典架构和基于现实的理性表达的文本方式，其实是一种古典主义基础上的混有魔幻性的超现实主义。这样他可以将复杂的现实牢固地固定在文本之中，而且得以恰当地呈现。张炜的表述方式其实很明显是一种与当下时代精神潮流反方向的力，他没有采取通常意义上的话语时尚化方式——表述主体向表述受众的趋同，而是以文学理性主义以应然的方式让现实在文本中自动呈现。这样他在保留客体的客观性同时，又最大限度地保留了作家的主体性，而不是被现实客体淹没其中。

　　两种文明相互交锋过程甚至可以用你死我活这类绝对化的谓语来指认，《刺猬歌》用几乎整体的篇幅来表现这一交锋过程，这就是我之所以称为史诗式的叙事方式及其架构的原因之一。它是两种文明发展变化的见证者甚至是参与者——《刺猬歌》在对于两种文明的叙事中，既是主体又是客体，它参与了这场旷日持久无边无际的战争。在史诗性历史画卷式的展现过程中，它抓住了一种集体无意识的核心社会心理实质——社会仿佛处于两大板块的冲撞之中，人们好像在等待一个迟迟没有到来而且永远不会到来的结局，在驶向未来的海面上，怀有一种极其复杂的心理，而我们对自己的这种社会性心理并没有足够的认知，并且时刻为它所折磨，而形成一种显性的整体性文化心态和社会性心理：焦灼。

这是一种处于游移状态的无方向感和受重感，也是作家对于现代及后现代主义的精神画像，这时作家以高度的洞察与概括抓住了问题的本质。这个词语曾出现在张炜以前的文本叙事之中，现在又出现在对于最主要主人公——廖麦的叙事之中，而且其突然性和紧迫性及其频率都要高于以往。它类似于一组长镜头中的高潮与焦点部分。似乎在表述工业文明这列高速的问题列车已经越驶越快，越来越近，而且失去制动装置，最后甚至要从迎面撞上从头顶轧过：时代精神之核一下被置于聚光灯焦点之下。再来用另一种方式看一下它的呈现：开始，它是以一种类似音乐中的不谐和音的方式出现在后农业文明的叙事之中，在随着工业文明的叙事它现出了自己的狰狞面孔。如同遥远的传说变成了现实一样，它终于成了压在每一个个体头上的一个无可避免而又必须面对和解决的问题，高悬在头上的魔剑与诅咒终于实实在在地落了下来：我们已经无路可退，这就是我们所必须面对的现代与后现代现实境遇之一。

但是更为糟糕的是，我们对它并没有足够的认识和警惕，更不要说有效的应对措施。这个工业文明的衍生物，像恶魔一样留下一串令人费解的现实，而不顾一切地去制造新的事实，而我们仿佛只有被动接受这种事实的自由。在品尝工业文明带来的便利的同时，我们成了它的客体任其摆布，而且几乎每个人都感觉被抛在社会的边缘，几乎每个人都觉得自己处于边缘地带而缺乏安全感。这时那个开始并不引人注意的不和谐的声音就会原形毕露，它开始成为时刻压抑着每一根社会神经的主要元素，让它们时刻处于精神绷紧状态之中。《刺猬歌》有力地抓住了这一事实及其社会心理：焦灼。我觉得这是《刺猬歌》叙事高明与高潮之处。事实上，我们的确是一群热锅上的蚂蚁束手无策等待着另一种幻想性的结局，其实我们对这种自我设想的结局几乎连自己都无法说服，只是一厢情愿地自我欺骗，但除此之外，几乎没有其他办法，因为我们集体处于这种被控制的无意识梦魇之中，我觉得这是《刺猬歌》在现实意义层面的最大成就，它把藏在社会心理无意识阴影中的怪物一把揪了出来：

"虽然如此，这倒是真的，哲学上的"我思"处于这座海市蜃楼的核心位置，他使现代人信誓旦旦肯定他就是自己，尽管他对自己是谁，内心常常充满狐疑。……我思我不在，我在我不思。"（雅克·拉康）

但这时张炜依然没有采取那种后现代主义的处理，他让自己的文本仍然维持在形而上学审美意义的叙事维度上，他没有屈服于工业文明所带来的后现代主义集体无意识的现实，而是从容不迫地指向他一贯所标榜的人性现实视域，《刺猬歌》的结尾是这样的：

他一直望着高阔的星空。遥远啊遥远。"啪嗒、啪嗒"，有什么滴进他的眼睛里。他仍然仰着脸，任其从眼角流出。

透过这一层晶莹，天空的星团像丰硕的葵籽一样簇起，仿佛在旋转和绽放……他凝住了神。

高高的菊芋上不停地垂下凉凉的露滴。

他伸出手掌接住了。

张炜将他这种富有个人精神特色与人性气质的叙事方式控制到了最后。也许在别人看来一定以为这是一种平常的一组意象，但在这里它却起到支撑整个文本重心的作用。他意图将自己的叙事结束在另一个高度上：从天而降的露珠或从心底里流出的泪珠。这也许可以视为作家解决现代与后现代困境的方法之一，至少可以视为某种启示性话语。它向我们提供了向上和向下两个思想向度，而我们的内心的确需要这样的液体来滋润与缓解工业文明与后工业文明的现代与后现代主义的精神焦虑，而还原为一种理性社会状态与语境之中的理性精神状态。这甚至可以视为目前作家开出的一剂社会性良方，同样它背后也隐藏着更为复杂的社会与个人性意蕴——只能用一种液体透明状流动物来止住我们已经固体板结钙化的大脑和神经丛林的漫延——回到人性，而并非返回其客观物理环境。

四、文本的另一种解读可能性或作家的额外负担

这里所谓文本的另一种解读的可能性，可以作如下表述，即在阅读过程中，《刺猬歌》并不单单指向作为小说文本的一种文学性阅读习惯，而是指向其他阅读的可能性。因为它并非一个单向度的文本。比如，它完全可以作为

一种富有文学意味的哲学或者社会学、人类学、社会心理学甚至综合文本来解读，即它是一个具有多重意蕴和多指向性的文本，而这种文本是由其内在结构的复杂性与精神涵盖性及其高度所决定的。这样的文本往往更具多义性、先锋性与歧义性特点，这一特点可能会使它难于为社会迅速接受——与其内在资源相对应，社会需要一个针对该文本配备解读资源的整合过程——这恰恰表明当下社会急需一种整合原则。

它的另一个特点就是它的思想先锋性，并非它在写作上对于某种先锋经验的创造或借鉴，而是在于它的前瞻性综合叙事纬度。在众多国内作家甚至思想界对社会发展基本现实尚未做出明确社会整体性应对的思想背景下，张炜不只厘清了当代的社会发展理路，而且以少有的清醒与独立，以最快的速度拿出了自己的理性文本。这个一向被以保守主义和守旧主义标签的作家，这时却以最迅速的方式对社会现实做出理性的精神性反应，这不只在于他的敏锐，而更多地在于他此前精神准备和积淀的充分性，也可以解读为现实性一直处于他的思想视域之中。这种反差会一时为文学界和思想界来不及整理思路，至少我至今没有读到一个关于《刺猬歌》的社会实质还原性解读的读本。这是由对社会发展与理解的主被动关系所造成的，它形成了一个理解上的精神坡度，导致了一场我们精神思想上的暂时性短路；而它更需要一种文学基础上的再次解读，只有这样它才会真正揭开神秘面纱，呈现其社会学、人类学的面目。

这是一个值得注意和富有意味的细节，但这对于作家而言也许并不意外，而且恰恰是作家能量指数之一——张炜是那种不时让时代产生精神短路的作家之一。从《古船》到《九月寓言》，再到目前的《刺猬歌》他已经制造了多少起社会性思想短路事件，只不过表现为隐性或显性而已。这样一路分析下来，可以说张炜似乎成了那种让文学界与思想界产生习惯性精神短路的作家之一。人们总是不能及时准确地认识到他作品的实质意义及现实意义，进而对隐藏在文本之后的作家产生误判。可以说，很多时候，一个作家的成就甚至往往与他被误读的程度成正比。而作家这个角色是最容易受到误读这种高贵待遇的群体之一。但张炜绝对不是要这种现实效果的作家，这个在习惯上让现实逼近文本的作家最急切的愿望大概是让这个时代精神在人们眼里变得真实起来——时代精神总是披着一件表面华丽而内在混乱的外衣——而不是面对现实时，制造一起起精神与思想的短路事件。这也是每个真正的作家最不愿意看到的现实尴尬，大概张炜也不例外，而且很明显这种愿望在他的文本里显得更为迫切而深刻，张炜更想让世界以文本的方式在这个世界上全方位再现。《刺猬歌》作为一个社会性文本，我觉得它一定会经历一个为社会多次再认识的过程，以后大概会有很多人会静下来认真阅读这一能使社会和个人多重受益的文本。

《刺猬歌》叙事的另一种先锋性在于，多元的社会因素和多重的叙事技术统一在简朴与魔幻相结合叙事的理性原则之下，即它没有仅仅追求某种文学或美学效果，而更多的是在追求一种社会思想效果以达到对于世界客观性涵盖的目的。我想这可能是张炜同意别人把它称为一部"奇书"的原因之一。他的浪漫主义和魔幻现实主义的有效技术性控制使用已经使他从一个文学角色向一个社会学或历史学、人类学角色发生转换，所以他在文本中把自己的声音降到最低。这不只取决于某种朴素主义的叙事原则，而应该更多的考虑如何为让现实自己走向前台直接发言创造一种条件，因为只有这样的表述才会被作者认为是最为有力的，而其文学性尚在其次。《刺猬歌》的确产生了这种叙事效果，这是区别于其他文学性文本而更具有社会性的标识之一。《刺猬歌》在这里实现了文本与客观现实的双向信息交换，它再现了一个运动社会状态的整体生态和整个运动过程，这时文学思维及其方式变成了主体与客体相互呈现的一种方式和手段而服从总体的叙事目的，制造出一个文本意义上的社会人类学的生态标本。

《刺猬歌》文本的这一认识论和方法论属性在我思想内部产生的震动，让我想起半个世纪前另一个哲学大师的文本在法国思想界产生的现实性轰动。我把它们所产生的震动效果在内心归于同一种轰动性质，而且我直觉认为《刺猬歌》迟早也会产生类似的现实轰动。相对那个处于正常语境的另一文本来说，随着时光的推移，《刺猬歌》会显现它作为文学文本和社会性文本的双重意义。而且在重新被解读的过程中，一定不乏一些有错失感的阅读者与思想者的痛感。不过，以另一标准来说，这是一种可以理解的现象，因为我们处于一个普遍缺乏耐性与穿透力的时代，即使真正意义的文学性或社会性文本，也会被我们当成某种单一的商品化符号来解读。因为我们的思维已经习惯于把所面对的对象指称为商品性功能单一的符号。在这一点上，我们对于《刺猬歌》的解读思维及其反应符合这个时代的精神实质，我把这叫作时代精神的成本。我们是一群习惯被时代精神牵着鼻子跑的人，我们已经习惯于只辨认商品的实用性能，而不去思考它们更多也是更重要的功能与作用，我们的思考也是一种丧失了主动性的思考，这样的思考毋宁说是一种反思考或叫作思考的反作用力。它创造大量的时代泡沫。

那个当时在法国产生轰动后来又极具影响力的文本，就是具有复杂身份的结构主义哲学家或人类学家——列维·斯特劳斯的《忧郁的热带》。与《刺猬歌》相同之处在于，列维·斯特劳斯同样用文学手法处理他的研究客体——亚马逊河流域与巴西高地丛林深处的人类社会基本形态，但《刺猬歌》作为文学文本的成就显然要高于前者。而有所不同的是张炜作为作家对于自己生身之处的持续观察和列维·斯特劳斯作为哲学家或人类学家的身份对一特定的临时性观察，这多少会影响文本的质量。另一相同之处在于他们都在自己的时代贡献出一部不只具有文学价值的社会交叉性文本。《忧郁的热带》不只引起当时法国思想界的轰动，而且成了人们研究人类社会发展的基石，而《刺猬歌》应该迟早得到它应该得到的价值，它已经远远突破了文学的上限，应该说这只是时间问题，社会只会越来越重视它。在这一点上，它们是同样的成功之作。它们虽然有着千差万别的技术性和研究方法以及方法论上的差异，甚至是在不同维度和纬度上的著作，但它们有着共同的目的性和指向性，即用一种类似结构主义的方法解构现实结构出一个具有现实主义和人文力量的文本。《刺猬歌》的结构是经过作家长期精确计算的结果，而非一时心血来潮之作。它们在共同的高度与层次上极具统一的现实意义和价值——人类的纬度与话语符号系统。有所不同的是《刺猬歌》更像一部哲学意义上的心灵载体，《忧郁的热带》则像一部具有心灵意义上的哲学载体。《忧郁的热带》的客体只是供作者研究观察对象的客观性，而《刺猬歌》除了客体的客观性，则更多是作者心灵结晶的主观性与客观性复合载体，和作家本身有着更多的灵魂纠葛与撕扯。从这个角度说，《刺猬歌》可以算得上文学史上的魔幻现实主义者，因为它给文学带来了意外惊喜和收获。这个惊喜应该是作家隐藏于文本深处的预设，这里或许可以解读为，作家并不满足于自己文本的文学目的性，或者文学并不是作家的最终目的。这与列维·斯特劳斯不满足于自己纯粹的哲学家身份多少大致相同。他们共同的目的是想让自己的文本趋向于科学。

"他（巴耶塔）在这篇文章中指出，文学步入了更加专门化的活动领域……写作与科学之间形成了崭新关系，它超越了艺术作品与科学发现之间在传统上形成的关系：'从一开始，《忧郁的热带》把自己展现为一部艺术作品，而不是科学著作。'（乔治·巴耶塔：《一部人文著作，一部大作》）它的文学性不仅来自下列事实（它首先是某个人的情感表现，抒发了某个人的情感，展现了某个人的风格），它的文学性还来自下列事实：作者以其深深陶醉之物来指导这部著作的一般精神，而不仅仅是抄录逻辑秩序。"（弗朗索瓦·多斯：《从结构到解构——法国二十世纪思想主潮》，中央编译出版社）

"用同样的方法，置换其中几个词语就可以指认张炜《刺猬歌》的哲学或社会人类学的人文价值取向：文学步入了更加专门化的活动领域……写作与科学之间形成了崭新关系，它超越了艺术作品与科学发现之间在传统上形成的关系：从一开始，《刺猬歌》把自己展现为一部艺术作品，而不是科学著作。它的哲学性不仅来自下列事实（它首先是某个人的理性表现，表达了某个人的灵魂理性层次，展现了某个人的思想），它的哲学性还来自下列事实：作者以其对现实的深思熟虑之物来指导这部著作的一般精神，而不仅仅是抄录文学秩序。"这里可以把《刺猬歌》的作者看成是《忧郁的热带》作者身份的反方向运动，他们大概都因此获得一个迷人而具有诱惑力的身份，获得了一种自我与文本本身的突破。但他们的目的性大致是相同的，而且各得其所，而文学成为他们永久或暂时性的精神载体——优秀的作家或哲学家往往并不拘泥于自己的表述形式，他们往往能够做到超越历史的同时也超越自我与文本的客观性。

作为表述空间的有限性和写作主体与现实的在场纠葛，是影响作家表达的两大因素。相对于张炜，列维·斯特劳斯具有更多思想上超脱的客观环境，这是张炜在客观语境上所无法比拟的。因为在这里思想上的表达似乎成了作家的某种额外负担，环境因素在这里是一种无效讨论，故从略不再赘述。除了文本技术因素之外，张炜所要面对的是一个特殊语境。也就是说在列维·斯特劳斯看来普通的话题，在这里则有可能成为特殊意义的话题。这可能是摆在张炜面前的最大现实障碍，而且张炜可能要面对更多的现实纠葛，我觉得这为《刺猬歌》的叙事带来极大的难度系数。这里魔幻现实主义又一次充当了重要角色。

而这在纯粹意义的文学或具有专制思维意识的人看来，思想或社会性表述却是作家的一种额外负担。但张炜对此进行了一次成功超越，因为他已经进入一种科学状态，而非现实庸俗世界观或政治观之争，他让《刺猬歌》进入一种类似寓言的语境话语系统之中——障碍竟然变成了动力之一。对于真正意义的作家而言，这是一种他们更乐意黏附于自己身上的"额外负担"，从一个文学角色到其他另一个角色，它们之间并没有绝对不可逾越的限度，之所以被限制，是因为我们自己首先限定了自己。从这个意义上，张炜的《刺猬歌》是一个应该让人感到兴奋的文本，这说明作家没有把自己限定在某一个身份之上，而且在这个限度之外又走远了很多。《刺猬歌》为以后的小说乃至整个文学创作积累了一个突破性经验。它指向了一个更大的开放性空间，扩大了文学的能指。

《刺猬歌》最大的成功之处，来自一种灵活性与包容性的理性思维习惯，来自内心与世界的普遍性法则。这是这个标签主义时代所缺少的一种精神气质和整体性欠缺的目的性。张炜把这种文本与身份变化表现得更为内化和具有隐蔽性，可能他尚不习惯对外作为作家之外的角色。虽然这种转换对于这个时代来说，具有一种魔幻现实主义色彩——证明的确作家在对这种魔幻主义现实变化在做一种近似冷眼的魔幻现实主义观察、思考和解构，并把它形之于高度的文本理性叙述结构之中——作家已不再是狭义上的作家。但它真正的力量在于其现实性的力量本身，而非魔幻主义的色彩。从这个角度上看，《刺猬歌》的确是一个比较少见的文本——无论作为文学文本还是哲学或其他性质的文本，《刺猬歌》都给人一种横空出世的突然感和复杂性，它甚至给人造成一种阅读不适。或许因这种突然感，人们一时找不到一个更加准确的称谓，而用"奇书"这个模糊性的文学化谓词和概念来指称它。不过，这说明它的确超出了文学的逻辑、方法和边界，至少它不应该被当作一部纯粹文学意义上的著作来解读——文学性的解读方式会使阅读者迷失方向。当然，这种解读方法也许会给它披上另一种魔幻现实主义或魔幻主义现实色彩，但这种解读方法至少是令人感到愉快而有所收获的。

也就是在此意义上，说张炜的《刺猬歌》是一部具有开创性和文学上划时代意义的小说，也许是恰当的。因为他在这里所提供的是一个非纯文学意义的单一文本。

常与变中的知识分子精神图景

——以张炜《外省书》《能不忆蜀葵》为例

秦　琳

摘要： 中国文学的书写传统里始终绕不开知识分子题材，对不同历史时期知识分子的形象塑造以及命运描摹成为文学创作中不可或缺的内容呈现，尤其在当下新生的社会环境与文化语境当中，知识分子面对的不仅是历史时代与外在命运的压力，还有更为复杂的内心迷茫与精神困惑。本文试图以张炜时隔一年问世的两部长篇小说中出现的两个性格各异、道路迥然的知识分子形象为例，探究他们持常与追变的人生道路中所面临的困境及困境中的选择、所承受的理想痛苦与最终殊途同归的生命指向，看到知识分子群体如何在寻找精神家园的过程之中承担生活流浪与精神流浪的双重困境，并对张炜式的理想主义进行了肯定。

关键词： 知识分子；《外省书》；《能不忆蜀葵》

纵观张炜的文学创作，其作品几乎缺少中国当代小说中最核心的形象——英雄式的人物，故事诉说也几乎没有完整的悲剧。然而，对史诗性疏离的背后却是将英雄光环打散并安置在小人物的身上，作家以时代裹挟下痛苦的个体展示出对生命尊严的决绝坚守和对精神世界的灵魂自剖，于庸常窘困的生存本相和左冲右突的时代夹缝之中，带来一系列思想上的孤立无援者与离经叛道者。《外省书》中史珂和《能不忆蜀葵》中的淳于阳立无疑属于上述"怪人"，疑惑的是同作为知识分子的两人即使在性格行为以及道路选择方面迥然不同，却仍逃不出仿佛宿命般的精神困境，这也是将二人放在一处加以观照的原因所在。从他们二人持"常"与追"变"的不同生命选择与近乎同样的生命指向进行思考，或许可以窥见知识分子群体当下共同的精神困惑与矛盾，以及如何在现代性焦虑与恐慌当中寻求精神出路的可能。

一、困境及选择

知识分子形象历来是作家塑造的核心，尤其在新的文化语境来临之后，这一群体面对外在世界的变化以及内在精神世界的冲击做出的不同回应，使得作家们不再对笔下的知识分子群体或个体进行联接现代文学讽刺与拷问式的书写传统，而是在众人口中"知识分子之死"的时代下，着力挖掘这个曾经奋力呼唤现代化到来的群体在历史的进步中付出的代价，叙述他们面对时代变化表现出的生活与精神的双重困境。张炜在这两部时隔一年发表的作品中，着眼于知识分子与现代性的对抗关系，将自我对现代文明的焦灼与反思倾注笔下，这不仅是一个写作者在向生活的真相和生命的本源逼近，同时显现出作家作为知识分子的自觉承担。史珂和淳于阳立被作家抛入同质的困境当中，即一种"在而不属于"的生存状态，尽管二人周身环境不同，面临的具体问题不同，但相异的遭际最终带来的是不愿妥协的知识分子的困境呈现。他们共同存在于社会时代的氛围之下又同样具有强烈的自我放逐意识，在各自的生命进程当中，既要与历史时代和外在命运拉扯，又在对自我的审视下将痛苦逐渐内移，以生命个体的意志冲突和内心挣扎为代价完成生命意义的诠释，尽管他们身上有诸多缺点，却都没放弃当英雄的念头。

具体而言，年老的史珂需要忍受的是"这年头无边的时髦围逼过来"产生的惶惑与愤恨，需要忍受"林中孤屋的无眠之夜"和那"无用的人生"。[1]所谓"时髦"，在史珂的世界里指的便是现代化背景之下社会发展带来的种种新变，这些新的变化不止于周围的高楼涌现、生活的物质加成，或者一切被人们争相追逐的名利场的诞生，更包含飞速变化的社会时代对生命个体所产生的震颤与改变，这种威力激发起的不光是生命个体积极正向的奋斗热情，同时带来的可能是迷乱中的精神萎缩与情感畸变。行进过程中的不择手段者面临着经济利益驱动下的心灵失重与生命异化，借机放纵沉溺于欲望浪潮中的行者面临着情感的麻木与缺失，而更多人则在各自沉默性的暗许以及跟风性的起哄下无意中承受了生命力的退化。这样不断逼近的现状带来史珂生活上的无所适从与精神上的困惑疑惧，带来海边孤屋的隐退生活和无数夜晚的难以入眠，如此的现实境况投射在史珂身上便形成其明显的孤独特质：一种由独身生活带来的情感孤独；一种由历史遗留而来的道德孤独；一种始终无法与周围和自我妥协的精神孤独。这种深切的孤独感是张炜小说中人物的灵魂所在，史珂的孤独是带有反抗性的自我选择。故而在众人眼中，尽管史珂拥有自由支配人生的主导权，从京城逆向而归的知识分子甚至可以得到市长的青睐，现实种种足以令这一老者安度晚年，他却在众邀之中持常而居，以一种禁欲式的道德理性筑起藩篱将自我围困其中，与现代性背道而驰显得封闭保守，格格不入。他在海边的孤屋里看到了那个极其浩渺又真实无疑的常，这是史珂情愿待在那里的理由。小说在对史珂周围人物的故事讲述中，始终让史珂保持一种外来人的感觉，即不仅身处于"外省的外省的外省"[2]，还在精神上与时代社会保持距离，进而可以抽身出来进行总体观察与审视，在洞穿时代的隐秘之后决意拒绝而自我隔离。

年轻的淳于阳立也经历着同样的痛苦，成为众人眼中生活与艺术的离经叛道者。日趋清晰的现实世界打破了幻梦世界的童话，生存环境的巨大转变与飞速发展带给淳于的是对自我生命的不确定和由此而来的数次狂欢与灾难。一种艺术生命的流逝，一种时代大潮的抛弃，都让这个自命不凡的人颇不甘心。画展上画作的角落搁置，一幅幅艺术的明码标价，大奖看中的商业价值以及由此带来的名利双收，会真正毁灭一个视艺术为生命却又自认为艺术生命能由自我把控的天真之人。老广建的城正向他招手，淳于一步步迈入了现实世界的深处。关于那次重要经历，淳于在做出告别艺术的决定之前只字未提，那是这个无所不能的现实世界的又一次让人大开眼界的魔术，令淳于愤慨、兴奋而又茫然。正是这一次意外闯入，彻底刺激了淳于的神经，"别了，猪猡们！"[3]这句话不知在说老广建，还是靳三那样的人，或者还包括棺明，抑或是他自己。淳于被眼前的欲望世界所围困，于是，一场没有硝烟的战争开始了，他在痛苦的抉择之后意欲把全部精力与所有才华投入商界实业，他最忠诚的拥护者连同他自己，都期待着一场属于艺术家的颠覆和生命的伟大燃烧，然而或许只有他自己知道，他最终想要的那座海岛，只是他所希冀的一个能够自由妥帖地安放自我与艺术的童话世界。这种决意追变的人生选择打破了人们对知识分子所拥持的道德理性之常的认知，淳于决心以随时代而变的方式与时代一搏，真正追随时代大潮一往无前，最终却以自身的惨败揭示出乌托邦精神理想的不可实现。与史珂相比，这个充满生命激情的弄潮儿同样成为溺入其中的故事之人，进行了困境中的另一种出路的尝试。这也是大多数文学作品中的知识分子在惊恐或慌乱、镇定或狂欢之后进行的选择，这似乎与现代文学中常常有的缺乏意志力与道德力量的现代知识分子形象相近，但淳于这一场痛苦的游戏生命的选择，实际上并不比史珂的自我封闭来得容易。

二、痛苦的来由

作为一个热爱故土且看重精神力量的作家，张炜曾多次表述过人需要扎根的道理。但事实上人所面对的困境除却自身与周围环境的不相容，更多的是精神与肉体的搏斗，或者说是生命本身的复杂性使得精神与肉体很难达到高度的契合，并时常陷入尴尬甚至分裂的状况当中。现代知识分子小说里一个恒定主题就是呈现人物漂泊、流浪，以及不断寻求精神家园的艰难过程，而这种无可皈依的生命状态流贯于生活流浪与精神流浪的方方面面。像一粒屑末随风飘荡却无法落地生根，是史珂和淳于阳立共同的人生状态与生命苦涩，也是两个灵魂承受生命痛苦的缘由所在。

对于故土的自觉靠近是二人流露出的共同情感倾向。史珂在京四十年，衰老之际决意回乡定居，一年之后又远离侄儿一家，搬到海边的孤屋独自生活，这看似行将稳定的故土生活却处处透露出危机。或许这种逆向过程的进展并不顺利，小说开头就写到史珂的京腔被故乡人指认的情境，另外包括市长大动干戈的拜访、兄长史铭和侄子史东宾的热情邀约以及屡次被一厢情愿解决人生难题等，昭示史珂无论身处哪里，城市的烙印始终无处不在地跟随，更不要说在城市的记忆里所背负的沉重历史带给他生命的伤害，那是妻子、朋友的逝去和文字与自由表达的扼杀，正是这样被侮辱与被损害的人生使他不堪忍受，故而从离乡路途中逆向而返，期冀从故土的记忆中寻求慰藉，得到启示。然而如前所言，史珂身上背负的城市烙印太深太重，使他返乡以后无法真正像一个"归来的孩子"般融入故土，而他身上又处处显示出对于城市的强烈拒绝，一种出于内心深处的剧烈排斥，迫使史珂身处于"外省"却永远地精神流浪。当结尾处的推土机轰鸣着逼近河湾，史珂必将再次失去安身之所，再次进行精神与肉体的双重流浪，由此不能不感受到这一退守行为所显现出其自身的缥缈与虚幻，可是我们也应看到在张炜意欲通过他所建构的道德理想对社会现实进行的反思之下，他还试图用这种不断退守、退守的失败以及退守行为本身的虚幻性表达出对知识分子道路的深切反思。

作为"赢之子"的淳于阳立对故土的依恋更加强烈，这片土地不是冠上故乡之名的地区或者没有灵魂的空间，意义也不在于简单的记忆载体或者意象传递，而是真正与淳于阳立建立起了联接艺术与生命的血肉关系。故乡螺蛳岙（包括海岛上的暄庐）可以说是淳于精神及艺术最为纯粹的滋养之地，却同时也是造成他艺术上的自负与精神上的谵妄发端的根源所在，乡间这抔土，开着最为明亮的蜀葵花的地方，赋予淳于的不光是自然天真的生命活力，还有一种不可把握的野性与征服欲。这恰如作家自己所言，"强大的生命必然有强大的欲望"[4]，在这故土所营构的幻梦世界里他作为神而存在。一方面由于父亲的缘故使得淳于成为一个延续的生命形象被螺蛳岙接受并仰望，而在第二次返回螺蛳岙后，随着医名与画名的同时传扬，他不仅成为大家口中笃定的天才，更是被村里人热情拥护，即使"当他大声讲粗话的时候，人人都欣喜惊讶"[5]，一种暗许的规则被所有人遵从。然而，这所有的一切带给他的不光是活力、明亮与自信，还有随之而来的占有欲、征服欲、报复欲的增长，一种内心狂妄的自尊，一种自我美化的情感，成为淳于身体里欲望世界的隐隐试探。故土赋予淳于阳立的力量，终于在城市日渐清晰的现实之下转化为巨大的破坏力，他在狂癫和孤注一掷的反抗中被城市宣告出局，同时也被自己厌恶和抛弃。小说结尾仍是留出悬念，让淳于阳立带着一副怀有故乡记忆的蜀葵乘火车出走，最终的宿命在指向漂泊与流浪之际，还是给人物存留了些许希望。

由此来看，无论是史珂还是淳于阳立，在城市所指向的现代文明给予的精神伤害之中都不约而同地向故土发出求救，但故土本身在其文化体系中所具有的复杂性以及被城市化进程唤起之后所必然呈现出的新的变化都令怀有单纯意愿的二人措手不及。故土作为一种对抗性的象征力量，在史珂主动拒绝城市和淳于被城市抛弃的状况之下，始终无法成为在精神上不愿妥协的知识分子不管是存放自我或者是安置灵魂的归宿所在，他们既做不到与其他人一样顺势而为，又无法以一己之力改变现况，既看到了时代隐秘下的人性真相，又被紧紧束缚围困在所要面临的真实人生，既决意拒绝现实世界营构出的虚幻谎言，又在对记忆中乐土的执意追索下迷失自我而陷入更深的疑惧和失落当中。而作家自身在故事讲述里表露出的迷茫与质疑更显现出这一命题的悖论和复杂，这也正是包括史珂和淳于阳立在内的知识分子所要承受的痛苦的来由，一处寻而不得的精神家园，一直无法生根的精神漂泊，一种不能承担的理想之重。

三、生命的指向

时代浪潮的激荡带来现实人生状态的纷乱，展现生命个体如何秉持各自的信念进行艰难的选择与探索，成为作品对原生生命的重要审视部分和确立生命价值的重要尺度，其中不仅包含了人在生命本能的推动之下呈现出的充满人性意念与欲望的人生状态，同时还表现出在生命意志驱使之下无法止息的生命执着。或许史珂和淳于阳立的生命指向在众人看来有很大不同，无论从二人的性格、身份、境遇或者从他们的想法、行为、选择等方面出发，都无法将这样两个看起来完全不同的生命形态归结在一起。

史珂的思考多于行动，他选择以自我隔离为代价保持生活的常态与精神的纯洁，甚至不惜走向生命的自我封闭以致面临苍白和枯萎；淳于阳立的行动力迅速，面对时代的围困，他决意用艺术的告别和自我的沉溺冒险与之相抗，以艺术骄傲和生命活力为代价追求生命的全部丰富与壮阔，甚至使生命走向了不可遏制的躁动与迷狂。这样迥然不同的生命状态实际上展现的是生命的全部丰富性与复杂性，彰显的是具有生命意识的个体在生命探寻中的艰难行进。从这看似不同的道路选择和人生指向望去，生命似乎面临着道德与欲望的时刻抗衡，也面临着一种在复杂现实下冲突裂变的危机，然而二者并不是必然对峙的两极，欲念激情与道德理性并无好坏之分，生存本相与意志力量也无优劣之判，不同的选择需要同样的勇气与担当，生命个体必然也要为自己的选择承担后果。何况，史珂和淳于并不能被简单归类为两种完全不同的生命向度，我们在其各自的生命历程当中所看到的不应仅是生命本真与道德理性的抗衡，或者根据二人不同的背景与经历得到其中传统与现代、东方与西方的对峙结论，而要真正看到他们既不是只保有生命本能的芸芸众生，也不是剔除七情六欲而空有强大生命意志的形而上符号，作为拥有全部生命感觉的探索者，生命的自由与活力，生命的禁锢与枷锁无一不投射在二人身上，这使得无论是无言的史珂或是高昂的淳于在他们的前进之路中都愈加曲折，本能与意志的较量和冲突贯穿于二人各自外部反抗与内在斗争的全部过程。在无法回避的艰难生存环境之下，生命本相与意志力量的不断拉扯导致生命个体或产生在暗自思索之下的犹疑与延宕，或带来在左冲右突之中的激烈与毁灭，这两种状态看似完全不同却具有同样强烈的不能妥协的生命指向。

故而，无论是退守的史珂还是攻守的淳于阳立都在以各自的方式守住自己的人生城池与理想高地，他们各自作为知识分子群体里的"这一个"，可以称之为失败者，可以视之为孤立无援者，可以比之为离经叛道者，却永远无法否认他们不愿妥协的精神坚守和孤注一掷的生命勇气在当下现实中所拥有的魅力和意义。这同样也是作者永恒的精神立场，张炜将自我内心世界的各种冲突放注于笔下人物身上，无数个矛盾着的侧面都是写作者精神痛苦的投射与精神困境下的深度思索。史珂从京城到外省以至到更远的外省之外的人生轨迹，明显是出于知识者的执拗与倔强而进行的自我边缘化与流浪化的结果，而淳于阳立的天性使得他到过的每一处都是流浪之地，这样天然的流浪者状态使得作者笔下的知识分子与流浪者合为一体，真正表露出知识分子无处容身的生命矛盾，以及对于人的生命存在展开的思考。"诗意的栖居"永远是无限接近于理想的一个乌托邦，而这种乌托邦的始终无法实现则昭示着包括知识分子在内的全部人类永恒的流浪状态。这种更进一步的思考正如学者指出，"从启蒙主义到存在主义，构成了人类精神从近代的纯粹理性和理想主义模式到当代的怀疑主义与现存诘问的模式的深刻变迁。"[6]但在其过程当中，尽管人物甚至是作者自身的迷茫与困惑无法消解，尽管理想主义的字眼承担的更多是文化保守主义的评判，但张炜小说内在恒定的一个主题就是其呈现出的超越时代的边缘选择与反抗精神，在绝望之中予以希望，在绝望之中予以反抗，并于生命个体的选择过程中关注人的生命存在问题。相对于不偏不倚的调和心理所给出的妥协的理由和去情感化的碎片叙事呈现的主体倾向的缺失，张炜始终愿意以"连自己也烧在这里面"[7]的姿态与热情探求现代文明之下的精神拯救，一方面对个人和知识分子群体的精神危机做出反应，对其生命尊严和个体价值进行再确认；一方面在迷乱中努力寻找对现实的认可途径而绝不放弃心中的理想主义，这无疑显示出在痛苦和灾难所浸润的道路中，具有丰富生命感觉的写作者在精神上不断追问的可贵。

参考文献：

[1] [2] 张炜. 外省书 [M]. 北京：作家出版社，2013.

[3] [5] 张炜. 能不忆蜀葵 [M]. 北京：作家出版社，2013.

[4] 张炜. 芳心似火：兼论齐国的恋与累 [M]. 北京：作家出版社，2009.

[6] 张清华. 中国当代先锋文学思潮论 [M]. 南京：江苏文艺出版社，1997.

[7] 鲁迅全集：第七卷 [M]. 北京：人民文学出版社，1981.

真与幻的难题：张炜小说《家族》中的散文诗话语分析

陈星宇

摘要：张炜的小说《家族》使用散文诗体式，通过宁珂的梦呓造出一种幻境，以此来达成以审美之趣来对抗"合法"的历史叙事的精微目的。《家族》的散文诗话语展示了情境两分，托情于境，继而起兴言事的艺术手法。梦境中出现的事物，都朝向与人物深刻联系着的对象。通过描写人物心怀爱恋的同时以自尊相抗，由是在即离之间展开一种盘桓，爱而不能，不能却爱。道德与情操的纯美特征，正通过这样的一种进退无端、取舍两难的心理境界，而得到缜密的思维脉络的滋养，怦然绽放。

关键词：《家族》；散文诗；道德情操；审美

张炜的小说《家族》甫一出版，评论的意见就集中在它的写法与传统"革命历史"题材的差异上。有评论赞扬张炜驱遣出了语言的诗性①，而基于同样的阅读感受，另一种评论批评了他对文明"现代性"的拒绝和对"知识分子"人格的想象和迷恋②。看似正反对立的意见，实际上都在为作家立法，个中隐含的前提是：作品本身不能自为法度，需要在现实经验的世界中以经验加以核对。在这样的前提下，如果偏重经验感受，那么会出现对诗性语言

---

① 参见李洁非：《〈家族〉：圣者之诗》（《当代》，1995 年第 5 期）。李洁非在这篇文章中，提出了《家族》小说中存在着现实的血亲家族和"精神的"家族两条线索，他赖以指认"精神性"家族存在的，正是小说中的梦呓话语。这一篇评论，可以认为是较早地觉察到了张炜小说的"诗化"特征的文章。而明确地以"诗"来形容张炜的小说的，则是严峰在 2002 年发表的文章《张炜的诗、音乐和神话》（《当代作家评论》，2002 年第 4 期。）

② 参见张颐武：《〈家族〉：疲惫而狂躁的挣扎》（《文学自由谈》，1996 年第 1 期）。张文与李洁非文针锋相对，批评小说在处理社会进程的"现代性"问题时的退守姿态；殷实：《危机写作：〈家族〉作为长篇小说失败的病例》（《小说评论》，1996 年第 4 期），殷文批评《家族》以"知识分子经验"置换"革命经验"，造成历史价值的瓦解。

的赞扬；如果重视经验现实，那么几乎不可避免地会批评《家族》的历史虚无感。而不论哪一种意见，都并不怎么相信作家的个体世界与文学的所指世界，可以二位而一体。

彼时的评论意见呈现出一种偏好，即对叙事文学"客观性"的维护。而在二十年之后的今天再次审视《家族》，能否在考虑"历史的真实"之外，将作者与作品的关系纳入考察视野？能否相信在《家族》散文诗形态的梦呓话语深处，有着与叙事场域并列的、属于作者精神世界的另一种"真实"？如果可以实现，我们能够从《家族》之中读到的，也不止于写历史的方法，更有一位写作者处理他与虚构世界之间关系的方式。

一、造境："梦呓"之于《家族》

宁珂的梦呓与主线叙事交织，如幻如真，亦真亦幻。正因真幻交织，便能在不可动摇处动摇着历史的"真相"。作者在此中实践着他从人性幽深处诠释事态的理念，倚赖而反抗"合法"的历史叙事的，惟以修辞。

《家族》的精神的生发，是从红马意象开始，也是宁珂梦呓的"它是族徽"。"红马"意象在《古船》时初现端倪，而在《家族》中得到完成，从一匹灵物而跃为一种人格象征。在法国文学作品《王子比波》之中，曾出现过少年王子与红马结为伙伴的情节，寄寓着少年的生命之力与人格双重的成长。红马之喻出现在梦呓之中，是在宁珂少年失怙而被宁周义收养之后。这时小说出现了第一次梦境描写："我梦见一片红木树，它的叶子像你的头发，在霞光下闪动鲜艳的颜色"，梦境之中奔入一匹骏马：

听到了嗒嗒的马蹄声吗？那是从天际飞来的，是穿越了历史尘埃的声音。那匹马也许会飞驰进你的红木林，然后就开始飘飘奔跃。它是一首歌、一幅画、一行长长的诗。

"红木林"之喻，指的是接续抚养宁珂的女性阿萍，因而红马奔于林间的意象隐喻的，既是宁珂从阿萍这个实际上的母亲角色身上获得宽厚与庇护的经历，也是他终将不能自限于此、奔离而去的命运。因而有这样的梦中之境：

我的父亲，我的父亲。你骑在红色的骏马上飞驰而去，带去了所有的家族的浪漫和希望，你是家族的永恒的父亲。你是那一段神奇传说的父亲了……

　　第一个梦境以红马把"长长的嘶叫压在喉下"结束，恰是一种激越之情将发未发的状态。在长诗《皈依之路》中，张炜将这种诗情重写了一遍："红马飞去/带走了所有浪漫/那个永恒岁月的父亲/那段神奇传说的父亲"，"视网上那匹飞扬的红马/是运动跳跃和献给未来的鲜花/生命之花，长大了/懂得焦渴与独守/开始一个幻想/问融进和融入那一天/那一刻/舍下什么/携走什么"①。诗以其无所具指，反而揭露出了蕴涵之情，脱离了小说语境的长诗，恰恰暗示了小说梦呓语所造意境的核心。在第一次的梦境之中，宁珂如马一般"奔跃"的生涯就得到了谕示。

　　"当我梦见红马疾驰、平原上烈焰腾起的时候，会失声大叫。我的热血推动我一跃而起，追逐那匹红马。它是火的飞动，是燃烧之神，是家族的眼睛。"红马入造梦者之梦，造梦者化身红马，个中的物我关系，颇类庄周蝴蝶之辩。所以，在泯灭了作者的纯然小说情境之中，宁珂通过红马而展示一己心境；而在作者介入了的全能视角之下，宁珂与红马不二。宁珂的"追赶"，在《家族》的主线叙事之中，即是一段革命的经过。马与人之间的对喻关系，在插入斩杀黑马的传说时得到强调。当事态发展到宁珂这个"胜利者"成为蒙冤者的时候，一切经历有幡然而悟的意味，"为了那可怕的觉悟与感动，我激烈之中只想一刻不停地抓住那火红的、通向冥府的马驹，幻想在彻底的惩罚中获救"。一头一尾的红马意象之中，吉凶的意味不同，但奔跑之意始终。在临近结尾的梦呓发生时，曲予已遭暗杀，宁周义遭到处决，宁珂也身负冤屈。宁珂以"讲个北方的故事吧"来概括了他"追赶"的历程：

　　讲个北方的故事吧，那连续不停的涛涌之声。讲个北方的故事……我梦见自己化为一只鸥鸟，孤单高傲，展开双翅飞向远方。

　　这只鸥鸟"双翅尽湿，洁白却未改一丝"，它是红马化出，又新增了一种不屈的品格："我飞翔了，向着远方，不愿也不敢降入水中，为着这孤傲、倔强、炫示和不屈"。作者完成了对宁珂人格的喻照，从奔跃之马到无降之鸥，从对红色的暴力内涵的领悟，"我以前没有那些关于红色的惊心动魄的想象"，

---

① 《皈依之路》，《上海文学》，1996年第7期。长诗《皈依之路》实是《家族》的梦呓话语的诗化形式。根据张炜同名诗集中所收诗《皈依之路》的后记，这一组诗创作在1991年3月到1996年1月之间。而《皈依之路》（上篇）的首发日期也与《家族》的出版日期接近。可以推知《皈依之路》诗和小说《家族》的创作同时进行。

到以白色对照历尽劫波后的人格质地，转变既在物态上，也在红白两色的对比之上。

红到白之间、奔马到鸥鸟之间，又发生了怎样的梦境？两两之间，充溢着无有边际的花圃与荒原。在红马之喻发生的时候，另一种比喻也发生了：

你远远的会把我当成一棵树。是的，我有深深的根脉，它提供我养料，也给我自尊。

妈妈，我是一颗你照料下的树。当你不在身边时，我自己把它移到了霜地。一枝枝油黑的叶片纷纷落地……妈妈，我到更严酷的北方去了。

"人是一棵树"的比喻，在张炜的写作历程中，凸显于《融入野地》一文；而它的发端与涌起，应向《九月寓言》的写作追溯。长诗《故地之思》中，人与故乡之间的联系也以植物之喻来表达："那片狭窄的大陆/那个犄角/我的梦境与立锥之地/眼看它发出叶芽/缠绕和攀援/勒痛了我。"① 在《家族》之中，这一种比喻及个中意味，无疑向此。

宁珂爱的初次涌动，便是借由一匹羊羔和大量的植物造出的境界，"你试着吃过白沙上生出的酸菜、槐叶、节节草和嫩嫩的毛榛茎芽，你看过了各种各样的花，虎尾兰、吉祥草、玉簪、绶草……你因为心醉神迷而不能举步……我追过来把你抱在怀里。"而"小甲虫驮着一身春阳蠕蠕而来"的荒原，便是地母，明明白白地与"母亲"同位。曲予遭受暗杀之后，宁珂造出了一种追怀之境，"我闭上眼睛就能看到浅棕色麦田上，那浮起的盛夏之花"，大量对土地和植物的想象充溢其间，"艳阳下的熟麦田啊。这浅棕色海洋里，小舟穿梭往来，桨声不绝"。故土之思在整个《家族》的梦呓语之中，都与亲情之手关联，与发自人性的泛爱重叠着。

这一种泛爱，在张炜的一贯感知之中，是一种博然大爱，大而化之则至大至刚而充塞天地，进可以舍为化身千万，化作家国之爱；约而言之则至精至微而具切实推动之力，退可以现为同侪兄弟之谊，于个体则发为儿女之情。这种感知对作家个人的重要性，到了直接影响他的历史观的程度。《家族》中黑马镇惨案后宁家的表现便颇能说明这一点：

说到了黑马镇惨案，全家人声泪俱下。哭得最厉害的当然是阿萍奶奶。

---

① 《故地之思》创作完成于1996年12月24日，在《家族》出版之后。见诗缀记。（《故地之思》，《皈依之路》，北京：东方出版中心1997年版。）

……宁周义擦去了眼泪，大声叫着缬子……："你真该来听一听！你知道国家到了什么地步，才会做人。你天天忙着描脸，真不像我的女儿！"宁周义突然吼叫起来，"统统没有希望，到处都没有希望，混账的……滚开吧！"

这一段情节仍有精神向度上的一种解读。哭泣在这里指示着一种同理之心，一种与所同情之对象结成自觉自愿之关系的意愿，其中内蕴着尚未获得实现的扶助之意。哭泣之人与获得同情的对象之间的关系，如同神秘力量与落难灵魂之间的关系——形式上近于宗教，却与宗教关系不同的地方在于：落难灵魂最终受到襄助，并不因为它实践了祈祷这一宗教途径，方才连通了那股决定自己力量的命运，而是因为首先，具有力量的是人而非神秘的造物主。有力量的人对它所同情的对象包含着但尚未发出的愿望给予了回应——也就是，"负起了责任"。于《家族》而言，哭泣暗示着人物的纯粹道德；于作者而言，"哭泣"的设定指示着他的审美情操。

在个体的意愿感的趋向和强度上，梦呓与哭泣何其相似！它们都朝向与自身深刻联系着的对象，心怀爱恋的同时以自尊相抗，由是在即离之间展开一种盘桓，爱而不能，不能却爱。道德与情操的纯美特征，往往正需要这样的一种进退无端、取舍两难的心理境界，而非现实域界——方能得缜密的思维脉络的滋养，而怦然绽放。《家族》作者造境的原因，便系于此。

宁珂梦呓语言的激烈与迷狂之中，呈现了少年的特征，与他在革命现实中的克制与清醒形成对比；他在梦境中的大量依恋行为，在"成年人"的眼中无疑是人物心理退行的表征，在"革命者"身上显得怪异。却在这样的裂隙之中，作者成就了宁珂"纯情的"革命者角色。修辞至此，宁珂已类俄罗斯文学大量涌现过的"义人"，也近于宗教理想中亘古的圣徒。威廉·詹姆斯观察到宗教圣徒的命运："成年男性和食人者，从圣徒的温顺和自制中看到的只是迂腐和病态，对他只有厌恶"，[①]《家族》曾领受的两极化的评价，未尝不能从此解。而两极化的批评意见实际上呈现了两个轴心：我们需要适应的主要领域是所见世界，还是未见世界？我们适应所见世界的手段必须是攻击的，还是不抵抗的？

---

① ［英］威廉·詹姆斯著，尚新建译：《宗教经验种种：人性的研究》，北京：华夏出版社，2005年版。

二、做梦中梦，见身外身

在张炜的写作历程已逾耳顺之年的时候，回头检视《家族》，方看出这是他一种写作理念的在一个新阶段的呈现，即认为世间事的运动受到精微的人性推动，从不可见发为可见，乃至于决定了人类历史命运；人性的明暗都参与在历史之中，而此间尤以爱为最强大的动力。①

《古船》时期，作家就已经在突出"人性"成分的历史参与。《古船》给出的指路之针，是《海道真经》《天问》与《共产党宣言》三本。须知20世纪80年代，知识界向西而求的愿望强烈，文学工作者并不能免预此流，即使是《古船》写作的80年代前中期，也存在向"现代派"学习的热浪。作者定妥《海道真经》和《天问》在《古船》中的地位时，他与时代思潮之间的距离感已经隐约地显露了出来。而作者举出《共产党宣言》，却又有着一种"时代理解"在内。自"拨乱反正"之后，80年代的文学界接续50年代未完成的讨论，重提文学中应有超越了阶级的"普遍人性"。马克思《1844年经济学哲学手稿》被提出作为论辩的哲学基础，论者从中读出马、恩承认"资产阶级也存在人性"的意味。从《共产党宣言》在《古船》中指路明灯一般的地位中，隐隐透出"人道主义"大讨论的返景。在对人性的认识之下，《古船》中无论家族还是个体命运，起承转合皆系于人性中的温柔与冷漠，爱怜与倔强，自尊与自忏，明媚与阴暗。

这种写作倾向演进而成的写作理念，在《九月寓言》时实际上已经得到了一次实践。对小村人的"奔跑"冲动和他们的生死爱欲，作者强调的是"发乎情"的成分，也就是自人性中出的部分。到了《家族》时，"奔跑"冲动聚为"红马"意象，"人性"则演成嫉妒、冲动、情欲等具象，这时较前期不同的地方便在于泛爱的出现。

泛爱的出现，固然指示着作者拓深了情爱的话语空间，这在另一方面也意味着，他感受到了同样深广的不确定和不可知，既对于事态，也对于人性的机制。所以，将他的感受理念化便几乎成为写作继续的必由之路：非如此不能将感受中的未知和模糊性囊括其中。这么做了之后，作家与作品的关系，

---

① 在《艾约堡秘史》创作谈中，作者明确阐述过这样的观点。

便意外地近似释家言，由梦中见二重身的关系。

这种结构关系，一种世界观层面上的彼岸与此在，在《家族》中呈现为宁珂的梦呓对现实的"革命史"神圣性的消解。在传统的革命史讲述之中，"真实性"并非哪一种客观真理，而是带有"合法性"意味的一种认证；不带有神圣性的革命人物，不能称为"真实"的。就《家族》中或满身道德缺点或沉情溺爱的革命者形象而言，张炜显然是在对抗着传统的"典型人物"叙事的；宁珂大量的梦呓话语屡屡造出幻化之境，其中无有一样革命事实，只有他魂梦所系的人和物象，这也显示出作者强调的非是革命者的革命事实脉络，而是精神历程。然消解纵然消解，却异于否定，且并非重建；他写了"看得见"的"事实"，也写了"看不见"的心路历程，他既同情了"暴力"，又向往了"非暴力"，但没有判断与答案。由此生成的审美感受之强烈与现实抉择之两难意味同在。所以，由梦中见二重身的结构，发生的效果如释家言：

"天子当知！如在梦中梦见佛教诚教授菩萨、声闻、于意云何？是中有是能说、能听、能解者不？"

诸天子言："不也，大德！"

善现告言："如是，天子！一切法皆如梦故，般若中说者、听者及能解者都不可得。"①

做梦的是一重身，在梦之外；入梦的是第二重身，在梦之内。这一、二重身得以析出，乃依赖于历梦这一个过程，非如此造梦者不能见到入梦的第二重身。而历梦必然梦醒，非如此入梦者不能悟到造梦的第一重身。能将二重身都看清楚的人，便只能是既历梦又梦醒的同一人——换言之，造境的是造境者，破境的也是造境者。

破立系于同一人，这是张炜这样的造境者需要面对的吊诡。依梦造境，固然奏氤氲之效，但"一切法皆如梦故"，梦境终究非为实在，从梦境而讲心路，很难不走到以幻说幻的地步。如果说"以幻说幻"值得批评，那也需建立在一切皆可以言说的前提之下——然而这一前提，显然违背了我们的哲学经验。幻之为幻的价值，恰因为它兀自无解；以幻解幻的行为价值，正在于不可为而为。

正因为还存在不可感知、或感知了却无法言说的世界，文学家造境而借

---

① 《大般若波罗蜜多经》卷81"诸天子品"，《大正新修大藏经》，第5册，第454页中。

以具象未见世界的行为，便具有不可辩驳的正义性；也因为此，写作者以梦境为真实的做法，也具备了坚实的合理性基础。文学家并非有志于澄清梦境与现实的区分之人，而正相反，他们着意于通过梦境这一种想象，指示内心深处的现实和无意识的反应，使用语言的工具又将它们拖曳回梦境与现实之间的地带——呈现为比喻与象征。张炜借宁珂的梦和呓语传达他站在现实的此岸，对一个眼不能见的世界中的"现实"的领悟，同时也想传达出，这种领悟有着与现实世界中根深蒂固的"唯物主义"创作现象完全不同的美学风貌。就这个意义言，《家族》确实是出自作者审美情操的一次倾诉；而审美，正是人性的一部分。

如果将梦境的范围扩至最大，将文学也看作一种巨大的梦境的话，《家族》的造境无疑造成了梦中梦的结构；审视着宁珂的写作者自己，也有了"梦然后知其梦"的俯瞰之身。文学对写作者和读者而言，其实都无法提供他们欲念之物，但可以告诉它们如何展开欲念。也就是说，文学并不是要实现一个人未被偿还的梦想，亦不能导致他所爱者的"归来"，但可以告诉他如何通过做梦进而在现实中活着。文学艺术是使人从虚无状态挣脱出来，从而进入构建现实的中介，它努力地在言说着不可言说之物、在理论化着难以理论化的部分世界，我们对自身真正欲念的了解、对自我与世界关系的认识，恰恰要通过这做梦中梦而见身外身的行为加以处理。

对一部分有着文学体验的人而言，反映着内心深处现实乃至无意识的"实在界"，方才意味着真正的世界。就《家族》而言，宁珂的梦境和呓语反而反映着他最真实的面相；梦境与现实间距离的存在，反而让人获得了审视和凝望现实的目光。梦境的"真实"映衬出现实世界的虚妄，阅读视野如果期待《家族》的叙事主线给出一段由唯物史逻辑驱遣的、充满事件细节乃至操作方法的"革命史"，无疑是得不到满足的。张炜很可能感受到过虚构的张力，甚至进入过洞察现实本身的虚构层面、将现实体验为一个虚构这样的瞬间；反转之处又在于：如果坚持认为梦境是精神现象的核心，那通过虚构而营造的梦境在建造的同时就已经侵犯了梦境自身。——通过梦中梦而见知身外之身的希冀，对作家而言未尝不是苦路的开端；然而它又是必要的：唯有见知了虚构的虚构性，我们才能实践出虚构这一手段在弥补精神与现实之间的裂隙时，究竟能为用几何。

三、已是梦中梦，犹云身外身

与其说《家族》在真实与虚构之间架起了一座桥梁，不如说形成一座结界更为妥帖。结界的一边是充斥着感性认识的现象世界，另一边是拉康的意义中的"缺席的存在"，即实在界。在最根本的层面上，主体的经验深藏在实在界之中，它对日常生活的介入不得不借助某种艺术形式方能达成，即是说，我们需要借助虚构的伪装，才可能到达"真正的"真实。回到前面的隐喻，便造成"以梦释梦，进而到达真实"这样一种描述；在可以操作的层面，它的前提是：写作者和读者双方都需要对文学虚构的能力葆有信心，同时相信虚构将要到达的那一头即是真实。

如果写作主体的感受传达，与客体世界的经验比对一样不可靠的话，那么我们可以倚赖而到达"真实"的，是否还剩下语言自身？在最理想的情况下，语言可以打破日常性的二元对立，而造成能所俱泯的体验，是为佛家追求的"言语中道"。"言语中道"之所以值得追求，是因它可以导致"直指本心"的刹那领悟——然而，语言文字本身便是二元世界之"二元"的证据，或者说，是形貌与意义分立的产物；以语言来讲本心，与"直指本心"正相背离。

这一种窘迫的境况，恰能用以隐喻作家通过驱遣语言而接近"真实"的努力。以对象为真实的标准显然不可靠。齐泽克就曾隐约谈道，如果严格按照康德在《实践理性批判》中的主张，我们能够进入物自体的领域，会发生什么？什么都不会发生。因为此中失却了自由意志，失却了道德法则，人类的行为就如同提线木偶，只是机械的运动。那么，将自由意志灌注进人对物的参与过程之中时，又如何去论证，我们参与的对象本体之中必定存在某种秩序？如何证明"自由意志"不是造物主赋予提线木偶的全部优雅、其非为虚妄？

在这样的一种两难之中来观照，宁珂的梦呓话语未尝不能看作能动的主体向着"真实"的探索过程中感觉的呈现。"历史的真实"早在后现代历史主义的讨论中，就被论证为虚妄之物，写作者能够给予历史的最大尊重只能是"呈现"。张炜使用了高度私有的语言造成境界，继而寄情托兴于境，暗示在此间存在着不同于档案历史的"历史"。他变换了历史的写法，也更换了

"真实"的内涵，也因此被归入"新历史主义"小说的行列之中。① 归类显然是一种简化的处理办法。在90年代中期以降的文学史进程中观察，质疑档案历史、向着"历史真相"不可为而为的何止小说创作，文学史的重新叙事也在持续集结之中，"民间写作""秘密写作"这样足以颠覆正史的概念占据了核心位置。这一股看似后现代历史主义的驱动下的写作潮流，其发端仅仅是欧洲大陆思潮孕化的结果吗？观察这一批写作者的年龄与经历可以发现，这也是40～50年代出生的一批知识人的历史伤痕，在90年代的一次重新书写。

经过《家族》的书写，张炜强化了他的人道主义底色。《古船》的沉思，《九月寓言》的自语，在《家族》中演化成梦呓。其中有着一位作家孤独感愈深的征兆，但同时这也意味着他在探索人性这一条路上，越发进潜幽微。产生于《家族》写作过程中的"计划外"产物《柏慧》，实际上补充说明了作者这一阶段面对写作对象时情不能自抑的程度。随着"高原"系列的演进，在反复的成稿和改稿的过程中，人道与责任之间、个人际遇与历史真相之间的巨大裂隙，也被作家反复地演绎着，《家族》是这一切的正式开端。通过对《家族》和后续"高原"系列的写作，对人性的深深体谅与爱悯，与观照到历史深处、想象隐秘时的悲凉交缠在一起，牢牢地扎根在张炜的道德情操之中。

所以通过《家族》，张炜在文学虚构这样一个梦中之梦之中，观照到的身外之身，是一种不动之身。也就是：人性走到悲剧的极致，必会感受到剧烈痛感，领受便是；冲突进行到不得不发之时，必有牺牲，挺身就戮便是。

而《家族》既非写作的结束，也不是造境的末端。二十年之后的《独药师》，才最终地完成了一种境界。主人公季昨非身处乱世，感怀伤世，亦以爱为乱世中唯一恒常。但他从容立世，不求自度。其心境不复峻急，于是眼底收入了他人的命运；他对革命人物的敬与痛、对暴力革命的理解，都引发了急痛之后的从容。急痛乃是人性的证明，从容意味着人道将行。《独药师》的

---

① 20世纪90年代前期，文学评论界开始对历史面向的小说进行归类，出现了"新历史题材小说""新历史小说"的提法。1994年《当代作家评论》发表署名吴戈的文章，题为《新历史主义的崛起和承诺》，此后这一类小说又以"新历史主义"称之。在吴戈的文章之中，张炜的《古船》已然被归入"新历史主义"一类。1995年《家族》出版之后，张清华撰文称赞《家族》较"新历史主义小说"而言，"更具真实的时空特点"，但并未否认《家族》的类型归属，而是认为它是其中的杰出者。参见张清华：《历史的坚冷岩壁和它燃烧着激情的回声——读张炜的〈家族〉》（《理论与创作》，1996年第4期）。

时间线索在《家族》之前，却应当被视作《家族》的续章，个中寄托着张炜对人格淬炼的完整表达：人背负命运而生，通过人天交战而明确使命。人将自己的"生"放在"命"的河流之中，经历爱恨情仇、内心冲突与自我和解，最终走向一种澄明之境。临于此境的人，有知而无畏，爱生而弃身，从心所欲而不逾矩。君子善化如水，入以不清，而出以鲜洁。这样一种人物，包罗万象亦察细达微，既如棉之弱，又如钢之强，进而兼济，退可以自守。

《独药师》境界的营造是否必然地需要《家族》的梦境历练作为前史？就故事的逻辑言，并不能这样认为。然而，从审美的层次上言，《家族》的梦境确实可以算作《独药师》所求境界的先导，是后者的一种进行中的状态。

从《家族》到《独药师》的历程，恰如清人说作词：

> 初学词求有寄托，有寄托则表衷相宣，斐然成章。既成格调，求无寄托，无寄托则指事类情，仁者见仁，知者见知。①

所谓有寄托者，实是情境两分，托情于境，因而起兴言事，这是《家族》梦呓话语所属的艺术手法。而无寄托者，实是情境浑涵，难以两分，并不专营寄托却寄托深厚，这是《独药师》指示出的艺术路径。从前到后，作者完成的是牢不可破的人道主义立场之上，面对历史上精神价值坐标的多次移动，知识分子所交出的人格锻造的答卷。尽管语言也并非真实和虚妄之间全然可靠之物，更何况"言说者，生灭动摇，展转因缘起"，一切言语造作更会导致误解，然而如同佛陀遗言成教，不倚赖语言，我们又如何自陈自身？写作者到达无寄托之境，往往要从有寄托之词开始，这固然是一条苦路，也是一条进路。

---

① ［清］周济：《宋四家词选目录序论》，《宋四家词选》，北京：古典文学出版社，1958 年版。

欲望内核中的多重矛盾冲突

——解读《独药师》

王杜娟

摘要：《独药师》以养生与革命为线索，讲述乱世中胶东半岛上养生世家的故事，集中揭示了养生与革命主题所蕴含的原欲与禁欲色彩。《独药师》在内容上设置了四大矛盾冲突：养生与革命、灵与肉、中国文化与西方文化以及历史与个人的冲突，将乱世中的个人悲欢呈现出来，体现作者的悲悯情怀。

关键词：张炜；独药师；欲望；冲突；历史与个人

张炜的《独药师》以19世纪末20世纪初的胶东半岛为背景，将早期同盟会的革命历史与半岛的民间养生文化相结合，从季昨非的叙述视角来展现20世纪中国革命史以及革命中的个人际遇，其中贯穿着隐秘的个人欲望因子，书中渗透着对人生的思考，字里行间总是流露出宏大历史背景下被遮蔽的个体感受，探寻着历史进程中个人与时代之间的关系问题，以个体情感的深度介入来触摸历史的真实。本文将以欲望为中心进行文本解读，剖析历史驱动下的个人欲望，观照欲望演化驱动下的种种矛盾冲突，体会大时代下小人物的个体感受。

一、欲望母题

张炜写胶东半岛的养生与革命，这两大主题背后都潜藏着巨大的欲望，欲望是人之为人的根本。欲望是一切的缘起，是人化世界的关键，我们无法想象一个没有人存在的世界。人的欲望本来也不需要问为什么的，万类如此，各依本能，从不问为什么。孔子描述这个过程叫："天何言哉，万物生焉，四时行焉。"① 我们要认识自我，就要先剥去后天生发和幻想出来的无数欲望，去考察欲望的缘起——原欲。人的原欲，是本能性的需求，那就是要活下来、传下去，所以生存与繁殖是人的两大原欲，人的其他欲望都是由此生发出的。《独药师》中的"养生"主题所体现的就是人对于生存的原欲。邱琪芝信奉的长生四大基石为气息、目色、膳食和遥思，其中的"膳食"程序则体现了人类生存的本能欲望，书中也有大量的性爱描写，所体现的也是人类生理本能上的性欲需求。但与养生主题相对立的革命主题，则体现出在被欲望支配下又宣扬禁欲主义的倾向。

（一）原欲：养生与饮食男女

"饮食男女，人之大欲存焉。"② 食与色都是人的基本生理需求，书中的邱琪芝对"吃"很讲究，中国人爱"吃"并且会"吃"这一点是无可厚非的。中国人抱持着"民以食为天"的态度，一直把吃饭看作是一件很重要的事，这种对"吃"的讲究，表面上是一种生理的满足，然而实际是借吃的方式表达内在的养生文化。《论语·乡党篇》就详细记载了孔子对"吃"的要求："食不厌精，脍不厌细"以及"十不食"。不过孔子的主张是对祭祀食物的严格要求，而与儒家分庭抗礼的道家在饮食养生之道上最有见地。道家崇尚自然无为，认为人与自然要保持和谐统一，即达到"天人合一"的境界，老子认为大自然是人类生命的源泉，人与自然同律同构，所以人要达到养生的目的便要学会与大自然相互沟通，从自然中获得补充生命能量的精气，若人与自然失去平衡，那么就会导致疾病发生。这种学说直接促进了"食疗""食补"的发展。东汉时期继承了老庄思想而发展起来的道教，也同样注重饮食养生，重视探求生命的延续之法。饮食之道便是延续生命的重大前提之一。《独药师》中的季昨非与邱琪芝将"膳食"奉为长生的基石，两人的用餐时间便是邱琪芝的膳食课堂。邱琪芝在"吃"上的一大要旨就是入口的食物要柔和，"要去掉它的刚倔"，这样的食物才会对人的身体有益。而季践与邱琪芝始终认为"死是一件荒谬的事"③，人是不该死的，这是对生存原欲的过度渴求，是反乎自然的生死观。真正的养生，是要内外涵养我们的生命，秉持道家"少私寡欲"的养生思想才可达到性命双修、身心健康。况且，人的生

---

①　钱琼评注. 论语［M］. 上海：上海辞书出版社 2015 年版，第 219 页。

②　鲁同群注评. 礼记［M］. 南京：凤凰出版社 2011 年版，第 103 页。

③　张炜. 独药师［M］. 北京：人民文学出版社 2016 年版，第 15 页。

命是有一定限度的。晋代著名养生家嵇康认为，"上寿可达百二十，古今所同"。但现实证明，绝大多数的人达不到自然寿命的。其根本原因是做不到天人合一。所以，即使二人在饮食之道上恪守养生原则，仍没有做到真正的顺应自然。

道家养生思想最基础的环节是"形养"，也就是以追求健康、文明的方式合理生活，所以为了达到合理状态，便要节制各种欲望，食与色尤甚。房中术是道家延续生命的养生之道，房事养生的方法是对人本能性欲的肯定，更是对自然规律的遵从，邱琪芝不但在"饮食"上讲究，在"性"方面也要以"正确"的形式得到满足，认为这样才能达到养生的效果。人对性的需求是最基本的生理需求，同时也是人的动物性的表现，书中有大量隐晦的性爱描写，将季昨非原始的一面展现出来，通过与鹦鹉嘴、女仆朱兰以及小白花胡同的女人们发生关系，得到性满足。然而，父亲的早逝使他缺乏性方面的正确引导，亦师亦父的邱琪芝对其采取的"双修"方式实为无度的纵欲，性欲纯粹是任何一个物种都无法抗拒的繁衍本能使然，繁衍后代是天职，是不可违背的自然规律。人的生殖器官发育成熟后，来自身体的繁殖欲望会驱使人的肉体不断寻找能与自己诞下更多后代的异性，然而人会出于对情感的忠诚和理性克制在必要的时候向"本能"主动说"不"。不论是饮食养生还是房事养生，都要把握好合适的"度"，合理地节制自己的欲望，不违背自然规律，才能达到健康、长寿的目的。

（二）禁欲：革命主题

《独药师》在揭开被历史遮蔽的半岛养生秘史的同时，又设置了与之相对立的半岛革命史，于是便呈现给读者一个不可调和的矛盾。养生是在肯定人的本能欲望基础之上，使人的生命得以短暂地绵延，反观革命，必然会有人为之献出生命。然而，革命者们为革命所奉献的还有被压制的个人欲望。《独药师》中塑造了许多革命者的形象，如大哥徐竟、保镖金水等，但是这些革命者的形象是不完整的，他们没有爱人，甚至没有提到后代，从他们身上看到的只有对革命的激情。徐竟直到牺牲都没有婚配，季昨非不禁怀疑自己的兄长是否接触过女人。革命者的身体不属于他自己，在革命禁欲主义笼罩下，人们是没有权利对自己的身体提出归属权主张的。革命、身份、权力、地位都可以随时对身体的支配权进行干预，徐竟的身体和其他革命者的身体一样，毫无例外地被革命政治征用而被编入革命符号的序列，从而失去了对自我身体的自主权，他是一具闪烁着革命光辉的行走的躯壳，任何来自身体内部的欲望冲动，对他来说都是不合时宜的。这样的一副身体，当然是不允许本能欲望萌动的，它必须抽象地作为革命符号存在，机械地服从更加宏大的革命叙事的安排，而不允许由于私人的欲望萌发脱离组织秩序。革命者必须把一切献给革命事业，性却使他保留了一块心中的"自留地"，必须要从意识形态上抑制性对个人意志的影响。统治阶层把"性"贬低到最无价值、最不应该知道的地步，似乎世间根本没有"性"这一回事；但另一方面又从来也没有把"性"真的看成小事，反而认为它最危险、最强大。所以，自然主义的肉身欲望与革命相撞，为了保留革命政治的光辉，徐竟最后的光荣牺牲便是完全地把自己献给了革命事业，隐秘的个人情欲成了革命的献祭品。书中的革命虽不是"阿Q"式的闹革命，但不得不承认革命是出于欲望的，革命自上而下地将无处发泄的欲望汇集到一起，以期换来更新换代，实现革命理想，而这个过程中只有暂时性地处理个人情欲，才不会去质疑革命的意义。

二、欲望驱动的多重冲突

人有自身的局限性，这点无可厚非，《独药师》中所体现的人的局限性便是肉体有限。生命总有终结，而人的欲望无限。出于人之本能的欲望是有限的，而精神方面的欲望追求是无限的。欲望无道德观念上的好坏之分，但是对欲望的追求存在对错之分。若对欲望追求过度甚至无度，则会导致内心的矛盾，进而引发内外多重矛盾冲突。季昨非所做的一切，都是内心隐秘的欲望小火苗驱使。基于宏大的历史背景下的个人思想会被无限放大，季昨非既放大了自我内在的隐秘因子，让读者看到他的内外困境，又以旁观者的身份体悟他人的精神欲求，在多重冲突中我们看到了季昨非所经历的从自我迷失到自我觉醒，再到找寻自我的过程。

（一）养生与革命的冲突

人们对于"养生"的热衷以及对"革命"的追求都是来自内心的欲望需求，"养生"是对死亡的回避和抗拒，而"革命"在带来新局面的同时必然导致流血牺牲，两者之间的矛盾冲突是无法调节的，总是相互羁绊。在古代中国，越是战乱不断的动荡年代，社会对于"养生"的渴求越强烈，魏晋时期社会动荡、民不聊生，再加上玄学思想的盛行，于是这一时期出现了许多养生经典著作。传统的养生术遵从的是"天人合一"的思想，要求人们要尊重自然规律，主动调整自我以顺应自然，然而到了近代社会，知识分子将西方思想带入中国，养生术便被当作了旧社会的糟粕，阻碍民主、启蒙的进程，所以书中季府的衰落是必然的，季昨非的兄长徐竟作为"革命"的重要领导者，与肩负"养生"传承重任的弟弟形成对比，二者虽没有血缘关系，但父亲的去世使二人像两股绳紧紧拧在了一起，虽然二人感情甚好，但是在信仰上存在严重的矛盾，即"养生"与"革命"的冲突。季昨非认同父亲与邱琪芝的看法，认为"人生在世，唯有养生"。到了乱世，就更应该把养生视为最紧迫的事，但是养生是需要内外双修的，乱世无太平，又如何做到内心入定呢？徐竟所领导的革命是流血的革命，这与季昨非追求长生的养生理念相悖，但是徐竟在日本留学期间，曾有意要撰写一本《长生指要》，可见这个激进的革命者也是对"养生"有浓厚兴趣的，只不过现实不允许，他也只能感慨这等清闲的事业，要留待以后去做了。只有光复了半岛，换来了现实世界的太平，才能安宁下来去追求长生，但徐竟在追求"革命"信仰的道路上献出了自己的生命，又不得不说牺牲也是他自我实现的一种方式，除了徐竟之外，像王保鹤、顾先生这样的老者，他们也像徐竟一样对养生感兴趣，但革命与养生不可兼得，选择了革命作为自己的毕生信仰，就要把死亡当作一件随时的事。小说设置这样的矛盾冲突，在阐发传统养生思想内涵的同时，借其与乱世革命的冲突，感慨生命之脆弱，缅怀为革命事业奉献生命的志士，体现了作者的人道主义关怀。在历史的迷雾中，作者体察的不仅仅只是个体，同时也是国家的某种"长生"奥义。革命无法定义谁对谁错，大概，荒谬的不是死亡，而是生活本身。

（二）灵与肉的冲突

张炜在主人公季昨非的"养生"之路上融入大量的情爱线索，情爱叙事是当代小说中常见的部分，它将人最本能的欲望展现出来，使书中人物真正成为活生生的人，因为"人之欲"就是人的天性，是个体生命的自我意识。小说中的季昨非缺乏性知识，以为自己患了奇怪的病，却不知那是身体欲望的觉醒，而在邱琪芝看来他那无名的狂躁症不过是"养生"之路上的一道坎儿，"到了一丝欲念都不存时，你这一道大坎就算迈过去了"。① 一个未经人事的懵懂少年便在邱琪芝所遵循的原则下"灭欲"，在邱琪芝看来生理的需求与心理的需求是绝对的两码事，性欲就像吃饭那样，饿了就用食物满足即可，

---

① 张炜. 独药师 [M]. 北京：人民文学出版社 2016 年版，第 64 页。

却忽视了还有以情爱为基础的性欲。邱琪芝安排自己的性伴侣"鹦鹉嘴"为季昨非"灭欲",书中对这个女人的描写有意抹去其第二性特征,毫无女性美可言,这使季昨非的初次性体验蒙上了一层阴影。可是,欲望一旦觉醒便不受控制,即使季昨非对鹦鹉嘴毫无爱情可言,可他还是在无法控制性欲的时候去找邱琪芝,于是邱琪芝便用自己都不敢尝试的方法来根治季昨非的病,季昨非彻底坠入了欲望的深渊,他频繁地去小白花胡同,又一次次因自己的纵欲无度而感到羞愧。性欲的满足是本能的满足,但如果没有自由、合理的发展,便成了一种肉体化的劳动,只会使人身心俱疲。弗洛伊德认为"无限制的性自由"一开始就不会导致完全的满足。① 季昨非虽然从中得到了肉体上的快感,但其精神世界仍是空虚的、未得到满足的状态。一次次的泄欲使他倍加迷茫,不得不开启了自我限制的禁欲。直到季昨非遇到了陶文贝,这种灵与肉的冲突才算真正消解了,与陶文贝的结合使"性欲因爱而获得了尊严"。② 季昨非成功实现了自救,摆脱了无度的性欲带给他的羞耻感,获得了掌控自己身体欲望的主动权。

(三) 中国文化与西方文化的冲突

《独药师》是一部寓意隐晦的小说,张炜以神秘的长生术为引子,牵出半岛上已由盛转衰的养生世家。季昨非作为季府的"第六代传人",肩负着家族企业的延续和不衰,同时也承担着养生术的传承重担。父亲的早逝使季府"养生世家"的招牌蒙羞,而年纪轻轻的季昨非还没有真正领悟到父亲临终之言的深意,也并未彻底参透养生奥义,所以他心中对于探索未知的欲望是强烈的,便对半岛上的"仙人"、父亲曾经的对手产生了依赖,他总是不顾府上老人的劝阻与季府的宿敌邱琪芝频繁来往,因为邱琪芝无可否认的外在形象,使他确信"长生"的可能性,与这位活了140多岁的老人交往,也能从一定程度上减轻父亲早逝对这位年轻传人的打击,增添其对"永生"的信心。在与邱琪芝第一次正面交锋时,邱琪芝便告诉季昨非,麒麟医院才是他们两人共同的对手。显然,邱琪芝和季昨非所代表的是中医养生文化,而那所教会医院则代表西医文化,麒麟医院不断传出"奇迹",这就导致了中医的没落,但是季昨非不可遏制的牙痛逼着他走进了那个可憎的麒麟医院,但这并不是

---

① 赫伯特·马尔库塞著;黄勇、薛民译. 爱欲与文明 [M]. 上海:上海译文出版社 2015年版,第 162 页。

② 赫伯特·马尔库塞著;黄勇、薛民译. 爱欲与文明 [M]. 上海:上海译文出版社 2015年版,第 137 页。

隐晦地表示中医像西医屈服，毕竟后来麒麟医院的伊普特院长也依靠中医针灸治好了眩晕症。所以，张炜想要表达的是中医与西医在消除偏见后的互相认同，作为中医与西医的象征符号，季昨非与陶文贝最后的结合，就是预示着现代社会中医与西医的融合并存。当然，张炜设置这两个成长环境完全不同的年轻人恋爱的故事，也是要说明其背后更大的冲突——中西文化的碰撞。女主人公陶文贝一登场，其炫目的光彩令季昨非为之倾倒。但是两人之间存在强烈的角色冲突，首先是角色内的冲突：季昨非首先是一个中医无法治疗的病人，其次是季府的主人，作为一个养生世家，连自己身上的毛病都治不了，反而只能去求助对手；陶文贝的职业身份是医生，虽然身上流着中国人的血，但她是一个从小受西方文明熏陶的新时代女性，她与象征神秘东方文明的季昨非存在角色间的冲突，因为二人所代表的利益集团是相对立的，所以二人不免因之产生价值观上的冲突。最终的结局是季昨非放下季府主人的身份，抛下一切去追逐陶文贝的步伐，不难看出，这里的人物与故事，在一定程度上隐喻了西方文化对东方人的征服与吸引，以及东方人对西方文化跟进式的追求，是对全盘西化的讽刺。季昨非与陶文贝存在生长环境与信仰的差异，但两人互相尊重，互为依靠，消除了彼此间的冲突与成见，在现代化的今天，中西方文化也应该彼此尊重，共同发展。

（四）历史与个人冲突

《独药师》的历史背景设定为清末民初，这正是个动荡不安的时代，张炜在《独药师》中表现出对历史的浓厚兴趣。小说附录部分的管家手札记录了发生在胶东半岛的那场革命，那正是季昨非以局外人的身份听过、看过、感受过的革命，在这本手札中毫不掺杂任何个人感情，而是像正史那样严肃，为读者梳理了那段历史脉络，同时，管家作为实实在在的参与者，也从侧面印证了史料的真实性，使这份手札更具有说服力。管家手札与正文形成鲜明的对比，季昨非是从旁观者的角度看革命的整个过程，管家是从参与者的角度记录革命，感性认识与理性陈述所反衬出的是历史与个人的冲突。从季昨非的故事里，读者可以体会到寻常人家对革命的感悟，虽然季昨非并非名不见经传的小人物，但是若将其置于历史长河之中，不过是茫茫宇宙之中的一粒微尘，那些史料记载中的一个个名字，不论在革命浪潮中如何翻腾过，都渺小得像一粒粒黑白棋子，被历史巨人安置在它应该在的棋盘上。张炜把对历史的思考与个人内心的感受融合在了一起，在革命背景下雕刻人物细腻的内心世界，即使是那些看似符号化的革命志士，也会在不经意间流露出人之常情。书中有一段描写是季昨非询问起义的时间时，对方的回答是以桐花开放为信号，想不到铁血男儿也有这等柔情！桐花象征着美好、纯洁，而当满城的桐花开放的时候，就是血腥开始的时候，试想如果没有乱世，是不是那些逢乱而出的革命者会将这份隐藏的柔情付给谁？且抛开男女之情不谈，那些参与革命的人也是别人家的孩子，甚至是某些家庭的顶梁柱，就这样为了"光复"的崇高理想而将生死抛之脑后，在午夜梦回的时候他们可曾思念过亲人？是否质疑过自己所坚持的"事业"是对是错？动荡年代里的人是没有时间思考这些的，他们被夹在历史的浪潮中，个体生命的悲欢被掩去了，个人的意识被遮蔽了。人在汹涌奔流的历史长河中是那么的微不足道，也许个人与历史进程的冲突永远不会存在一个标准的答案摆在那儿，冯友兰先生曾经说过，"要确定什么是绝对的真理，这个任务太大，任何人也不能担当。"也许事实就是如此吧，就像书中的徐竟也曾在家人面前流露出他的脆弱，但在生命的最后一刻仍然选择为他坚守的革命事业作最后一战，以"革命者"的姿态赴死。痛失亲人的"非革命者"季昨非仍要继续肩负起家业振兴的重担，即使季府的没落是历史进程之必然，他仍要坚持下去。书中人物的结局不禁使人发问：何处才是他们的安身立命之所？作者最后也没有给出一个标准答案，但是却给出了一条寻找答案的路，季昨非最后离开季府去了北京，那也是他寻找自我的新征程。

三、结语

张炜笔下的季昨非，是半岛养生史与革命史的经历者。他几乎没有"主角光环"：不像兄长徐竟那样对革命事业怀抱一腔热血，对于家族养生事业也有过动摇，无法跟老者邱琪芝的坚守相提并论。但正是这样一个随时代沉浮的小人物才是真正的人，他不是作者笔下的叙事符号，而是具有真实性格的人，张炜不仅展现了季昨非站在旁观者位置对外在社会、人物命运的感触，也将季昨非的内心世界敞开，写他内心的欲望以及痛苦，体现了人物的主体意识。相信很多人都能从季昨非身上看到自己的影子，季昨非所面对的矛盾可能也是普罗大众所经历的，至于如何找到消解重重矛盾冲突的那味"独药"，这是永恒的难题。

参考文献：

［1］钱琼评注．论语［M］．上海：上海辞书出版社，2015．

［2］鲁同群注评．礼记［M］．南京：凤凰出版社，2011．

［3］张炜．独药师［M］．北京：人民文学出版社，2016．

［4］赫伯特·马尔库塞．爱欲与文明［M］．上海：上海译文出版社，2015．

［5］陈晓明．逃逸与救世的现代史难题——评张炜新作《独药师》［J］．当代作家评论．2017（01）：71—79．

从《你在高原》到《艾约堡秘史》：当代生活的一体两面

路翠江

摘要： 张炜《你在高原》与《艾约堡秘史》，是复杂当下社会的一体两面。作者以叙事视角的切换，实现了视界互补，强弱、主客互衬，更加突出了张炜对现实与历史关系，人性的恒常与变化的关注与思考。"递哎哟"的方言，辅助传递出作者对一代人的主体追求与挫折磨难的意义。

关键词： 你在高原；艾约堡秘史；一体两面；递哎哟

《艾约堡秘史》与《你在高原》体量相差悬殊，但所表现的主体时段，都是"文革"至当下的中国乡村历史与现实。《你在高原》以贯穿型主人公宁伽在城市乡村的碰壁遇挫左冲右突，构成半岛世界不妥协的知识分子精神图景。《艾约堡秘史》则正面着重描写一个时代宠儿——豪富的集团董事长淳于宝册的情感与精神追求，带出金钱主宰美色当道的欲望时代、声色世界及其背后的隐秘。

一、变换叙事视角，实现视界互补

从《你在高原》到《艾约堡秘史》，张炜的这两部作品叙述视角互补，共同构成当代生活的一体两面。《你在高原》十部，每一部是不同的生活层面，但是十部有一个统一的总视角，那就是——人到中年的农裔知识分子宁伽面对世界的姿态。《艾约堡秘史》的叙事先从女性视角切入，主体是迷失初心的豪富淳于宝册。

《家族》追溯宁家宁珂、曲府曲予投身革命，他们的付出与牺牲，换来革命成功的同时，却还有自身的不公正待遇和家族的惨痛遭际。在父辈的阴影下艰难的少年生存，让宁伽在精神上承继了他们不屈不挠的血液。《橡树路》

中，宁伽对橡树路深宅大院的上辈人、对同龄人——白条、庄周、吕擎们与他们父辈差异的审视，促进他做出告别橡树路的选择。《海客谈瀛洲》中，宁伽的《东巡》和纪及的《海客谈瀛洲》，作为那一段历史的平行文本，逐渐拨开历史和现实的迷雾，看清权势威压下的生存与反抗，也揭示古今一理：为了信仰或者某种追寻，艰辛与牺牲无处不在，血腥与丑恶总是占了上风。《鹿眼》以丰富复杂的多角度叙事，还原胶东平原、山地、农村、市镇今昔生活的本相和百态，并得出每个人都是故事里那只有缺点的兔子的论断。《忆阿雅》以宁伽12到14岁的生活追忆和眼前的城市生活穿插叙事。对岳父母、柏老、阿雅，所有生命，其归宿都是一蓬山草的理解，帮助宁伽发现"一切都是可以理解的，可以追溯的，甚至可以原谅的"。《我的田园》中，宁伽告别城市来到葡萄园，和四哥、万蕙、鼓额、肖明子组成葡萄园家族，历尽纷扰，最终谨记毛玉临终的嘱咐"抓紧时间做真人"。《人的杂志》中，情节推进和《驳蠢夜书》交错结构，发行部意外被查封给宁伽和杂志带来危机。《曙光与暮色》表现葡萄园失败后，城里营养协会的工作让宁伽厌倦，东部山区寻找庄周又颇多遭遇，这一切让他决定"该从头来好好收拾一下"。《荒原纪事》与前几部叙事节奏不同，开端即紧张的对峙：宁伽与平原的村庄团结抗议"集团"吞并与污染事败，宁伽被诬为"二军师"遭囚禁折磨。透过隐匿的现实，宁伽认定：事实上真的有一场对平原有预谋的出卖，且早就开始。《无边的游荡》由两个平原女儿的遭逢及造成的爱情的苦涩，指斥金钱造成的堕落。吴大森的理论与实际的矛盾，同样指向金钱与诱惑。失望于现实的朋友们弃半岛去高原，宁伽则执着他的半岛游走。

《你在高原》十卷，从正面描写宁伽四十余年人生，呈现了在被限定的命运里，频频面对错综纷扰、失望打击，有所追求与坚持的心灵所能磨砺出的韧性。对宁伽和他不苟同于流俗的朋友们而言，碰壁遇挫、背水一战是常态。而制约者，或者说《你在高原》宁伽们对抗的对象，如首长白条、庄明、嫪们儿、金仲、霍老、苏老总、得耳、柏老、林蕖、老驼、老经叔、李大睿、"百足虫"牟澜、闵小鬼、周子、独蛋老荒、岳贞黎、吴大森们，正是《艾约堡秘史》中淳于宝册的同类——经济社会里权钱结合的那股巨大裹卷力量。

《艾约堡秘史》的切入视角，是性感尤物"蛹儿"。小说以蛹儿回忆自己的性史开端，性启蒙者跛子、性虐待者瘦子的言行，烘托出欲望膨胀的年代里，蛹儿这个"大杀器"所具有的巨大魅惑与杀伤力。但这样一个"人儿"，她心甘情愿的臣服，又衬托出狸金董事长淳于宝册财富与人格力量的势不可当。小说中，有关蛹儿和淳于宝册这二人依存的展示，正是欲望时代金钱与美色相互作用的形象诠释，也构成叙事推进的主体动力。淳于宝册眼中，吴沙原和欧驼兰如一对雌雄宝剑，其实，他和蛹儿，何尝不是声色世界中最佳拍档。

蛹儿与淳于宝册相处三年，已经达到"共命"状态。淳于宝册已经离不开她，他苦恼时就会想到她，"差不多就是奔着这样一副神气而来，这对他是冰释恶劣心绪的良药"。她从不主动要求，察言观色，善解人意，轻言款语，周到逢迎。

蛹儿的心理历程，形成对淳于宝册的侧面烘托。蛹儿最初设想定位二人关系为"温热的怀抱"——从性到情，而且她对此是骄傲和自信的。后来发现这种设想错得离谱，对方灵与肉都穿梭在另一个世界。此时，强者崇拜心理，让蛹儿自己内心就不自觉矮下去，形成臣服心理。她苦恼于无法融入—设法进入艾约堡秩序—整治乱堡的过程，活脱脱是当代版的东宫皇后凭借圣旨立威建序。她视淳于宝册为主人，在他面前，她卑微："天哪，他甚至记得我的生日！"别的男人对她的约束，她认为是变相囚禁；淳于宝册将她束缚在艾约堡，她视为"出任堡内要职"，对"职责"时刻丝毫不敢怠慢。而她之所以能够将内心真实的期待、失望深深掩埋、自我说服，还有一层原因——"因为爱，所以忧伤"。蛹儿对淳于宝册逐渐真正动情，加大了二人之间的不对等。不动情者无所顾忌，动情的一方为了维系关系，就只能自我开解、委曲求全，甚至包容隐忍。她享受二人相伴读书的日子，将自己书店写字台上董事长的眼镜，理解为"对一场欢会保持如此的深情"。被邀请同游，她满足于"发现一个欢快流畅的淳于宝册才是给人最大惊异与享受的"；出游路上，蓝色的海像一个浪漫的男性，而天空好比一个天真的女性的感受，既源于她的欢欣，更体现出她对淳于宝册发展出的母性的包容。她无限依随和崇拜这个孤单的帝王，甚至愿意为他对欧驼兰的感情困扰分忧。淳于宝册"要去结识一位新朋友"时，聪颖的蛹儿心里怀疑他前几次矶滩角之行是否真的无事闲逛。她明明内心想和他同行，却言不由衷说着"祝您一切顺利"。蛹儿将所有的失落深藏内心，不过，淳于宝册还是有所察觉："他觉得她身上惯有的那种强大的自信力正在消失，这或许是一年来悄悄发生的；而且角色与功能的界限开始模糊，这有点糟糕。"——何种角色？何种功能？为何糟糕？不言自明。

即使如此密切依存的两个人，还有共同的读书的嗜好，但真正的关系却是骨子里的不对等状态。蛹儿进入艾约堡后，从肉体到精神，时刻服务于淳于宝册，满足他，慰藉他，为他遮羞掩丑、遮掩粉饰。"蛹儿"，是淳于宝册根据其肉欲特征对这个女人的命名。小说从头到尾，没出现其本名。因为淳于宝册的意识里，这是他的"蛹儿"，而"蛹儿"是谁，无关紧要。

淳于宝册和蛹儿的关系推进中，女人只是被物化的依附存在。小说采用蛹儿视角切入，但发出的仍是男性的权力欲望之声。"我必须要你"，是赤裸裸的客体化、物化占有女人的宣言。一个性感尤物，对男人只意味着性，在长久的性别角色中，她自己习惯与乐于居于被动、享受被征服："不可抵御的臣服感淹没了全身"。《艾约堡秘史》的蛹儿形象，是张炜继《丑行或浪漫》的刘蜜蜡后，又一次女性视角的书写。尤其是淳于宝册视角的交叉对照，更令读者对这个生而为性感尤物，不幸而有精神层面的追求的女性和她认定的命运，饱含同情悲悯，更产生对人生限定性与盲目性的沉思。逐渐沉沦的蛹儿并不知情，她视为爱情的关系里，对淳于宝册而言，她只不过是中医建议他觅得的。他将她任命为艾约堡的"主任"，此外并无任何承诺。所以，当她想用柔情爱意驱散这个男人心头的阴郁，得到的夸奖却是："如果整个公司的人都像你这么努力，什么事情都会办好。"他欣赏赞美她的性感与迷人，却并非是他个人的"大杀器"；他才会虽以探讨爱情的名义，但并不嫉妒地一再提起蛹儿之前的经历（根据他的理解）；他才会一边说着"谁如果有了你还赖唧唧的，那他一定是贪心不足的家伙"，一遍理直气壮处心积虑去追求欧驼兰；他才会向蛹儿回忆一生中所经历的其他女子，甚至与蛹儿一起回忆自己与老政委的点点滴滴的。男权中心与潜意识里的性别歧视，让他居高临下，毫无尊重，无所顾忌。与此形成鲜明对比的是他对欧陀兰的态度。对于他走心动情发愿要追求的欧驼兰，淳于宝册则恭敬维护，小心谨慎，严阵以待，不敢有丝毫怠慢。所以才有了蛹儿眼中，在吴沙原和欧驼兰这两个客人面前，淳于宝册束手束脚，好像在别人的客厅里做客，不像平时那么洒脱，而且好像要跟自己故意保持一点距离。蛹儿解开了许多天来的心结，但是她心口抽疼，到底更多是为淳于宝册，还是为自己？小说中，淳于宝册会时有感触，跟蛹儿在一起从来不会无聊，他最终为自己选定的陪伴者也是蛹儿："我该和你打理这家小店，守着它过一辈子。"但是，蛹儿"她"是淳于宝册的"谁"，这始终是个问题。

对照以边缘化的知识分子宁伽为主人公的《你在高原》，《艾约堡秘史》正面主体表现的是淳于宝册和他的狸金帝国横扫一切的可怕力量，淳于宝册内心精神上的负担、苦恼、困惑迷失，小说对淳于宝册将要吞并的矶滩角和它的代言者吴沙原、欧驼兰，作为辅助性的次要人物设置。这样的视角，更加突出了欲望与本能的喧嚣，道德与操守的噤声。《你在高原》《艾约堡秘史》两部作品叙述视角不同，视界互补，形成张炜对"半岛世界"的全方位捕捉。

二、强弱、主客互补映衬，
呈现"半岛世界"的一体两面

我们亲历着的当代生活错综迷离。《艾约堡秘史》与《你在高原》是当代生活一体两面的互补呈现，形成张炜文学视界的张力结构。

《你在高原》力图展现时代大势起落沉浮之外，宁伽及那些边缘化的、谨慎的、沉思的灵魂，虽如一介微尘，却时常以卵击石、忧愤决绝，永远不乏斗争的勇气。《家族》有一种不甘与愤恨：宁伽经历的现实、父辈曾经的历史，都在陈述一个事实——正与邪的较量在城市乡村随时随地发生，胜利的不一定是正义。《橡树路》中，城市里的橡树路、乡村里的环球集团，都在隐喻现实。宁伽对橡树路上辈人的审视、对同龄人的深深体恤、自身在城市与单位的经历，共同构成也坚定他的现实决断。《海客谈瀛洲》中，宁伽和纪及在为高官霍老写传、应邀为徐福东渡出发地做论证中，逐渐拨开历史和现实的迷雾：历史上，徐福以睿智的谎言蒙骗了暴君扬帆远去从此止王不归；现实里，纪及和王小蒙、靳扬和淳于云嘉、"我们"却无力抵挡霍老们的重重网罗棒杀。《鹿眼》中，童年宁伽与林子里的小鹿为伴，每天采鲜花送给喜欢的音乐老师，喜欢长了一双鹿眼的菲菲。宁伽中年后，在东部平原自己的出生地流连，痛心发现菲菲和眼前的孩子的堕落。每个人都是故事里那只有缺点的兔子，永远也获取不到去仙岛的机会，是让人心碎然而现实的存在。《忆阿雅》中，外祖母故事里忠信的阿雅的悲惨遭遇，让宁伽体会父辈们当年就是阿雅。口吃老教授的遭遇与精神，让宁伽感悟精神家族比靠血脉的连接更为牢固和坚韧。《我的田园》中，宁伽的葡萄园家族温馨但是脆弱，历尽磨难。武早和象兰的感情问题、小村的各种纠缠，面对肖潇的进与退是眼前的困扰；六人团真相则是多年的家族心结。《人的杂志》中，宁伽在经营葡萄园之余筹划杂志，和同样来自东部的美丽的淳于黎丽一起研究古莱子国典籍，有了独特的幻想力和还原力。发行部意外因为黄色书刊被查封。斗争结果是调动上层关系，酒厂和发行部保住了，杂志却面临危机。《曙光与暮色》城里工作的无聊，东部山区的遭遇，加速他决定结束烂成一坨猪狗不如的生活，更认准人活着就要不停地撞墙，或者把墙撞倒，或者把自己撞碎。《荒原纪事》表现宁伽与平原村庄团结对抗"集团"失败，上访队伍遭受集团保卫部拦截和殴打，愤怒的村人冲击了集团、砸毁车间、互有死伤。小白、老健、苇子等出逃、宁伽被带走囚禁，审讯折磨。忆及三先生跟班讲的煞神老母与乌姆王的合谋毁掉平原的寓言神话故事，宁伽认可这儿需要一个大地书记员，把一切记下，等待有朝一日的复原。《无边的游荡》宁伽在平原游来荡去的时候，由漂亮女孩荷荷精神问题发现了真相：荷荷既是金钱至上和性开放观念的受害者又是害人者。平原的美丽女儿帆帆，在城里的岳贞黎的强权淫威下，也处于同样的被霸占凌辱的位置。一生都在尝试让物质屈服于精神的途径和方法的吴大森，意识到资本金钱运作中的难以掌控，但有些问题他永远都不会发现——因为他不愿意发现。金钱、权势压迫诱导下，爱情变成了苦涩的味道。岳凯平们远走高原，宁伽则继续从山地到平原，踏遍那里的每一个角落。

《你在高原》的"半岛世界"中，几十年时间里，宁伽和他志同道合的朋友一直是在颠簸求索，抵抗拒绝，虽九死其犹未悔。造成这些的源头，正是作品中并未作为主体描写对象的权力、金钱、欲望等社会主宰性力量。《艾约堡秘史》中，这种强悍的时代与社会的主宰力量浮出水面。淳于宝册这个资本帝国的缔造者，目前的目标是拥有一段黄金海岸。海边一个小小的渔村成为这一重大举措的障碍。而它身前，挡着清醒坚韧无所畏惧毫不退让的村头儿吴沙原，以及他的智囊民俗学家欧驼兰。

狸金缔造者，是别人眼里的传奇，也确实是铁腕雄心。作品通过两个和他接触最多、最为亲近的人物的感受，揭示出淳于宝册的性格主要方面。

尽管蛹儿时不时觉得这个任性的男人像个孩子，并温柔以待，但她更大的体会是，他一直像一台功率强大的碾压机，一路开过去可以轻易地粉碎任何东西。他不拘小节、吐着脏字、开着玩笑，发牢骚、撂挑子，表面看是准备功成身退，实则处心积虑，下手稳准狠。在任性的占有欲、强硬的不择手段、完全的自我中心主义面前，世界和他人得到的，只有被占有被侵害。而"君子远庖厨"的言语，更是赤裸裸的虚伪。

作为淳于宝册亲自选定的狸金现在的"前台的角色"，总经理老肚带是最能心领神会狸金真正的掌舵人的。老肚带知道对方懒洋洋的假象下有一双洞若观火的眼睛和霹雳性格。他说着老了不中用了，却"于不经意间了解一些集团的情况，下几招要命的指导棋"。他对老肚带要求："我只问结果不问过程，一伸手你就得把我要的东西放在这里！"小说里有一个细节介绍：一旦淳于宝册发了狠心，拿定主意，就会直接叫淳于芬芳孙子——与家族观念相结合的尊卑关系，更稳定也更持久。"我说孙子，一句话，我看中了那个海湾，那片白沙让我心里发痒"——这样的宣告，与旧社会强抢民女的恶霸老财有何区别？说是共赢，实际根本未考虑对方是否有需求；而且，为了达到目的，会不择手段。他对老肚带叫："我孙子什么办法都有！"所以，尽管老肚带已经学会了借力打力，但是从来随叫随到，唯唯诺诺、唯命是从，因为只有他知道淳于宝册真正的手段。为瓦解矶滩角，二人红脸白脸，分工合作。真正的动手，就等淳于宝册一声令下。

小说活灵活现表现了淳于宝册阴阳两套、真假虚实的手段。他乔装探访矶滩角，与吴沙原、欧驼兰的对谈，是假做无辜，是为了接近欧驼兰，也是亲自披挂上阵，知己知彼同时迷惑对方。一再转移话题，将矶滩角话题、吴沙原注意力转到男女两情关系，是一种策略：攻吴沙原软肋，探其虚实。称狸金是一个歪打正着的产物，一个儿大不由爷的坏孩子的话，是半真半假、虚虚实实的自我辩解；"多少年都在暗中拆除这家机器的小零件"的陈述，实质是对妻儿出国转移和私有化狸金资产行为的美化；资本"如今它露出了杀气"，是半威胁半实话；跟老肚带"我就要冲散他这个小土丘！"的叫嚣，才表达了他真实内心欲望。只到独处时，面对自己良心，承认再没有比说谎再累的事情了。他揶揄老政委的"唯物主义"，实际上，"唯物主义"已经同化了他。老政委这个终生的战友和伙伴那种大胆果敢的攫取，已经成为淳于宝册的准则，弱肉强食、霸权至上，以利益欲望为指引，目的性直接，寡廉鲜耻，无道德底线。

狸金和矶滩角、淳于宝册和吴沙原，是《艾约堡秘史》中的直接对立方。资本温情脉脉的面纱，背后是对目标攫取的野心与手段；客体被设计，一步步被动陷入螳臂当车境地。对这一片黄金海岸，淳于宝册志在必得。矶滩角已经是砧板上的肉。"加快城市化建设"名头、资本的力量的'无坚不摧的本质'及其杀气，都强大到无法抵御。但是，势单力薄的吴沙原据守海角，依靠村民的支持，不屈服、不妥协、不退让。吴沙原研究和清楚对手的强大，明白其手段。即便如此，他敢于上门宣示：矶滩角不会就这么完了！明确表示：正因为了解，矶滩角下决心不与狸金合作，更不同意它的兼并。"我们害怕失去'矶滩角'这三个字，它至少存在已经七百年了！还有，我们也不想失去这些海草房、铺了黑石的巷子。"话语中，透露出坚守自我的文化自觉。

另外，视角与立场是两回事。《艾约堡秘史》从蛹儿和淳于宝册视角叙事，大篇幅、重笔墨，价值立场却站在以很少的篇幅与笔墨刻画的吴沙原和欧驼兰这里，在矶滩角的命运上。从经济学角度对比，宁伽以弱对强，淳于宝册恃强凌弱，两部作品内容正邪互补；地缘视角看，环包高压优势与据守顽抗劣势对照鲜明，《艾约堡秘史》延续着《你在高原》中的当代故事，映衬出"半岛世界"乡土实况的一体两面。

三、"递哎哟"及其背后的精神文化现象

《你在高原》《艾约堡秘史》的叙事有不同，也有相通的方面，那就是作者侧重表现的永远不是故事，而是人物的精神甚至灵魂层面丰富复杂的历程。《艾约堡秘史》中，以艾约堡命名由来的交代，强调着"递哎哟"这个方言复杂难言的内涵背后，人物苦难与创伤磨砺的隐秘精神历程，以及造成的终生影响。

《你在高原》的宁伽，永远执拗坚韧，面对位高权重的岳父不讨好不自卑，面对领导不世故，面对威胁不妥协，面对邪恶不退让，面对一次次打击一场场失败，他越来越沉默，也越来越有韧性，宠辱不惊从头再来。宁伽正如《艾约堡秘史》的吴沙原。吴沙原的宣言，是弱小者的宣战书：矶滩角会败，但我们要拼——也正如《老人与海》的圣地亚哥，你可以消灭我，但是你打不败我——这种坚决不"递哎哟"，让淳于宝册头疼恼怒，但也得到淳于宝册这个强大对手的尊重："对吴沙原他嫉恨这个人又喜欢这个人，想让其难堪又担心其受苦。"而吴沙原的坚持，正是为了维护千百年来渔村的"家园"意义："我们就是我们，不想与你们发生关系。"正是这样的弱小者的铿锵宣言，最终让自以为"完胜"的淳于宝册落荒而逃。

张炜从《秋天的愤怒》《秋天的思索》就开始通过主人公关注强弱差距与社会不公，到《古船》中改革时期的抱朴，在与掌控洼狸镇多年的赵炳的对决中，集中了理性思考、深刻忏悔、果敢承担等人格品质，成为"时代英雄"形象。同样在入海口，同样承担全村的众望，当抱朴成了吴沙原，当变革的时代个人欲望成为原动力，透露出的是作者对时代发展走向的忧患、与家园守护的决心。

《艾约堡秘史》中，淳于宝册跟蛹儿戏称自己的回忆录是"忆往昔天天递哎哟"。幼年失怙，在被欺凌的童年，寡母杀仇自尽，老奶奶和李音的护佑仍难免校园霸凌，被逼迫"递哎哟"；和老师李音同被关押折磨，钎子凶残暴戾地"往死里揍，揍得他递哎哟"；逃难路上，被诬为牛奸犯，遭受非人折磨："砸死他，砸黏他。砸得他'递上哎哟'"。一重重屈辱，让淳于宝册最终不得不中断行程，躲开人群，在深山地堡和老人相守多年，直至世易时移。这些被暴力强权凌辱的遭遇成为过去，但是它的影响是深远的：对创伤的应激反应，是要么远离，要么要让自己成为强者，不给凌辱者以机会。这两种反应淳于宝册都有，但是他忽略了：自身强大了，避免外侮的同时，何时竟也形成对弱者的威慑？淳于宝册从被别人逼迫递哎哟，到逼迫别人递哎哟，弱强、善恶、明迷转化的关键点在哪里，令人深思，发人深省。

外人看来主宰时代导向、任性肆意、无所匮乏的生活，在淳于宝册自己体会，则是苦乐参半、成败难辨、跌跌撞撞的因缘际会，甚至本质上是外强中干、苦涩迷茫。

当抱朴成了淳于宝册，发现初心已逝，可是生命向晚，即使心怀不甘，也不得不向人生递哎哟，如何避免整体的崩盘？

当钱不是问题、爱成为问题：妻子儿女远远离开，孤家寡人生活的乐趣与生存的意义如何体现？

当一个金钱万能论者，不得不承认有金钱起不到作用的领域，可是一切已无法推倒重来。当爱恋的对象根本不为所动，爱情上的递哎哟就成为不随个体意志为转移的不可避免。

单纯美好的欧驼兰，是一个象征化的形象：与淳于宝册初心很近，但是与他半生的巧取豪夺相去甚远，远到完全不是一路人。对她的爱慕与追逐俘获，正是出于淳于宝册内心空缺的弥补需求。个体生存的有限性，是普通人随时随地的体验；对狸金的独裁者、多年惯于呼风唤雨的淳于宝册，是不亚于青年时代苦难炼狱的遭逢。淳于宝册的荒凉病，失眠，梦游，焦虑，源头就是终其一生，仍然难免递哎哟。

不"递哎哟"的吴沙原，以及他的小渔村，终难摆脱失败的结局。淳于宝册即将成为自在的矶滩角和吃"鱼冻"的生存方式的终结者，但这绝不意味着他的胜利。好在淳于宝册初心迷失，但是善根未泯。"本我"淳于宝册如一匹狂躁野马，在金钱刺激下欲望放纵与自身膨胀；但他意识冰山的底层，李音老师与一晋伯伯的厚望，欧驼兰和吴沙原身上的无畏与坚持，尤其基于嗜读、爱情而生的对吴沙原的情感认同，都在无形中敦促他直面与反省自己的决策："矶滩角的宁静时间所剩无几了。他心里有些惆怅，这使他觉得奇怪。"仍然保有灵魂自省能力的淳于宝册，并未完全物化。而对其既非妖魔化、亦非美化，有批判、有体恤，在吴沙原和淳于宝册两个形象既冲突又关联中，张炜实现了对以往的二元对立思维的超越，对世界的一体两面性、多样性的呈现。小说的人物始终在对峙与较量中，张炜则通过这种一体两面，让我们看到了更多的包容与理解。

一个"当代英雄"的自我救赎

——读张炜《艾约堡秘史》

贺绍俊

张炜是一位以理性见长的现实主义作家，现实主义的功力体现在他对现实场景的描写逼真生动，以及注重塑造典型环境中的典型人物等方面。但张炜并不止步于描述现实，他的一切描述都有着明确的理性诉求。也就是说，在形象再现和理性表达二者之间，张炜更看重的还是理性表达。我这样评判张炜，并不是要把张炜归为席勒式的作家。席勒当然是理性很强大的，但席勒是把自己的理念直接在小说中宣读出来的。张炜的理性也强大，但他的小说丝毫没有说教的痕迹，他是用另外的方式来表达自己的理念。我曾把张炜的方式比喻为山东人的和面。在张炜的创作中，理念是他的发酵粉，他将理念捏碎了糅进文学形象这一大面团之中，蒸出来的馍馍因为理念的作用，会变得又大又松软。所以，我们阅读张炜的小说，享受到文学带来的"美味"，也不会忽略了它的强大理念。因为理念就藏在"美味"之中，你接受了"美味"，实际上也在悄悄接受作者的理念。我阅读张炜小说的体会是，在读到小说中的一些比较重要的形象时，千万不要将其仅仅当成对现实的描摹来读，在大多数的情境下，这类重要形象往往具有象征性或隐喻性。比如，《古船》是张炜的第一部长篇小说，这部小说创作于20世纪80年代中后期，是写改革开放后农村变化的小说，但小说的价值并不在于正面反映了农村现实，而在于这开启了思考中国文化命运和出路和历史叙述方式。张炜将这一理念凝聚为"古船"这一文学意象。读懂了"古船"这一隐喻，也才能完全理解这部小说的思想内涵。当我阅读张炜的新作《艾约堡秘史》时，我就敏锐地觉察到，小说中所描述的艾约堡绝不是一个简单的建筑，它应该是张炜专门创造的又一个文学意象，我们完全可以将艾约堡作为一种隐喻来解读，我相信，只有破解了艾约堡的隐喻，也才能完全理解这部小说的核心思想。

艾约堡是一座非常奢华的私宅，它盖在一座山顶上，几乎占据了全部山包，"偌大一个艾约堡可能是天底下最庞大最怪异的私人居所"，而这座私人居所的主人淳于宝册就是这部小说的主人公。淳于宝册是一家大型企业狸金集团的董事长，狸金集团并非一般的民营企业，小说尽管没有正面细致交代狸金集团有多大的规模，但从其侧面的描写就可以感觉到，张炜是将狸金集团作为能够排入全国数一数二的民营大型企业来写的。像这样的民营大型企业完全是中国改革开放的成果。张炜正是从这一角度来书写狸金集团以及淳于宝册的，因而使狸金集团以及淳于宝册具有时代的典型性。淳于宝册出身微贱，命运乖戾，但一路也有好人相助，使他逃脱恶厄。他在改革开放兴起时抓住了机遇，一步步发展壮大，建立起狸金集团的经济帝国。狸金集团及淳于宝册的发家史，可以说是改革开放四十年的缩影。张炜抓住了这一缩影的关键点。比如，创业之艰难，原始积累的非正当性，市场竞争的激烈程度，等等，作者虽然对此着墨不多，但都很巧妙地提到。经济的飞速发展也造就了中国庞大的巨富阶层。据《2018 胡润全球富豪榜》提供的数据，全球十亿美元富豪人数有 2694 人，大中华区就占去了 810 人，其中中国大陆 688 人，香港 80 人，台湾 42 人。中国大陆以 688 人成为世界第一，领先于 571 人的美国。富豪阶层在中国社会具有举足轻重的作用，这是毋庸置疑的。他们同时也成了当代小说中的重要形象。张炜实际上早在二十多年前就对这个群体产生了写作的兴趣。但他迟迟没有动笔，据他本人说，他不想将其写成一个概念化的人物。的确，中国新兴的富豪们频繁出现在文艺作品特别是影视作品中，已经被塑造成一样的面孔、一样的命运。如果张炜也为我们塑造一个这样的富豪，肯定会让对他充满期待的读者们失望的。但我相信《艾约堡秘史》一定不会让读者们失望的。因为张炜找到了一个新的角度。这个角度就是艾约堡。

艾约堡是淳于宝册建立起狸金商业帝国后专门为自己盖的一座私宅。这座私宅可以说就是淳于宝册的化身。这不仅是一个宏大的建筑，而且在施工和格局上都超乎寻常。这都体现了主人公的性格特征。因此，张炜将二者放在一起来评论，称这个建筑"绝对是一次综合的现代高难度尝试，集中体现了主人的执拗和想象力，还有过分的任性与恣意"。对于中国的创业者来说，没有执拗和想象力，没有任性与恣意，是不可能在改革开放大潮中劈风斩浪，走向富豪阶层的。艾约堡显然是淳于宝册完全按照自己的喜好量身定做的，他走进艾约堡就仿佛走进了自己的心灵，所谓艾约堡秘史，其实就是淳于宝册的秘史。淳于宝册创造了狸金集团这一超大型的经济机构，狸金的所有行动无不体现了他的意志，淳于宝册与狸金是合为一体的，因此，艾约堡既是淳于宝册的化身，也是狸金的化身。"狸金全部的力量和神秘，都由这儿蕴藏和释放。"而承担起艾约堡主任的蛹儿就发现，艾约堡是"整个集团的心脏，它靠沉睡中的搏动维持了一个大动物的生命，却没有噪声"。

张炜通过一座豪宅来写一位富豪，他赋予这座豪宅太多的象征意义。在普通民众眼里，富豪也是一类被窥视的对象。人们想象他们的发财暴富，背后肯定藏着很多不可告知的内幕和阴谋。富豪们的生活更是被人们想象为充满奢华、炫耀和纵欲。淳于宝册的身上同样包含着这类供人想象的因素。比如他盖艾约堡，就是一种奢华的行为，艾约堡里的生活俨然是皇宫贵族的生活；又比如狸金集团的经济扩张和吞并行为，都带着血腥的气味，但这些人们所熟悉的因素在张炜的笔下只是点到为止，张炜真正要表达的思想都隐藏在艾约堡里。艾约堡这个神秘而又封闭的建筑，作为淳于宝册的化身也就暗喻着当一个企业家把自己的事业做到特别庞大、足以富可敌国时，他们的内心会变得越来越隐秘，张炜就像一位心理分析师一样走进艾约堡，他借艾约堡主任蛹儿那妩媚而又温顺的姿态，小心翼翼地启开淳于宝册的心扉。透过这个人物隐秘的内心世界，我们也感受到了时代一步步走过来的足迹，而淳于宝册可以说是经济时代的"当代英雄"。何谓"当代英雄"？当代英雄是在一个社会发生巨大变化时被时代潮流塑造出来的引领时尚的新群体。19世纪俄罗斯作家莱蒙托夫曾把他的小说直接起名为《当代英雄》，小说主人公毕巧林就是这样一个反映了当时俄罗斯思想倾向的文学形象。中国从20世纪80年代开始进入一个全新的经济时代，这个时代以改革开放为旗帜，要调动全社会的积极性把经济搞上去。在这一过程中，一个新的群体—富豪诞生了。富豪自然逐渐成了当代小说的主角。但张炜似乎更透彻地看到了中国富豪们身上所具有的"当代英雄"质地，他以"当代英雄"的质地塑造了一个独特的淳于宝册。

淳于宝册首先是一个平民化的"当代英雄"。这就得说说这个私宅的称号"艾约堡"了。粗看很洋气，细究才发现它是最土的俚语。小说并没有专门解释这个称号的来历，只在一次淳于宝册与蛹儿对话时透露出一点秘密。淳于宝册盯着大呼小叫的蛹儿说了一句：你这就算"递了哎哟"？小说接着解释了，递了哎哟"是当地人挂在嘴边的一句话"，有输了、倒霉了的意思。淳于宝册以它的谐音做自己私宅的名字，显然包含着给自己敲警钟的意思，不要忘了自己的平民出身，更不要忘记一生中的那些"递了哎哟"的经历像递上一件东西一样，双手捧上自己痛不欲生的呻吟。那意味着一个人最后的绝望和耻辱，是彻头彻尾的失败，是无路可投的哀求。几乎没有任何一句话能将可怕的人生境遇渲染得如此淋漓尽致。既出身于平民，而且还有着不安定的经历，就会有勇气和胆量去寻求命运的改变。据《2018胡润全球富豪榜》提供的信息，我才知道，大多数上榜的中国十亿美元富豪是白手起家的。白手起家折射出中国改革开放的平民化性质和特征，也是决定了中国富豪行为方式的先决条件之一。淳于宝册显然就是一名白手起家的富豪。小说有不少篇幅写到了淳于宝册"起家"前的苦难命运。一个人在如此苦难的遭遇中都能闯荡过来，那么还有什么困难能够阻止他的脚步吗？至于淳于宝册在"起家"以后遇到了多大的困难，小说只是从侧面透露了一些。如狸金集团的总经理老肚带回忆起在狸金工作的几十年情景，"那是拼命和苦斗，淳于宝册身先士卒，有时杀红了眼。那些难忘的场景历历在目，一切是那么惊心动魄，然而却直接痛快。"张炜在叙述上的侧重别有深意。按说，淳于宝册创建狸金集团的过程中有着不少惊心动魄的故事，而且这类故事更是与中国改革开放的特点密切相关，但张炜偏偏舍弃了这方面的精彩故事，我以为这大概是因为他深知精彩故事具有两面性的缘故。好故事是吸引读者的重要元素，但好故事有可能掩盖了作品的思想光芒。另外，叙述上的一实一虚，更加衬托出"实"的意义。张炜甚至在小说的后面还附录了三篇短文《校园记》《脱逃记》和《喜莲和山福》，这三篇短文都是记述淳于宝册成为大老板前的坎坷命运的，似乎是在专门为"白手起家"做一个补充说明：对于淳于宝册来说"起家"前与"起家"后完全是冰火两重世界。张炜一方面要强调前后两个淳于宝册在不屈服这一点上的始终不变，另一方面也要强调成功后的淳于宝册不会忘记成功前那些"递了哎哟"的屈辱。因此，淳于宝册需要盖一个艾约堡，无论在外面如何折腾，无论狸金的竞争如何惊心动魄，一旦他走进艾约堡，将纷乱的世界关闭在大门之外，从而回想起那些"递了哎哟"的屈辱，让那些"递了哎哟"的屈辱驱赶走所有与现实有关的得意、焦躁或困顿的心情，让自己的心灵平静下来。艾约堡是淳于宝册的精神栖息地。淳于宝册一生都在漂泊，寻找一个安定的栖息地也是他一贯的追求。所不同的是"起家"前寻找一个栖息地是如此艰难，比如，少年时他不得不逃离家乡"靠讨要度日，钻草窝入眠"，所幸被盲人老婆婆误当成走失的孙儿，他才在三道岗停下了漂泊的脚步，在老婆婆的小草屋里提心吊胆地生活了十来年。又如，他再次漂泊时，野外小兽的窝，或是梯田旁的大草垛，都曾经是他为身体找到的栖息地。而"起家"后身体的栖息地问题完全解决了，但尽管如此，他却越来越发现，自己的精神无法安顿妥帖，他还需要一个精神的栖息地。

　　淳于宝册作为"当代英雄"的另一质地就是荒凉病。荒凉病，这是张炜在这部小说最令人叫绝的神来之笔。他描述淳于宝册得了一种反复发作的病，每到秋季，淳于宝册就会受到这种病的折磨"通常要经过一个多月痛不欲生的煎熬才算过去"。小说是这样描述荒凉病的："淳于宝册面色发青，手足抖动，两眼闪着尖利骇人的光，整夜不睡，饮酒或乱号。"狸金的总经理则宣布进入非常时期"大家要严守纪律，不得擅自离堡，不得消极怠工；不允许任何人进入，东西厅全部封闭；所有恣意滥言、走漏消息者，格杀勿论"。尽管小说将淳于宝册患荒凉病时的情景渲染得极其紧张和神秘，但细读下来就明白，所谓荒凉病其实是淳于宝册的心理出现了问题。当巨大的力量将淳于宝册推向经济帝国的最高位置时，他也就逐渐褪去了平民化的质地，他被强大的欲望、权力、争斗所包裹，一颗平民化的心从此没有了着落。可以想见，狸金成长壮大的过程，也是一次次残酷竞争和拼搏的过程，它的惨烈程度丝毫不逊于血与火的战争。狸金的一位副经理就说过"狸金的一幢幢大楼全是白骨垒成的！"张炜对于狸金这种巨大体型的民营企业看得非常透彻，当它达到一定体量时，性质就发生了改变，它不再仅仅是创造财富的单一经济体了，而是一个与政治权力、利益集团、社会体制等紧紧捆绑在一起、一荣俱荣一损俱损的综合经济体。它的威力无比强大，既能创造和积聚更多的财富，但同时也有可能积聚起社会的邪恶并加以放大。这就造成了淳于宝册灵魂与身体的分离。张炜的高明之处就在于，他并不把重点放在写灵魂与身体分离上，而是把狸金的一切活动都推到背景上，他着重书写的是这个人在灵魂与身体分离后的心理状态。当淳于宝册回到艾约堡，他暂时把自己封闭起来，让自己的平民之心得以复苏，因此他在这里需要孤独、安静，虽然蛹儿能够随时来到他身边服侍他，他也需要一个女人的抚慰，但他更多的只是将蛹儿作为一个最适合的倾诉者，而不是作为一个情欲的对象。可以想见，在无人打搅的艾约堡内，淳于宝册看似在昏昏沉睡，但内心一定是如波涛翻腾。张炜将淳于宝册患病的时间设定在秋季，显然也是有讲究的。秋季是每年的收获季节。狸金集团在收获季节该是总结成绩、举杯庆贺的时刻了，但外面的热闹只会加深内心的荒凉感。这种荒凉感累积到收获季节时便会得到充分的爆发。此时此刻，淳于宝册更需要将自己困顿在艾约堡内，经历一番精神上的拷问和磨难。

　　张炜的小说进一步告诉人们，并不是所有"白手起家"的富豪都能称得上"当代英雄"，只有当他患上荒凉病后才够得上"当代英雄"的称号。"当代英雄"是富豪中的觉悟者，但他们又是不彻底的觉悟者。那些彻底的觉悟者会放弃自己的事业，走老庄之路，完全隐遁身形，做一个社会逍遥派。淳于宝册的觉悟体现在他意识到自己的身心分离，但他不愿放弃自己的事业，即使在身心分离的状态下他也要把事业做强做大。虽然张炜有意不写淳于宝册作为狸金的最大老板是如何运作的，但我们不妨将由他任命的狸金总经理老肚带视为是他的替身，这个替身是淳于宝册的侄儿，他为狸金的发展四处奔波，殚精竭虑。但这个绝顶聪明的博士并没有像淳于宝册那样处于身心分离的状态，因此他虽然奔忙却很是享受这种富豪阶层的奔忙，脸上流露出的是得意、自豪的神情。淳于宝册肯定也曾这样得意和自豪过。应该说，他作为一位平民，一直在命运的道路上不服输地拼搏，他怀揣的梦想也通过狸金变成了现实，他为社会做出了卓越的贡献，他有理由得意和自豪。但他逐渐厌倦了这些，因为他意识到，当狸金越做越大时，就离最初的平民之心越来越远，狸金纯粹成了一个资本的机器，让资本增值是唯一的目标，资本像一台庞大的压路机一路碾过，路上的一切东西，无论是美丽的花草，还是弱小的昆虫，都被它碾得粉碎。淳于宝册意识到这一点，他把狸金比喻为一架大功率推土机，虽然他表示讨厌和憎恶这架推土机，但他也无可奈何，因为这就是资本运行的法则。当他作为狸金的老板时，他必须将自己的平民之心悬置起来，让身体跟着狸金的意志走。但他还有一座艾约堡，这使他能够回到艾约堡与自己的内心对话，让自己的灵魂不至于被黑暗笼罩。而他一旦进入艾约堡，摆脱了世俗社会无以复加的竞争、权术和欲望的诱惑，内心便会坠入无以着落的境地，感到无比的荒凉。然而正是这种荒凉感，使他没有丧失原初的平民之心。历史与现实的脱节，身体与精神的矛盾，理想与未来的迷茫，这就是一位经济时代"当代英雄"的精神状态。

张炜重点写了淳于宝册的一次自我救赎的努力。这就是淳于宝册策划收购海边小渔村矶滩角村的过程。这对于庞大的狸金集团来说，本来是一桩很微不足道的商业行为，但进行中却遇到了极大的麻烦，因为矶滩角村的村主任吴沙原坚决反对收购。淳于宝册很看重这位村主任的反对，他的自我救赎就从这里开始了。他试图怀着原初的平民之心来解决他与吴沙原之间的矛盾，于是他放下架子只身来到渔村生活了一段时间，他以一位民俗爱好者的身份在渔村请教拉网号子，还把吴沙原和研究拉网号子的学者欧驼兰一起请到艾约堡来做客。而与此同时，总经理老肚带按部就班地开始了收购的行动。他们详细制定规划，也被市里作为"战略转移"的重要工程来对待，一个又一个的难题都迎刃而解。但每当要彻底解决矶滩角村的问题时，都被淳于宝册制止了。淳于宝册在渔村感到了大自然的美好，重温了民间生活的意趣。他一改沉睡在艾约堡里的懒散状态，不辞辛苦地一遍又一遍去渔村、海岛，住进简陋的渔村小店，俨然成了渔村的一位好朋友。他坦诚地与吴沙原交换意见，甚至保证说，狸金不仅要开发矶滩角，而且还要保住这个"桃源"，"除了帮助矶滩角发展，让全村变得更富裕，别的目的要一概打消，一个念想都不能存！"但是，如此美好的承诺也不能打动吴沙原，因为他看透了狸金的本质。吴沙原的话可以说直面要害："每个人只有一辈子，他们等不到你们那个更好的过程。毁掉的是大家的水和空气，赚的钱全归了你们，这哪里有理可讲？如果等价交换，为生命抵偿，那也恕我直言，你们狸金创造的所有财富再加上几十倍上百倍，都不够还债的！"欧驼兰则告诉淳于宝册，她和许多人都把狸金视为敌人，要破坏狸金的事业，"只希望它早些失败、溃败"。他们的态度深深震撼了淳于宝册，他觉得他是这个世界上最恨最爱狸金的一个人，他和一帮人一起拼死拼活创造了它，而今他又无法与它好好相处。淳于宝册最终没有说服吴沙原，他懊丧地离开了渔村。耐人寻味的是，他没有直接回到艾约堡，而是到当年蛹儿所开的书店里过夜。他面对满屋的书籍沉思，觉得自己也许这辈子全弄错了。于是他对蛹儿："我该和你打理这家小店，守着它过一辈子。我们都嗜读，这么多书，该满足了。"小说写到这里戛然而止，不过结局已经明了，狸金的推土机很快就会开进矶滩角，渔村被纳入"城市化进程"中。但是淳于宝册真的就要舍弃狸金而去追随他灵魂深处的另一种志向——"创造出一片心灵的大天地"吗？这似乎还是一个未知数。如果他真的这样做了，那么他的荒凉病也就不治而愈了，但他的"当代英雄"的使命也从此终结了。

这就是张炜的思想力度，他不仅要从精神的层面去写一个中国经济时代所创造的"当代英雄"式的人物，而且要对这个时代进行整体把握。因此他在小说中始终暗示这一点：淳于宝册在收购渔村的过程中完成了自我救赎，但他无力解决狸金的问题，狸金照样会按它既定的速度行进。因为狸金的行动符合历史的逻辑，狸金本身就是历史和时代造就的。在这里，张炜再一次显示了他锐利的批判精神。他的批判锋芒直指经济时代的内核：资本和物欲。就像小说中为狸金收购渔村提出的冠冕堂皇的理由："在这样一个时代，只有资本的介入才能切实有力地保护一个古老渔村。"但吴沙原一针见血地指出了资本和物欲带来的危害："因为有了狸金，整整一个地区都不再相信正义和正直，也不信公理和劳动，甚至认为善有善报是满嘴胡扯。"狸金在张炜的笔下是经济时代的一个缩影，小说通过狸金贯穿着对唯资本和物欲至上的批判。但张炜并非要完全否定经济时代，事实上，他也充分肯定了狸金的历史贡献。因为我们民族曾经走到了非常艰难的境地，需要资本和物欲来激活社会的创造力。问题是，在这个过程中，我们只是把经济作为唯一的目标，而忽视了我们应该还有更多精神上的目标。这也是张炜从《古船》起，几乎所有的长篇小说都在表达的一个基本主题。他一直把重建民族的精神信仰作为自己的文学追求。"古船"就是一个隐喻，它预示了张炜以后的文学思维方式。张炜找到了一艘承载着古代思想精髓的船只，然后开始了自己的文学之航。在这一行程中，他不断地遭遇到现实的挑战，他总是能够从古船里寻找到他所需要的思想资源，去化解现实中的问题。而《你在高原》这部皇皇十部的长河小说，可以说是张炜的一次精神之旅，现实显然不是他理想中的现实，于是他把他的理想安妥在西部高原。但他并不舍弃现实中的平原，他始终在平原中游走、战斗，也许是屡战屡败，但他同时又是屡败屡战，而且从来都是斗志昂扬，为什么能够屡败屡战，能够斗志昂扬，因为有一个西部高原的理想在支撑着他的精神。这一追求延续到《艾约堡秘史》，他批判了现实的经济主义，同时也在民间找到了一个精神的载体，这就是拉网号子。淳于宝册在渔村一下子就对拉网号子充满了兴趣，这一方面有民俗学者欧驼兰的缘故，但更重要的是因为拉网号子唤醒了他的平民之心。拉网号子来自生产活动，连吴沙原都懂得"这里还有艺术的升华，有审美的产生。"在对拉网号子的收集调查中，二姑娘的美丽形象逐渐明晰起来。二姑娘是拉网号子中反复出现的人物，民间对她有各种传说，人们想象她变成了仙人，专门保佑海边的人。淳于宝册将一座最好的别墅改成海神庙，将二姑娘当成海神供奉在庙里。张炜设计的这个细节具有明确的寓意，他希望今天仍然驰骋在经济大潮中的"当代英雄"们能够为自己立一座精神之庙。我曾说过："重要的是张炜坚守的道德立场和精神信仰，他把这一切以一种文学的方式体现出来，从而构成了他的小说的丰沛的文学性。"《艾约堡秘史》再一次证明了这一点。

超越时代的思与诗

—— 张炜中篇小说阅读札记

顾广梅

张炜是视文学为"信仰"的作家。在他那里，文学并非一般意义上的精神抚慰和审美寄托，也非炫技炫智的话语演练，文学是精神存在的最高形式，亦是生命印证的最佳方式。

张炜的中篇小说佳作将在人民文学出版社以单行本系列丛书的方式推出。这些作品大多创作于20世纪80年代的中后期。中篇小说是从80年代初期开始持续性崛起的，成为研究者、读者津津乐道的文学现象。与之在现代文学30多年中的起起伏伏相比，也与其在当代"十七年文学"中的萎顿不振相比，贯穿整个80年代的中篇小说创作热形成了一个非常中国化的独特文体现象，量与质两方面都呈现出远超短篇、长篇小说的优势，成为属于一个时代的文体。究其原因：一是文体本身的独特优势，比较而言，短篇小说之"短"所带来的时空限制、容量限制，长篇小说之"长"所必需的经验准备、技术准备，都恰是中篇小说之"中"能轻松超越和巧妙应对的，其适中性的叙事容量和长度、不亚于短篇的时代反应能力，使之文体意义上的优势明显；二是时代的选择，80年代初期思想破冰、文化重建的潮汐涌动，文学承担起历史之罪和现实之罚，作家、读者对"讲好一个故事"的心理需求远没有对"思考一个事件"的刨根问底来得更迫切，中篇小说在结构上的开放性、叙事上的自由度恰能使作家的思考有张有弛，情与理兼容并现；三是作家的自我选择，以丛维熙、谌容、王蒙、张贤亮、冯骥才、李存葆等为代表的"30后""40后"作家成为新时期文坛上第一代中篇小说作家，他们选择中篇小说为最合手的"兵器"，畅快淋漓地书写历史积弊和时代疼痛，贡献了一批迄今仍具影响力的中篇佳作。而当时的"50后""60后"作家尚处在文学的青年期和青春期，如张炜、韩少功、莫言、贾平凹、王安忆、余华、苏童等，他们在日益扎实的短篇小说创作基础上，继而进行中篇小说创作颇显得心应手；四是期刊的传播助力，当时30多种大型文学期刊如《钟山》《十月》

《收获》《花城》等都积极发表中篇小说作品，发行量皆高达五六十万册，加之出现了《中篇小说选刊》这样专门刊载中篇的高端阵地，再有出版社推出的众多中篇单行本、作家选本集本，共同掀起了全民阅读中篇小说的热潮。

那么，张炜的中篇小说创作在这一潮流中有何独特价值和意义？他为当代中篇小说创作贡献了哪些艺术新质和精神新质？不妨从以下四部中篇小说来寻找问题的部分答案吧。

一、《秋天的思索》：超越时代的思与诗

五四巨擘胡适先生曾提出时代有一时代之文学意即文学具有鲜明的时代特征，且会随时代的进步而进步。展读张炜写于 30 多年前的中篇小说《秋天的思索》，不由慨叹字里行间所洋溢折射出的属于 20 世纪 80 年代中国社会文化的盎然生机，以及属于 20 世纪 80 年代中国文学的劲健驰骋之美。杰出的文学作品正是因为钟情于时代，属于时代，才会有超越时代的种种迹象和可能。《秋天的思索》便如此。

据朋友们回忆，青年时代的张炜看起来有一种与年龄不符、与常人不同的沉稳内敛之气，他少言多思，但只要一讨论起文学问题就滔滔不绝、旁征博引。这一是性格使然，一是因苦读中外文化、文学经典远超一般人所下功夫，更加之早年辗转流离的生活遭际内化为直面现实、肩挑道义的责任感和使命感，这一切都使他大器早成，铸就不从俗流、不畏人言的精神底气，促发他对文学审美性的热切守望。他持续地在文学道路上勤耕深耘，执着书写个体与时代、与现实相遇时的种种生命奇观和精神奇迹，执着探询人性的本真及人性的多种可能性。

而小说究竟如何切入现实？又如何从现实中抽身而出？这是优秀的作家总要面对的问题、难题："入"与"出"之间的轻重缓急确实是对作家艺术把控力的考验。如果处理不当，要么拘泥现实之实相，艺术上难得洒脱；要么漂浮于现实之外，落下艺术虚脱无力之诉病。张炜在处理这个问题时所表现出的艺术才华和艺术个性，证明了优秀的作家与时代对话、与现实碰撞时，其艺术结晶可以像纯净透明的水晶一样闪耀着人文光芒和审美光芒。这部中篇小说的宝贵之处在于以此为创作节点，张炜开始尝试摸索，逐渐积淀形成"张炜式"的现实提问方式和艺术解决路径，并由此熔铸"张炜式"的文体

风格和美学风度。与传统现实主义文学将关注点集中在对外部世界的摹写、对故事性的高度追求相比，张炜的作品更多地向人物的心灵世界和精神世界做细微而深刻的探寻，其中包孕着思与诗、真与纯，犹如深沉明亮的大提琴曲，奏响在 80 年代以来的文学天空《秋天的思索》作为其早期代表作，最大的艺术贡献就是将对现实生活的"思"与来自心灵世界的"诗"交织融合在一起，哲思如电，诗境如光，照亮震撼着走进这部作品的所有读者的心灵。而这如电如光之力，竟然集中在一个极为普通极为寻常的人物身上，在中国文学史的人物画廊里几乎找不到一个类似的先例。他就是小说主人公，看护葡萄园的青年农民老得，在张炜笔下成为从葡萄园里走出来的哲人、诗人。

中国文学的乡土人物形象谱系已然蔚为大观，灼灼其华。那么，怎样超越前人，为中国新文学创造贡献出富于原创性的"这一个"（黑格尔语）呢？张炜给出精彩笃定的答案。他大胆运笔，雕琢情性，将哲人与诗人的双重精神气质赋予守园人老得，使他犹如"苏联诗人马雅可夫斯基的一尊雕像"。小说从社会现实和心理真实两个层面观照了这位哲人兼诗人的诞生，既给足了他身处的现实土壤，又驻笔细摹了他蓬勃茂密的内心丛林。老得原本只是葡萄园里一个普通农人，是在对王三江自觉而清醒的斗争中才逐步成长为哲人老得的。铁骨铮铮的铁头叔之于老得意义非凡，他是老得的先行者，亦是老得的精神之父。随着一步步地完成对铁头叔的镜像认同，年轻的老得成长起来了。他开始学会用提问题的方式抵达葡萄园的隐形世界，试图刨根问底地找到掌控人们命运的"原理"。小说细笔织写了老得一次次接近探究这个形而上的"原理"的心路经纬。他体悟到葡萄园里的"原理"既包含着数学，又包含着哲学，只有破译了这一源于生活又高于生活的"原理"，才能最终找出吃了哑巴亏的人们反而惧怕王三江的根源，也才能找到击败他的策略和方法。老得的精神寻找之路，成为小说抒情铺陈的重点。像哲人一样苦苦求索求证，老得悟出了"原理"所在：人们不是怕王三江其人，而是怕他不再带领大家搞承包，因为最根本的原因还是怕再次变"穷"。生存哲学意义上的"原理"似乎找到了，但老得的求真之路却远远没有完结，还有道德伦理意义上的"原理"尚未解开，那就是"王三江为什么有那么大的势力"。

老得竟然偷偷地写起了诗。在现实厚障壁的重重包围下，他如鲠在喉，不吐不快。虽然初中毕业的老得所写诗句简单如话，远远谈不上诗艺诗美，但其中蕴含的思念、愤懑、希冀、欢欣等情感情绪和种种思考，却真诚朴素得可爱可敬，仿佛清晨照进葡萄园里的第一缕霞光。是的，葡萄园的诗学是不平则鸣的心灵诗学，是反抗一切"黑暗的东西"的生命诗学，当然也是思考者的哲理诗学。夜晚的葡萄园里，万籁俱寂，守园人老得大声吟唱着他的诗，声音如雷亦如电。"诗"的意义在此得到最大限度的彰显，恰如歌德所言，使"处于低处的现实领域得以提升"的是"诗"。老得借助写诗、读诗，实现对形而下的现实生活的超越提升，也以此完成对生存困境的诗意突围。如果说对现实生活的"思"是老得精神成长的重要表征，那么来自心灵世界的"诗"则是他心理成长的重要表征，"思"与"诗"交相辉映，沿着老得的生命轨迹铺展、交织、绵延，小说也由此风清骨峻，遍体光华。

张炜在文学王国里构筑起极富代表性和美学张力的"异托邦"（福柯语）空间，一个充满热爱也充满愤怒的葡萄园，这里的生命图景既复杂又单纯，既令人心醉神迷又令人扼腕叹息。而葡萄园里的"思"与"诗"，正悄然折射出作家张炜的文学心事和文化牵挂。这是属于80年代中国的思与诗、真与纯。身处这一启蒙时代的人们深刻感受着新的气象新的氛围，思想解放带来新鲜迷人的文化氧气。长期被压抑的关于真理的考问和思辨终于可以在阳光下大胆而热烈地进行了，人们找回了久违的提出问题、讨论问题的能力。无疑，这样的能力亦是现代人必备的理性责任。与五四的启蒙精神遥相呼应，80年代的中国在整体氛围上灼烧着真理之思、自我之思，无数心曲澎湃沸腾，汇集成一首首关于真理、关于自我的诗。

从更深远的视野看《秋天的思索》在人性观察和心灵呈现的独特性、丰富性上，已经超越了它所属的时代，超越了它所代表的人群，一面指向更遥远的时空，一面指向永恒奇妙的人性。小说将思与诗的人性特征、心灵特征聚焦于守园人老得，将他塑造成一位具有悲剧意义的精神强者，一位朴素而高贵的现实主义诗人，这在中国当代文学史上可谓一次了不起的原创。它不期然地提醒着，折射印证生命之美的，除了当下心灵世界的真实，还有超越当下去苦苦找寻的那份寥廓与悠远。由此可以理解，为何老得这个小说人物甫一出现，立刻在80年代中国文坛引发极为热烈的讨论。深究之，彼时的读者、研究者被这位葡萄园里走出来的诗人深深吸引，既是因为老得作为独特的"这一个"，打上了他自身所处时代的鲜明文化印记，更是因为他作为大地上醒过来的鲁迅所谓的"人之子"，属于永恒的人类时空，而后者，或许更能证明作家张炜始终如一的文学追求和精神旨归。《秋天的思索》如同一首大诗，打通了叙事、议论与抒情的艺术隔阂，将时代所赋予的激情与超越时代的哲思作为小说的重要素材，升温发酵，酿成一杯文学的琼浆。

二、《请挽救艺术家》《远行之嘱》：
以文学之名对话、倾诉与聆听

　　《请挽救艺术家》可视为一部探索当代艺术精神的先锋之作，《远行之嘱》可视为一部反思历史的记忆证词，叙事上都带有鲜明的对话、复调特征，开拓了小说立体多维的情感空间和心理空间，也拓展了小说内部的叙事容量。相比之下，采用封闭式情节架构、单线叙事的短篇小说难以取得这样的美学效果，文本又巧妙避开了长篇小说在复调叙事时可能会出现的冗长拖沓。《请挽救艺术家》的叙事结构表面看简洁明晰，反复咀嚼后则令人慨叹其妙处深意，这大概是张炜一直秉持的小说之道，他深谙现代小说艺术之魅力，但在形式上从不炫技，执意追求大美若拙、大繁化简的朴素之境，如同他自身，朴素深沉得像北方大地上屹立着的一棵白杨树，有傲骨却无傲气，自成一派风度。小说由三组书信组成："写给局长朋友的信""写给画院副院长的信"和"附杨阳信"。前两组都是青年艺术家杨阳的朋友、叙述者"我"所写，第三组是小说主人公杨阳写给"我"的信。每一封信都像一次意味深长的显对话和潜对话。显在层面的倾诉和对话是写信人"我"与收信人"你"之间进行的，而潜在层面的对话则在"你"（收信人）"我"（写信人）"他"（故事主人公或主人公的对手、破坏者）二者之间微妙曲折地展开。为了让对话更有效、更富对话性，作家在二组书信的语言风格和叙述语调上做了有意味的设计。第一、二组书信的倾诉感、抒情性强，语言激越中饱蘸诗意，第二组则截然不同，短句碎语较多，叙述上东一句西一句，情绪时起时伏，这与写信人的艺术家身份、境遇、心理乃至性格等都相吻合。《远行之嘱》则由一对失去父母、相依为命的姐弟在深夜中的絮语对话构成叙事主体部分。面对即将出门远行的弟弟一小说中的主人公"我"，姐姐细细述说、切切叮嘱，为充满疑惑的"我"揭开了父母的命运之谜。在遮蔽真相、颠倒黑白的特殊年代"我"始终无法理解父亲的怪癖暴烈、母亲的隐忍牺牲，对父亲甚至充满恨意，直到这个特殊的深夜，姐弟俩在追忆中一问一答，伤痕累累的家族历史才浮出地表，苦难的根源令人扼腕叹息。

　　人物无处诉说之痛正是经由对话尽情释放出来的。《请挽救艺术家》中"我"在一封封信里忧心忡忡地提出呼告请求，青年艺术家杨阳亦是借助书信向"我"讲述种种磨难和困境，倾诉内心的焦灼、惶恐和无助。《远行之嘱》

中姐弟二人相互倾诉着各自埋在心底的秘密和伤痛。对话、倾诉、聆听，不仅抚慰人心、唤醒人性，更为重要的是还原和敞开了那些被遮蔽的生存真相、历史真相，建构起丰富多维的精神意义和情感价值。说话者与听话者之间不再是二元对立的主、客体关系，而是"我"与"你"之间的平等对话，在对话的交互空间中反抗独白、抗拒遗忘。恰如巴赫金所说："单一的声音什么也结束不了，什么也解决不了。两个声音才是生命的最低条件，生存的最低条件。"无疑，两部小说都成功地用书信体、对话体的叙事方式悄悄拆解、冲破着现实世界中或隐秘或显豁的话语堤坝与话语屏障，完成了审美意义上的诗性突围。

召唤并建构一个对话、复调的诗意世界，是张炜在文学大地上奋笔疾书的人文理想与审美追求。由这个向度看去"请挽救艺术家"的呐喊疾呼也许可以得到较为中肯合理的阐释。真正的艺术家追求永恒与纯美，追求生命的自由自在，热烈探寻事物背后更高远更辽阔的内容；他们比常人敏感多思，充满来自生命本真的创造性思维；他们有时乐于栖身在社会生活的边缘地带，以"局外人"眼光审视着世界、人与自身。小说主人公杨阳便是这样一位醉心绘画艺术的青年艺术家，却遭遇了处处碰壁、无处存身的巨大难局。无论是千人一面、僵化机械的机关大楼，还是追求商业利润的电影院，都压制着他艺术才华的发挥，使他饱受身心折磨。杨阳始终不明白剧院经理为何要如此刁难他，二人并无任何私人恩怨。显然，艺术自由与世俗权力之间缺少一条平等对话的通道，只有权力高高在上地表演"独角戏"。粗暴专横的剧院经理集中代表了既不懂艺术也不尊重艺术的强大世俗力量，青年艺术家毫无与之对话、为自己抗辩的机会和权利，完全处于被动状态。更不幸的是，一座巨大的"观念之墙"把杨阳拦在艺术大厦之外，这就是盲目强调技术至上、把艺术狭窄化为"职业"的庸俗艺术观，服膺于此观念的美术界难以接纳这位艺术上不走寻常路的年轻人。

张炜借小说人物之口一针见血地指出："这个时代有一个不识好赖艺术、不识大才的毛病，可以叫作艺术的瞎眼时代。这种时代无论其他领域有多大成就，但就精神生活而言，是非常渺小的、不值一提的。"此非愤激之词，乃真知灼见。存在主义哲学家海德格尔有言可证："艺术是真理的原始发生。"他继黑格尔之后再次将艺术与真理联系在一起，对黑格尔而言，艺术尚为真理思辨的对象，而海德格尔则视艺术为真理的直接起因，"艺术的诗意创造本质"。对一个民族、一个时代而言，真正的艺术家往往具有精神标本的价值意义，甚至可起到文化警示的作用。著名作家卡夫卡、詹姆斯·乔伊斯、芥川龙之介等都曾在其小说作品中呈现揭示艺术的困境和艺术家的命运，并生成深刻的时代隐喻和文化隐喻。在近一百年来中国新文学的书写格局中，《请挽救艺术家》可谓先声夺人，第一次发出"挽救艺术家"的呐喊疾呼，原创性地对艺术与真理、与人生、与世俗权力之间的复杂关系给予深度观照，对彼时隐伏悄张的官僚文化、即将席卷而来的消费文化做了极具远见的预警。

《远行之嘱》则有着哀而不伤的抒情气质和悲中见壮的理想主义风格，字字浸满着深沉的人生感受，处处显露出卓越的哲理智慧，仿佛边读边可触摸到作家和他笔下人物的剧烈心跳。小说借姐弟二人之口完成对历史的侧写和虚写，具有"口述史"般的见证力量，在茫茫黑夜中燃起希望之灯。从人物关系和叙事内容看，作品又带有成长小说的鲜明特征。19岁的主人公"我"即将第一次独自出门远行，正是坚强机智的姐姐引领"我"走到人生的重要节点。她作为"我"的思想启蒙者和人生导引者，帮助"我"一起完成回忆之旅、成长之旅。姐弟俩对父亲的回忆，可视为对父亲形象的重新建构和重新认同。在心理上"找回"父亲，意味着这两个成长者接纳认同了象征着纪律、理性、权威的父亲形象，其为拉康所谓的"小他者"，是每一成长个体不可缺失的心理依赖和精神依靠。小说没有交代"我"要去往的"远方"究竟是何处，或许"远方"就是每个人向之往之的神秘广阔的未来，抑或是那莽莽苍苍的精神高原。

两部中篇小说堪称艺术精品，皆是张炜逐渐打磨熔铸自己独特文学品质的尝试之作、代表之作。书信体、对话体的叙事方式对写作者有很高的技术要求，一旦掌握不好"度"，对话要么粘滞拥堵，要么苍白无力，无法推动人物命运向纵深发展。反之，优秀的写作者能实现对话即情节、对话即风格的妙境，张炜无疑做到了。他以文学之名邀请读者进入一个广袤的复调的诗意世界，与小说人物一起站在多维角度对话、倾诉、聆听，突破大地上的边界、重围和高墙。

三、《黄沙》：文化视域下的青年问题

《黄沙》是青年张炜为青年们写下的精神分量极重的中篇小说。这部小说浓墨重彩、真切可感地塑造了一群青年主人公，某种意义上甚至可以说塑造

了80年代知识青年的群像。不惟此篇，青年一直是他最为关注的一类人群，青年问题亦是他牵挂的核心问题之一。他与关注青年的伟大作家如屠格涅夫、陀思妥耶夫斯基、卡夫卡、加缪一样，为世界文学人物画廊贡献了血肉丰满、生气灌注的青年形象。这些青年主人公都与大地保持着极亲密的生命联系和精神联系，他们仿佛天地间一棵棵年轻的树，毫不造作地在文学王国里展演着生命的热力、爱力，要么充满生猛之气，要么有着极度敏感的神经末梢，那时而沉重、时而轻盈的生命姿态如此惹人注目。如果要为张炜笔下的众多青年人物形象概括出共同特征，或许就是他们身上鲜活饱满的生命感，艰难确立起的自我认同，以及那突破现实藩篱的人文主义精神。小说中常常出现历史与现实、传统与现代之间的不平衡或者紧张关系，青年们表现出直面现实人生的一股猛劲、一种韧性，也有着不失捍卫历史记忆的勇气良心，并呈现出不同文化在他们身上的复杂冲突与汇集。对时代青年的突出刻画，赋予张炜的小说作品以不同寻常的力感、穿透感。

《黄沙》着力塑造了存在鲜明个性差异的四个青年人物形象，罗宁兼有理性与感性，吴楠坚韧而睿智、田长浩活泼且幽默、秦榛热烈中充满朝气。小说一面对青年主人公们的个性特征给予细化雕琢，一面又着力刻画他们作为青年知识者的共性特征，即坚持真理的理性精神和追求独立思考的气质禀赋。这两方面的着墨渲染使青年形象虎虎生气地跃然纸上，既可见其个人的性格魅力和胸襟怀抱，又能观此青年群体的文化人格和精神面相。恰是在对这群青年知识分子个性与共性相结合的描摹基础上，小说找准了人物与不同文化相碰撞的精神突破口。

小说写青年，不可避免地触及了围绕青年产生的种种社会现象和文化现象，不妨将之称为"青年问题"。可以说，现代性话语与青年问题的发生发展有着因与果、性与质的紧密内在联系。现代性语境下的个人欲求与自我认同，在青年的主体建构过程中得以最直观最直接的印证。青年特有的成长性、独立性及反思性，构成现代性所蕴含的重要主体向度和存在依据。《黄沙》呈现了现代性与传统性相碰撞产生诸多文化难题，青年问题便是其中的一大难题，小说据此精心设计故事核，选取了青年与现代城市文化、官僚文化、乡土文化之间或矛盾冲突、或审视回望来推动叙事进程，完成对种种文化问题的反诘、反思，以及对现代青年迫切构筑自我认同、寻找精神基点、文化基点的深刻观照。

张炜本是心怀大爱之人，其独立自由的青年气质使他一踏上文学长旅就掌控笔之缰绳，将发力点集中在对现代性语境下青年问题的观照和挖掘上，至于与社会文化建构息息相关的青年问题之诸多关节点、临界点，更是大力凝神勘破。他笔下搅动裹挟起的光与电、力与热，将疾驰的时代列车上青年们的种种奋斗搏击、热望忧思、矛盾焦虑都翻箱倒柜般地呈现出来。《黄沙》中四位青年所经历的责难与挫折，绝非一般意义上职场新人不适应工作环境的问题，而是牵连反映着复杂社会文化现象的青年问题，也只有将其归结到青年问题的高度，才不会忽视其对现代性社会及现代性文化建构的重要意义。四位青年首先遭遇的最大难题是青年知识分子所坚守的求真精神与机关单位存在的腐朽官僚积习之间的猛烈碰撞，亦可视为青年文化与官僚文化之间的冲突。

小说不仅正面触碰和探寻了青年问题的发生发展，而且不断闪回式呈现了青年人对精神问题、文化问题的自我体察和自我质询。这意味着青年张炜的写作不是自发性的，他早已走向有着高度理性自觉的写作长旅。在他笔下，青年问题呈现出实然性和建构性的双重特征，即一方面青年的生存困境、精神困境作为经验事实确乎客观存在，另一方面这些困境又因被青年们自我发现、自我叙述而具有了话语建构的特征。尤其值得称道的是，小说中青年问题之建构非他人他者，乃青年自己所为之。青年有不容忽视的在场感，有发出自我之声音的强烈欲求，更有不可剥夺的自我阐释权。这是张炜赋予小说人物的文化特质和精神气场，知识青年形象由此光彩夺目，散发别样魅力。

这四个青年的自我体察除了表现在他们明确意识到与机关大楼里的官僚文化无法相容的矛盾斗争外，还表现在对整个城市环境里的现代文化的观察与体悟。80 年代的中国城市登上了现代化建设的高速列车，城市的欲望化与目的至上、功利主义与庸俗市侩，在现代性事物和现代性文化构建之际也蠢蠢欲动着。小说中充满诸如"五分钱一看"、打耳眼、"一枪放倒"、神通广大的"领导的司机"等新鲜事物与新鲜人物，足显作家张炜写实的强悍功力。城市的陌生气味令从大学进入社会的青年们颇感不安、不适。他们惶恐、挣扎、斗争。具有强烈现代性特征的城市文化对青年的深层影响和塑造不言而喻。在扑面而来的城市文化面前，青年做出怎样的选择才能不丢失自我，才能坚守内心并完善自我？

青年的艰难选择，围绕坷垃叔、艾兰这两个重要线索人物展开了。坷垃叔、艾兰分别来自乡村与城市的这两个人物，成为青年主人公自我认同、主体建构之途上的两面镜子、两种选择。他们分别对应着罗宁的过去与现在、乡愁与爱情、超我与自我、倔强与惶惑……年近古稀的坷垃叔步行千里到城市来上访告状，只因绿色的村庄遭到生态破坏，铺天盖地的黄沙淤满了堤走不了……这是作家张炜做出的宝贵而及时的文化预警。彼时当代中国文坛，除了边地文学对迅猛发展的经济现代性带来的生态危机做了较为集中的呈现和探讨，内地文学罕有如《黄沙》一样的小说作品以现实主义精神对生态危机给予高度关注。坷垃叔的出现，给处于精神苦闷期的罗宁带来挥之不去的乡愁，这既是生态意义上的乡愁，也是文化人格意义上的乡愁。小说以质朴诚实、饱含情感汁液的写实笔法娓娓道来：青年应在怎样的心灵密道上接纳故乡、回望乡土来确立城市生活中的新的自我？又该选择怎样的爱情来印证生命、印证自我？这些青年问题所关联的场域广阔而多维，因其鲜明突出的现代性特征而欣然参与到社会文化的曲折建构中去。

〔本文系山东省社会科学优势学科项目"张炜研究资料总汇（1973—2018）"（19BYSJ70）阶段性成果〕

爱与恨的变奏

——读张炜中篇小说新作《爱的川流不息》

洪 浩

一、经典动物之书

2020 年真是极不寻常极不平静的一年。这一年，世界上发生的一系列事情，能让人猛然惊醒，想到很多很多。正是在这样一个年份，在这样一个心情复杂的时刻，我们读到了张炜的中篇小说《爱的川流不息》。这是一部带有浓烈的爱恨情感和浓郁的思辨气息的作品，它注定属于作家的力作，也必将在越来越多的读者中激起热烈而持久的回响。

作家张炜是一个有着特殊的生命历史，因而有着特别的生命感悟的人，他自小生活在海边莽林中，对大自然和动植物有很深的感情，这在他的很多作品中都有鲜明的呈现，也是他作为一个著述丰富的作家的重要特色之一。对于动物，他很懂，他现在拿出这样一部几万字的关于猫狗的作品，再正常不过了。许多年以前，在人们普遍热衷于那种关于企业家的报告文学的时候，他就起意要写一部关于狗的报告文学，可见他写动物的想法由来已久。眼前的这部作品非常直接地写了猫和狗，它们是故事的主角，演出了一幕幕令人痛惜的悲剧；人退居其次，但不断地留下画外音。最终，作品的着力点还是归结到人这里。

张炜喜欢猫狗，在他看来，猫和狗都是经典动物，这不仅是因为它们和人类相处的时间最长，更在于它们具有难得的品性。他曾如此表达过对猫和狗的认知："猫和狗不是一般的动物，甚至可以认为它们是神灵最具深意的一种安排，用来安慰和帮助人类：一个踞于左，一个踞于右。狗在左边，代表勇敢和忠诚；猫在右边，代表温柔和独立。"他不止一次在作品中表达过这样的思想：猫和狗对于人心的慰藉，是很多东西难以取代的。猫狗的陪伴能使

97

人的心灵变得柔软，而这柔软对于自己和他人，甚至对于整个世界都是极有意义的。

张炜认为，在现代社会，动物是离人最近的"他者"和"弱者"。爱动物是生命所具有的最美好的情感，是柔软心地的体现，是人类对其他生命的一种心灵寻访。通过对猫狗的态度，可以测试出人对他者的关心，对万物的仁慈，对完全不同于自己的其他生命即"异类"的容忍度。他有一句话给我印象很深：狗总对得起人，人常常对不起狗。这是很到位很深刻的理解。

《爱的川流不息》既然是写猫和狗的一部作品，其情感背景也大抵如此。此作原本是作为"非虚构"去写的，因为故事都是真实的，其中的思考也是无须讳言的；在《十月》杂志发表时，它以"中篇小说"的面目出现在头题位置，是编者的主张。这当然也有其道理。好吧，小说就小说吧，不过我们真的可以认为：里面的"我"正是作家自己，而那只以《融入野地》的"融"字命名的猫，便是作家家里养的那只漂亮、聪慧而又高贵的猫。

二、"融融"启示录

作品由一只名叫"融融"的布偶猫的进入家门写起。在南方的女儿要把一只猫寄送回家，作为父亲的"我"坚决反对。父亲的固执让女儿很不理解，她坚持办好了寄送程序，于是养猫成了无可挽回之事。谁知这一看来平常的事，竟然激荡起父亲的情感潜流，以至于让他浮想联翩，夜不能寐。"正因为深爱，才要拒绝。有些可怕的经历不属于下一代人，恐惧也就不属于他们。谁愿轻言恐惧？所以总是欲言又止。……要回答这样的问题就要从头说起，那也许要耗上一吨的言辞。我能说出这几十年来，我们与它们一起经历了多少故事？不敢回忆，不愿回忆。"代际差距之大，全因经历使然。我们可以料到，"我"是一个有故事的人，而且故事与猫有关，那应该是一个伤心的故事。

猫已经从遥远的南方城市发送过来，除了接纳别无选择。"在一个绝美的生灵面前，什么话都是多余的。"与融融相见的那一瞬，"我"由衷地喜欢上了它，而它淡定、迅速地融入也令人称奇。作家不吝笔墨地描写了人与猫的初识，真实而感人，简直跟"宝黛"相见有一拼。接下来，融融和"我"的融合就更加暖心了。融融极聪慧，"我"则极擅欣赏。"我"对融融可谓赞许有加，认为它堪称"超前毕业的优等生"，"它从幼儿园到大学这个学习阶段，除了修完基本的课程之外，还提前涉猎了研究生的部分内容"。久违的对猫的爱恋在心头涌流，"我"的惊喜是由衷的："从来没有看到比融融的眼睛更富有表达力的了，这是真正的心灵之窗，有时含蓄、深邃，有时又庄重、冷静。"在此，作家将融融的内在气质刻画得非常到位，字里行间流淌着浓浓的爱意："它纯稚，却有一种沉稳超常的步态；它顽皮，却又时常安然静穆到不敢轻扰；如此幼小却又如此威严；一派雄性英气，却又时常闪现出仪态万方的温情和优雅。它的美已经远远超出了使人惊叹的形貌，而是由此入内、再从更深处溢出，随之涨满了整个空间。它所赢得的深爱，是由自身的美换取的，而这种美是无价的。"

融融心智极高而又安然沉着，每天都要思考事情，甚至还会一边散步一边思考。而"我"凭着敏锐的观察力、卓越的思考力，动人地写出了对融融的理解："越是优秀的猫，越是长于独处。融融思考时当然要避开打扰，并且会因为思考的深度而不断变换姿势：一般的思考可以偏卧，再认真一点就要伏卧；最严肃的时刻，它一定要坐卧。当它昂首坐在那里，两只前爪立定，眯上眼睛或定定地望着一个方向，那就是十分投入地思想，想一些较大的事情了。"如此投入的对猫的研究，令人感觉趣味盎然，也让人想到一些爱猫的作家、诗人、艺术家对猫的痴迷和洞察，想到作家曾经的表述："越是那些大心灵，越是可以感受他们对于动物手足般的情谊。""凡杰出的作家几乎都能与动物心心相印，并一生保持这种好奇心与亲切度。他与它们往往'不隔'，很容易就打通联系的渠道。"

融融对"我"和整个家庭的影响，尤其让"我"心生感激："家里自从多了它，这个特别的成员，就发生了巨大的变化。这是一种难言的化学变化：一种特别的安定感、安慰感，一种对生活和其他事物言说不尽的信任感，慢慢出现了。无时不在的空荡感消失了，无时不在的难言的慌促也消失了；孤独，这种所有人都无法根治的现代疾病，一般来说要携带终生的疾病，在我们家里似乎也被医治了大半。""我"于是在崭新的高度上审视了动物与人类结伴而行的意义："它们的真正的责任，往往是隐而不彰的。""它是一个不可缺失的生命参照，它让我们想到这个世界上更多的生命，它们既与我们不同，又是何等相似。……我们和它们一起生存，彼此对视，就是最大的相互关照。"

面对融融这个甘愿与之厮守的可爱生灵，"我"关于动物与人的关系的思想，一再地被激发出来。"我"还以一个从林野中走来的人的亲身经历证实：在人生至为艰困之时，猫和狗给予了人无可比拟的援助。"我"甚至换位思考，想到了像猫和狗这样的生灵，在与人生命交融之时的得与失："我们心里明白：自己所能给予它的，比它已经给予的不知要少多少倍。""当人们接近失去'抗力'的时候，凭什么保护一个比手无寸铁的弱者更弱的生命？"在此，"我"强调了"不可抗力"这一概念，并多有思索。"有两种'不可抗力'：一种是爱；一种是毁灭和灾殃。前一种使人不顾一切地拥有它，后一种将让人撕心扯肺地失去它。"

观察、疼爱这只美生灵，"我"的思绪不由自主地回到了童年，"想起林中岁月，想起被呼啸的林涛惊醒的夜晚"："冬天，海边的风多大。爸爸在山里，妈妈也不在。幸亏有外祖母的故事，有猫。它的呼噜声总是把我送入梦乡。"几十年后的今天，"我"再次听到这呼噜，忽然有一种奢侈的感觉涌上心头，因为多年以前，"我"曾发誓此生不再养猫养狗。

三、记得当年"小獾胡"

往事不堪追忆，但还是不由自主地在"我"脑海里再现了。"可怕的是这几十年里，违背誓言的事情发生过不止一次，于是就有了疼痛彻骨的那些经历。……每一次废弃誓言，都是因为心理上的全线溃败……这似乎是可悲的。最后，悲剧总是缘此发生，……我总是愧对它们。"由眼前的融融，"我"想起五十多年前自己家里的一只叫"小獾胡"的猫。记忆闪回到一家人的林中岁月：父母，外祖母，猫和狗，一幕幕悲喜剧。

接下来的追忆似乎是《我的原野盛宴》的续篇，只不过这里集中讲了猫和狗的故事。这故事仍然有一个被作家反复书写过的背景：那时候，父亲常年在南边大山里的水利工程中出苦力，一年只能回来一两次；母亲则住在园艺场参加劳动，半月二十天回来一次，所以陪伴"我"的主要是外祖母。通过外祖母的讲述，"我"了解到自己有一个热爱动物的外祖父，他去世了，但将爱动物的品质遗传给了隔辈的自己。而"我"相信：一个人热爱动物的人，肯定是最善良的人。

林中生活里，"我"的小伙伴仅有看园人的孙子壮壮和一只叫"小獾胡"的猫。小獾胡是"我"在林子里捡来的野猫，有豹猫血统，聪明，但很凶，起初它怒气冲冲拒绝饲养，一段时间的沟通后，终于成了知己一般的伙伴。当年的林子无边无际，"我"只能在离小茅屋不远的地方活动。有一天，"我"和小獾胡走得稍远一点，就遇到了一个可怕的非人非兽的家伙：这是一个外号叫"黑筋"的狠人，像黑煞一样矮壮和凶残，是当地一霸，周边村子、园艺场、林场的人都怕他。曾经有一次，父亲从大山里赶回来探家，因为没有证明信，被"黑筋"关押了几天然后送回了大山；此事令人悲愤，但无论是父亲还是母亲和外祖母，都不能抗争，因为一家人正处于被压迫被欺凌的大背景之中。"黑筋"对人残酷，对动物的生命更是毫不怜惜，一直想枪击小獾胡，剥了它的皮做野狸子帽。一家人恨恨不已，百般担忧。小獾胡为了活命，最终不得不告别主人，离开茅屋，回归为一个林中野物……

这是令"我"痛苦、悲伤、不愿碰触而又难以忘记的往事，它不仅是关于一只猫的故事，更重要的是，它不可避免地让人想起了彼时整个家庭的苦难遭际。"我"还追忆了当年一个让人流泪的情节，那是关于父亲故事的侧写，里面有小獾胡：一个中秋节的深夜，爸爸突然从遥远的南山回来了。他是在推开重重阻力和障碍后才得以踏上回家之路的，他怀着对亲人的苦苦思念一路跑回来，用了一天多一点的时间走完了两天的路程。妈妈、外祖母和"我"激动得快哭了，她们把已经收回去的饭菜端出来，要和爸爸重新过这个中秋节。小獾胡当时还在，虽然它是第一次见爸爸，但聪慧的它知道他是一家人，最后竟然跳到这个浑身汗味的男人膝上……这是安宁而幸福的一刻，一个受苦的汉子由此感受到了家的温情。而"我"则将这令人唏嘘的一刻收进记忆深处："那一夜的月光，小獾胡的呼噜，全家人，这些加在一块儿，成为最美妙的时刻。"

小獾胡的故事里，有恨也有爱。

四、"花虎"与"杀狗令"

继爱猫小獾胡之后，又有关于狗的故事。小獾胡不见踪影后，"我"像掉了魂，亏得一条狗的出现，才让我摆脱了失落和伤痛。这只狗叫"花虎"，是看园子的老人的狗生的小狗，"我"和壮壮费了好大劲，才用偷来的好酒把它换到手。然而，在抱进家门的一刻，外祖母未卜先知地说了一句："孩子，你又犯了一个大错。"但"我"并未多么在意，与花虎形影不离的日子开始了，就像小獾胡当年一样。好景不长，外祖母的预言果然应验了，花虎的噩运来了：上边说要备战备荒，统一下了打狗令，要在三天内杀掉所有的狗。即使住在林子里，那个外号"黑筋"的恶人带领的打狗队也能找上门来，勒令外祖母交出花虎，要就地杀死它。机敏的花虎闻风而逃，躲进了林子深处，但它又恋家，常在夜晚偷偷跑回。外祖母料到它迟早会被打狗队的人抓到，苦思冥想之后终于有了一个主意，把它送给了河西园艺场的一位强势的副场长，托他暂时代养。但花虎第二天就咬断拴绳逃走了，从此不知所终。正是花虎令人悬心和痛苦的结局，使得外祖母逼"我"发誓：以后决不再养猫狗。

这便是花虎的故事。这里当然写到了爱，但更多的是恨。这故事牵出了过去屡屡出现，现在仍然存在的"杀狗令"，令人既忧且愤。几十年里，"我"经历了四次"杀狗令"，"想起来心上都会抽疼，都会历历在目。我只想说出这样一句话：下达这样命令的人，一定不得善终。他们会受到诅咒"。对于那种"缺少人性的温度"的"工具化物化的人"，那些"机械野蛮的执行者"，"我"极其鄙视，视他们为"助长苦难的帮凶"，"到了某些时刻，比如暴力和蒙昧横行的时候，那种粗野和蛮勇、铁血无情的'男子汉大丈夫'就派上了用场"。作品中还写到父亲对杀狗行径的痛恨，在将那伙人判定为"最残忍、最卑鄙、最胆小的恶魔"后，父亲做出了极具历史感的概括："书上记载过好几桩这样的事，一些恶魔在大开杀戒前，会屠杀无辜的动物，这等于提前演练！"

在以前的多篇作品中，张炜对残酷的"杀狗令"深表愤慨和担忧。写于1987年的短篇小说《梦中苦辩》，已毫不掩饰地倾泻了作家的痛恨。那篇小说中，主人公在梦中与前来执行杀狗令的人激烈争辩，悲愤的话语至今犹在耳畔："对野生动物这样残酷，野生动物可以躲开；于是我们的目光就转向家庭饲养的动物，对温驯的狗下手了。我相信这是一部分人血液里流动的嗜好……这些行为会一再重复，因为它源于顽劣的天性，残酷愚昧，胆怯猥琐，在阴暗的角落里咬牙切齿。这些人作为一种生命，怎么会去宽容其他生命?!""我更不明白的是，街道上有多少刻不容缓的事情需要去做，他们恰恰对这一切视而不见。""一切需要暴力、需要用强制手段去对付的方面，都干干脆脆地做了；一切需要胸怀、需要眼光、需要高瞻远瞩才能办到的事情，都搞得一塌糊涂……屠杀吧！与大自然的一切生命对抗吧，仇视它们吧！这一切的后果只能是更为可怕的报复！""凶狠残酷地对待生活、对待自然，必遭报应！"在梦里，主人公伤心动气，费尽口舌，总算把杀狗的人劝阻住了，可天亮梦醒后，发现自己的狗还是被人杀死在院子里。写于三十几年前的这篇作品，极具批评力度，严正地鞭挞了这个族群里某些人的懦弱和残忍。

那么，这么多年过去，人性变好了吗？没有。一切都会重演，残忍杀戮依然如故。在近期的一篇演讲文章中，作家再度回顾了杀狗令给狗和养狗的家庭带来的伤害，也重新表达了自己的愤慨："这样苦难悲惨难忍的时刻，只有世界上最丧心病狂的流氓才会制造出来。……狗的惨叫、人的哭喊，响成一片，鲜血淋漓，蔓延到整个村镇和城区。时间过去了几十年，那种恐怖既不敢经历也不敢回忆，这当然是一种屠杀，而且只能用上一个词：惨绝人寰。"说到底，人的素质问题是必须严加审视的。

五、爱与痛的存根簿

当年，"我"被外祖母逼迫立下的誓言起作用了吗？没有。因为喜欢动物，二十多年前，"我"和家人"再次犯下了不可饶恕的大错"，又收养过一条叫作"小来"的狗。小来是"我"在公园里偶然遇到的一只极其可爱的小狗，它的主人要出国，打算把它转送给别人。"我"在看到它的一瞬间，就被牢牢地吸引和征服了，于是表达了收养的意愿。一句话出口，得到的是家人的急切呼应和主人的信赖。然而这显然是轻率的，因为接下来，小来也成了悲剧的主角：在随主人乡下旅行时，小来误沾了耗子药，在来不及医治的情况下遽然死去了。此后，家中只有小来面带笑容的一张照片。

这是让"我"不忍回顾的惨痛的一幕。一家人像疼孩子一样疼着这个可爱的生灵，它的突然离去，给人带来了撕裂般的创痛。"我"欲哭无泪，痛悔没有保护好小来，找不到杀死小来的凶手，只能用悲切的文字谴责乱投剧毒耗子药的行为。小来会笑，"有一副大大咧咧的性格，对所有人都没有陌生感，更无提防心"。它是那么可爱，它的不设防是童心和善良的体现，也恰恰因此，在这个险恶的世界里，悲剧更容易发生在它身上。作品借用一位老乡的破口大骂，表达了深切的哀怨和愤懑："那是一帮烂透了的家伙，他们从来干不出好事！咱花大钱买来的机帆船、农机，一用就坏；就是造出的耗子药毒性忒大。"这毒药，据说能"毒杀三代"，是荼毒生灵的渊薮，也正是人间大恶的象征。

伤痛之余，"我"历数起人生中的一次次失去，心情悲凉。"我"想"建立一份翔实的生命的存根簿"，以免遗忘。我们率先看到了这份存根簿的提要：

除了"小獾胡"和"花虎""小来"，还有一条叫"宝物"的山东细犬，它有惊人的智力和奔跑速度；一只叫"美美"的极为美丽的狸猫；一条强壮的大狗"旺旺"；一只性格特异、外表凶悍实则温情十足的黑猫"小红孩"。除了这些，还有一些型体更小的动物：两只鸽子、三只刺猬、一只仓鼠、一只麻雀、一只红点颏、一只紫色蝈蝈。毫不夸张地说，后面这一些尽管如此之小，但是也有性格，有情感。我如果从头讲述它们，将是一个个很长的故事，这里只好省略。

所有这些朋友，它们有的走失，有的痛别；有的最后不知所终，有的忍痛放回林野；也有的在病危时节，出于动物特有的巨大自尊，竟然独自逃入了人所不知的角落，就此消逝。就这样，我们与它们总是非正常分离，总是经历一场撕扯之痛。

这些动物各有各的面目和特点，但它们无一例外都是可爱的。对比人类，它们的生命显得脆弱了。人没能很好地保护它们，它们的离去让人倍感伤情。

有人可能会说，老百姓生存尚且艰难，爱动物，谈论爱动物的话题，未免奢侈甚至有些无聊了。作家早就预料到会有这一观点，在一篇文章中，他预先给予了反驳。在他看来，人类对于生命的畸形心态，人的生存理性的丧失与泯灭，正是导致自身苦难的主要根源。世间生命相互联结也相互依存，人类若以无情的方式追逐幸福，是不合理也不可能的。

在这个瘟疫之年，我们越发能感悟到张炜此言不虚。肆虐的瘟疫让世间许多生命就此消失了，而几乎所有人都活在不安之中。在这场横扫全球、至今仍未消停的劫难中，谁敢说人类就是无辜的呢？

六、爱，还是恨？

这是很有思想高度也很有艺术感染力的一部作品。融融的故事是引子，在它身上，主要凝聚了作者今天的思考，在此，论说自然是显豁的；而故事链条主要体现在回忆的篇章上，读者可能会较多地记住小獾胡、花虎以及小来它们的遭遇，并为之感慨。对于熟悉作家的一部分读者来说，很多篇幅让人觉得仍然是在写《我的原野盛宴》，但就情感和思想力度而言，本书显然更胜一筹。总之，作品严肃而且有分量，它适合儿童阅读但不是"儿童文学"，它的读者可以是任何年龄任何层面的人——因为只要是人，就应该思考人与动物的关系问题；而此作所陈述的生命伦理，可谓精辟深邃，前所未见，极具启迪意义。

有人说，作品究竟是写了"爱的川流不息"，还是"恨的绵绵无尽"呢？我认为，二者是交织在一起的，并且分量都很重。道理很简单：正因有浓烈的爱，才会派生出深深的恨。爱，针对的是那些可爱、天真、善良、无欺的生灵；而恨，则指向那些丑恶、卑劣、残忍、自私的人。想起网络报端不时出现的有人虐杀猫狗的消息，我们要说：那些肆意戕害动物的家伙，不配作为具有高度理性的人类而活着。他们不会有好的结果，也不可能不被善良的人们所痛恨、所唾弃、所诅咒。

阅读中，我们会发现，作家不仅仅是站在人类的立场上，而是站在世间所有生命的立场上去思索去写作的；对于人类的"他者"和"弱者"——动物的关怀，折射的是作家内心广大而深厚的爱意。那么，如何看待作品中爱与恨的变奏？或者说，在听取了如此之多的生灵的悲剧故事之后，该以怎样的情感面对这个令人遗憾的世界呢？我想，作品中对于外祖母的一段叙述恰好对应了这一问题，可以视为能够代表作者世界观的一个回答。我们知道，外祖母是饱尝苦难的女人，在失去外祖父的那一天，她的悲苦日子就开始了。像被伤害的动物一样，她携家人躲进林间野地，孤独地舔舐伤痛，但即便如此，她仍然愿意在内心深处保有对人世的爱，而不是一任恨意充塞其间。她是如此劝导外孙的："孩子，别总想着那些恨人的东西，会做噩梦的。这里可恨的东西太多了，可爱的也太多了，幸亏是这样，如果光有恨，咱们一家是活不下去的。"为了说明她的道理，她甚至让外孙扳着手指数一数，生活中究竟是可恨的事物多还是可爱的事物多。而"我"还真的从头细数起来：

先说可恨的：下杀狗令的人、伏击外祖父那一伙、"黑筋"、背枪人、毒蜘蛛、让爸爸凿山的人、黑煞、悍妖、打死许多动物的猎人。我数了一遍，是十多个。再说可爱的：外祖母、爸爸妈妈、壮壮和爷爷、小葡萄园的老人、小獾胡、野兔、鸽子、老广、花虎、美美、旺旺、宝物、刺猬、月亮、大片菊花、马兰草、白茅根和上面飞的大蝴蝶。我最后不得不承认：可爱的太多了，多到数不过来。

　　这种统计当然是天真的。做出一个决定，似乎也不能简单地依据两者数量的对比。但是，外祖母就此给予的启发却是实在而诚恳，并且富含哲理的："人的心里，当爱和恨一样多，就算扯平了；当爱比恨多，那就是赚了。孩子，你赚大发了！你今后要时不时地像今天一样，从头数上一遍。"对"我"来说，来自长辈的教诲，必定是深刻地参与了品格的铸造，不然的话也不会记得。年长之后的"我"也因此而明白："时间里什么都有，痛苦、恨、阴郁、悲伤，可是幸亏还有这么多的爱，它扳着手指数也数不完，来而复去，川流不息。唯有如此，日子才能进行下去。有了这么多的爱，就能补救千疮百孔的生活，一点一点向前。"这话说得很好，透着达观、宽容和悲悯，是一个过来人的心里话。

　　这部写于瘟疫之年的作品，所携带的信息和意义自然是特殊的、具有深意的。作品的结尾部分写道，疫情期间，一位艰难度日的南方朋友打来电话诉说近况，特别说到了家里的猫："如果没有它，这日子有点过不动了。"可见，猫和狗这种"经典动物"给了人何等重要的援助；由此也可知道，人从它们那里获得的实惠，绝非作家张炜的一己之悟，而是爱猫爱狗人士的共识。但是，同样是关于瘟疫的消息，还有另一种人和事存在：出于传染方面的恐惧和无知，有人将自家的猫狗扔下高楼摔死，甚至有人将邻居的爱猫也杀死了；有的村镇下达杀狗令，勒令人们在限定时间内杀掉自家的狗……"我"不禁悲哀地叹道："'黑筋'那一伙原来还在，他们竟然还活在近邻。"

　　张炜曾经在一篇文章中说过："总有一部分还没有昏睡的人，他们才是有力量的人。"优秀的文学家正是如此，他们是人群中最敏感最警觉的一族，就像执勤的大雁，在夜色中不肯睡去，只为做一个尽职尽责的守夜者。他们饱蘸心血写下许多文字，其意义常常在于提醒，在于劝告，为的是让人们明辨善恶是非，让蒙昧者明白并且记住：任何时候，都应该有道义有立场，都应该知道生命中最重要的东西是什么；作为一个人，永远不要丧失了灵魂，弄丢了爱心。在有关动物话题的一次演讲中，张炜这样说："动物是人类非常重要的生命参照，没有这个参照，人对自我的认识，以及生命中一些自然而本质的东西就会被忽略而过。""讲动物实际上在讲人性。这当然是文学的核心内容。""动物属于大自然，也是我们人类世界的延伸。作家写动物，实际上既是写大自然也是写自己，是表达一种共同的承受、等待和观望。"这些话，道出了作家关怀动物的初衷，也陈述了之所以讲动物、写动物的理由，可视为这部作品的创作谈。

　　在张炜看来，只有那些心灵饱满、丰富，精神健全的人，才是值得依赖和期待的。这样的人在哪里，他们是多是少，也许仍然是一个问题，让人不能不怀疑、不得不忧虑起来。这个世界会好吗？我们不禁和作家一起，一边叹息，一边陷入沉思。但无论如何，我们最终还是要相信爱，相信爱的力量，相信爱的永恒，相信爱的川流不息；因为只有如此，我们才有足够的力量活下去。那么，就让我们像作品中少年的"我"那样，扳着手指数一数，究竟是可恨的事物多还是可爱的事物多吧。

　　　　　　　　　　　　　　　　　　　2020 年 11 月 15 日，威海

有爱的人总会有食粮

——张炜小说《爱的川流不息》

赵月斌

一

我认识融融。去年初冬，大概也是这个时节，我带了两本《张炜论》去请张炜先生签名。才拿出书放到桌上，就听到放在沙发旁边的纸袋发出声响，我侧身想把纸袋扶正，没等伸出手，那纸袋竟腾空而起，"噌"的一下蹿到书房去了。我没看清是什么，张炜叫了声"融融"，赶紧起身去看。我也跟着进了书房，那纸袋歪落在书桌下，肇事者却不见了。张炜松了口气：它劲儿很大，还好，没勒到脖子。它是第一次见你，还认生，躲起来了，它很好奇，谁带来的东西都要侦察一番。接着又唤了几声融融，让它不要怕，怎么不出来见见客人呢？张炜语气轻柔像是安抚一个孩子，听得出他对融融的宠爱。重新坐下后，张炜说它的好奇心还没满足，很快就会过来。果不其然，话音没落，它就来了，我扭头去看，才发现，那是一只大猫。

那天的话题就没离开融融。它是一只布偶猫，毛色灰白相间，才几个月，体重已有十多斤。虽然刚刚受到惊吓，却一点不失风度，只见它神闲气定，迈着四方步踱过来，在近旁停住了，上下打量着我，像是要辩人面相。我凑过去蹲来，叫它融融，它似乎并不反感，也未乍现热情，只是平和地看了我两眼，便纵身跃至沙发的靠背，在上面俯身平摊，头尾正好搭在两端，显得慵懒而不失高贵。它眯着眼睛，像是若无其事，张炜却说，它在听我们说话，它听得懂，知道在夸它，尽管心里很美，但表现很淡定。这派头完全就是一副宠辱不惊的王者风范啊！看来张炜对融融不只是宠爱，还有崇爱。就是那一天，张炜谈了猫的种种可爱，养猫的种种好处，还说他准备了一台相机，专为融融拍照，以后还要为它写一本好看的书。

二

没想到，仅仅过了半年多，张炜不光把融融写进了小说，还由它打开童年记忆，一口气写了很多小动物，这就是他在新冠肺炎疫情肆虐之际创作的《爱的川流不息》。因曾亲眼见过小说的主人公，又经常看到作者发来的炫猫靓照，所以打开这部作品，一眼看到了融融，便倍感亲切，张炜果然写了一个好看的猫故事，写出了一个"大骨骼的人"。张炜是写动物的高手。《古船》中的枣红马，《蘑菇七种》中的宝物，《九月寓言》中的鲅鲅，《刺猬歌》中黄磷大鳊，《你在高原》中的阿雅，《海边怪物小记》中的狐狸、狍子、小爱物，《我的原野盛宴》中的银狐、老呆宝……几乎所有作品中都少不了迷人的虫鱼鸟兽，不不了神奇古怪的美生灵，登州海角的"它们"早已成为张炜文学谱系中重要一支，简直就是一个生养众多的奇妙王国。《爱的川流不息》无疑给这个国王注入了更多的"爱力"，也让读者看到了令人神往和怜惜的异类世界。

小说里的融融是整个文本的"大骨骼"——它支撑起了故事的主体框架，具有今昔互通，时空并置的叙事功能，因此它是作者半生经历之"爱别离"的回应者，同时也是得其所安的幸存者：它从南方都市空运到北方大城，一生下来就被宠着爱着，寝食无虞，自由自在，几乎不用费力就是一只杰出的猫。但是它的前辈——生活在海边林子里的小獾胡、"花虎"们就没那么幸运了，虽然它们也得到了林中人家的百般呵护，可是总有要命的"不可抗力"，让这些脆弱的小生灵没有活路。有人要把小獾胡打死做一顶狸子皮帽，有人要把小香狗花虎打死"节省粮食"，还有"毒杀三代"的老鼠药把会笑的"小来"毒死。所以，小说的主线是融融与我们的长相守，副线则是写小獾胡、"花虎"等小动物和我们的生离死别。

就因为小獾胡身上有野狸子的血统，便被全副武装的"黑熬"盯上了，非要夺其命剥其皮，我们无力保护自家的猫，只好教它逃往外乡。这是"我"的第一个动物朋友，也是"我"经历的第一次远别离。

比起小獾胡来，"花虎"遇到的"不可抗力"更为强大，那是"上边"下达的"打狗令"，"黑熬"们干起"活"来更是有恃无恐，多亏外祖母拼死相救，"花虎"才暂得活命。没办法，只好为它寻求庇护，把它送给比"黑熬"更强悍的人。孰料"花虎"咬断拴绳不知所踪。这是"我"经历的又一次生别离。当地的狗都被"黑煞"赶尽杀绝，"花虎"一去成永别，"我"痛心不已，发誓再也不养小动物了。

第三次，则是眼睁睁看着"小来"中毒身亡的死别离。这是一条差点被人遗弃的狗，"我"看到它的第一眼就"被它所征服"，竟然忘掉了过去的誓言，把它当作宝物带回家里。"小来"在城市长大，"有一副大咧咧的性格，对所有人都没有陌生感，更无提防心。"大概就是一个毫不设防的孩子。然而危险就隐藏于此，当它跟随主人到了半岛乡下，却不知死去的老鼠竟是致命的。归根结底，"小来"死于人类对异类古老的偏见和深深的怨毒。

此外，小说还简略写到了一条叫"宝物"的山东细犬、一只叫"美美"的狸猫、一条强壮的大狗"旺旺"、一只外表凶悍实则温情的花猫"小红孩"，以及鸽子、刺猬、仓鼠、麻雀、红点颏、蝈蝈等一些型体更小的动物朋友。"所有这些朋友，它们有的走失，有的痛别；有的最后不知所终，有的忍痛放回林野；也有的在病危时节，出于动物们特有的巨大自尊，竟然独自逃入了人所不知的角落里，就此消逝。就这样，我们与它们总是非正常分离，经历一场撕扯之痛。"在作者笔下，一次次的"非正常分离"就像沉淀在心底的黑色锈斑，一经回想便会肝肠寸断伤离别，只恨有缘总相隔。

三

"正因为深爱，才要拒绝。"正因有过刻骨铭心的"三别"，"我"才不愿再次永失所爱，不敢重新拥有一只猫。那么融融是怎样进入"我"的生活，又是如何成为小说主角，并让"我"收获了"爱的川流不息"呢？当然取决于人。我们注意到，作者在述说"我"与小动物的悲伤"三别"时，还穿插交代了"我"与父亲的"相见难"。那时的"我"就是缺少父母陪伴的留守儿童。父亲被放逐南山做苦力，长年累月不能回家。母亲也在稍远的园艺场做临时工。平时只有外祖母守着"我"，在林中小屋过活。这样一个聚少离多的家庭，有一次阖家团圆，太阳大概得从西边出来。尤其是困在大山里父亲，有时候好不容易找到机会往家赶，还可能遇上找茬滋事的"黑煞"。所以，"我"的童年岁月，又总是深陷在父子亲人"相见难"的忧愁中。正因相见难，才怕爱别离。正因正常亲情的无以托付，才会对身边的草木生灵爱之愈深。幸好还有外祖母，她懂得让一个孩子与异类交换"心语"。而这颗可与小獾胡、"花虎"们交谈的赤子之心，正是在外祖母慈爱的葆养下慢慢习得的。与之形成对比的是，当"我"不再年轻，可以说成了空巢老人，这时，远方的孩子执意送来的"厚礼"，竟是一只唤作融融的猫——它触发了"我"的创伤记忆，激起了沉睡的恐惧感，让"我"禁不住陷入"自己的生活是如此脆弱，个人的能力是如此微小"的自我怀疑中。但是好在，融融是一个自带主角光环的"大骨骼的人"，它一进家门，就成了这个家的新成员，成了令人深爱而无法拒绝的"不可方物"。由此，海边丛林里的外祖母，大山深处的父亲，以及远方的孩子，和"我"一起构成了跨越时空的超验性对话，借助于身有异能的小动物，远方的孩子可以听到外祖母的心语，经历过四次"打狗令"的"我"也可以摆脱对种种"不可抗力"的万般恐惧。所以，这部小说又是四代人共同演绎的"爱的川流不息"，是和"不可方物"的异类们合唱的相濡以沫之歌。

融融从天而降，像是为爱而来的陪伴者、抚慰者，显然代表了"下一代人"对父辈暖心的体贴。不过从他们不多的对话、争论中，又可看出两代人的"动物观"不尽相同。在孩子眼里，融融就是一只为人而生的宠物，所以才会发问："收养一只宠物真的有那么难？"而在"我"的心目中，融融和小獾胡们一样，都是不可豢养的特异生灵，它们生来自由，只是与人类构成了一种相互驯化、相互陪伴的平等关系。就像圣埃克苏佩里的小狐狸对小王子所说："对我来说，你无非是个孩子，和其他成千上万个孩子没有什么区别。你也不需要我。对你来说，我无非是只狐狸，和其他成千上万只狐狸没有什么不同。但如果你驯化了我，那我们就会彼此需要。你对我来说是独一无二的，我对你来说也是独一无二的……"（李继宏译《小王子》，天津人民出版社2013年版，第84页）据小狐狸解释，"驯化"就是"创造关系"——有的译本作"建立联系"，在我看来这种驯化关系应该彼此认同，相互信赖，相互给予，互无亏欠。这里的"驯化"（apprivoiser），还有"驯服、驯养、养服、'跟……处熟'"等多种译法，似乎都不足以传达小狐狸的原意，但有一点是肯定的，这种"驯化"应是一种"养熟""养活"，所谓的"养"也不是单方面的饲养、豢养，而是不具依附关系的"互养"：当你养活了一个生命时，对方不也在养活你？正如"我"所感喟的："自己所能给予它的，比它已经给予的不知要少多少倍。"因此我们注意到，小说里的小动物从小獾胡、花虎、小来到融融，无一不是"我"的朋友，无一不是与我们创造了一种融洽的互动关系。你看小獾胡，本是从野外拣来的小野猫，可是一待长大，外祖母就任由它出门撒野，并未当成私有物品圈在家里。"花虎"的身份更特殊，它真正的主人是看葡萄园的老人，它只是像走亲戚一样在我们家做客。至于小来和融融，虽然"我"身为"主人"，却从不是它们的主子，只相当于它们的监护人，任由它们饱食终日懒洋洋，任由它们独自思索偶忧郁。你会发现，"我"的动物朋友从来不是个人的"宠物""玩物"，而是自有一片天地的"这一个"。

四

"创作总根于爱。"《爱的川流不息》即在言说爱的力量。小说里的外祖母这样看待世界："这里可恨的东西太多了，可爱的也太多了，幸亏是这样，如果光有恨，咱们一家是活不下去的。"又这样表达她的爱恨观："人的心里，当爱和恨一样多，就算扯平了；当爱比恨多，那就是赚了。""有爱的人才有无数的粮食。"外祖母朴素的言语堪称了不起的"爱的教育"，她让"我"明白，这世界难免可恨，更不乏可爱，当然首先是让"我"分清二者的界限。"外祖母，爸爸妈妈，壮壮和爷爷，小葡萄园的老人，小獾胡，野兔，鸽子，老广，'花虎'，美美，旺旺，'宝物'，刺猬，月亮，大片菊花，马兰草，白茅根和上面飞的大蝴蝶。"——可爱的太多了，多到数不过来。"下杀狗令的人，伏击外祖父的人，'黑煞'，毒蜘蛛，悍妖，打死许多动物的猎人。"——可恨的屈指可数。用外祖母的话说，"我"是赚大了。

对"我"而言，"可恨"大概只是一小片心理阴影，似乎可以忽略不计，亦不足道哉。若是如此，我们看到的《爱的川流不息》很可能就是一道劝善隐恶的佛系鸡汤。张炜显然无意宣教一种肤浅的"好人主义"或"爱的哲学"，他在小说中一面告诉我们，"爱力"也可以是一种强大到无法抵挡的"不可抗力"，同时也在另一面写出了有形无形的悍妖、恶魔造成的伤天害理、祸害人间的"不可抗力"。如果发自本然的"爱力"是阳性的、积极的、有光的，那么与众生有情为敌的"不可抗力"就是"造业"的"恶力"，是阴性的、反动的、黑暗的，为此作者极具象征性地塑造了一个外号叫作"黑煞"的人，把他作为小獾胡、花虎、父亲和整个海边的对立面，写出了"黑煞"之凶残、之恐怖、之避无可避，防不胜防。

对于"黑煞"，民间的迷信说法常常言之凿凿，有人就声称见过一团黑乎乎的东西，呈人形，没有五官和四肢，会蹦跳着移动，人若大喝一声让它滚开，它就会傻乎乎地溜走。不过也有所谓阳气不旺的人会招黑煞上身，弄得失魂落魄，大病一场，甚至失去性命。小说里外祖母就有类似说法："什么是'黑煞'？人走在路上，正走着，只要觉得眼前一阵黑，上不见天下不见地，两脚像踏在半空里，那就是遇见'黑煞'了！只要遇见了它，也就十有八九活不成了。以前有一个猎人，他就遇见过'黑煞'，没死，不过在床上躺了半年，身上蜕了一层皮。"虽说"黑煞"只是"迷信"，但从"科学"的角度看，未必不是一种超出我们认知的能量场或暗物质。当然小说只是借用这种迷信之物，极像"黑煞"一样可怕的暴虐之徒。他生得又黑又矮，身上没长肉，全是筋，嘴里一溜板牙，单看这种形象就有点反人类，唤作"黑煞"再贴切不过。他从小学武，到处打人，让远近的乡邻人见人怕，后来又配上刀枪，有了同伙，更成了比传说中的"悍妖"还吓人的狠角色。"黑煞"本是人，竟比妖怪还有过之而无不及，足见其"恶力"有多强，破坏性有多大。

那么这种为害一方的乡里一霸，究竟是什么货色呢？"他什么都不是，他是坏人的头儿。只要干狠事坏事就得找他。他打人的时候要站到一个凳子上，专打人的脸，捣人的肚子。他用皮带抽人，能一口气把人抽昏过去。被他打过的人，就再也活不久。"原来，嚣张跋扈的"黑煞"既不是官老爷也不是小衙役，充其量只是一个为虎作伥的"临时工"。然而，就是这样一个微不足道的"临时工"，却总能把那点临时的"权力"无限放大，总能抓住一点点临时的"好处"把坏事做绝。所以他想得到小獾胡就能判它死刑，看外祖母不顺眼就能命她立正，碰到父亲回家就能关他小黑屋，得到上边的"杀狗令"更能掀起一场人神共愤的大屠杀。并且，"黑煞"这样的临时工从来都是不折不扣的好奴才，他们最懂得该向谁立正、该让谁立正，他们的恶从来都是针对无助的弱者，甚至是无辜的小动物。比如，那个愿为"花虎"提供庇护的林场副场长郑撸子，"黑煞"就不敢招惹，他很清楚自己是什么玩意儿。无怪乎父亲说他"就是最残忍、最卑鄙、最胆小的恶魔！"面对这样的恶魔"黑煞"，手无寸铁且背时背运的人们只能自求多福，免得被他盯上、撞上、算计上，只有年少气盛的"我"义愤难平："如果自己有一支枪，在林子里遇到'黑煞'，真的会跟他开火。"

当然这只是一个少年的英雄梦，且不说他手无寸铁，就算他真的拥有一支枪，真的朝"黑煞"开火，大概也无法消灭它。要知道，"黑煞"从来就不是一个人，它是传说中的不明物体，又是一种不断更新换代的"恶力"。不是吗，生活中总不缺少好话说尽的"叨盘侠"，也不缺少假为民除害造福子孙之名做出的万恶之行。

五

在很大程度上，我愿意把《爱的川流不息》看作张炜的自传。不光是曾亲耳听过他满怀深情地讲述那些动物朋友的故事，更重要的是他在这里毫无保留地坦示了个人的脆弱、微小和恐惧，他在对异类生灵战战兢兢的爱中表达了一种卑微的自尊，也在与小獾胡、融融的相互驯化中传达了一种跨越族类的脉脉温情。同时，这部作品既立足于当下，又续接了他自芦清河时期创设的叙事语境，和《古船》《梦中苦辩》《蘑菇七种》《九月寓言》《它们》《你在高原》《半岛哈里哈气》《你的原野盛宴》等作品建立了千丝万缕的互文关系，看到海边丛林、林中小屋、葡萄园、渔铺、大李子树、黛色的南山，以及外祖母、采药人老广、小伙伴壮壮、郑橹子等人物，熟悉他作品的读者多少会联想到更多的相关信息，也会和他的动物朋友亲如故人。张炜通过这部小说再次重获童年，我们由此收获一个异质的世界。

所以，有融融的作家是有福的，他汇聚了"爱的川流不息"。认得融融的读者是有福的，他认出了一个大骨骼的人，他爱这有猫陪伴的人间。

2020 年 12 月 6 日

烟涛微茫，海潮有信

——论张炜海洋历史小说的艺术成就

贾小瑞

摘要：张炜为数不多的海洋历史小说以声名显赫的历史人物徐福与秦始皇为中心，用向内钻探的心灵书写，塑造出新锐形象。作品熔时代、自我与艺术于一炉，以徐福的反思传递张炜对当下精神困境的忧虑。作品二元对立的叙事结构，凸显了正与邪、善与恶、短暂与永恒等内在对立要素。重视语言整体的化古入今，且融入地方风味、文化性格，是作品成功的另一要素。

关键词：张炜；海洋；历史小说；艺术成就

海洋在无止息的涌动中孕育着生命与艺术。对于听着涛声潮音长大的张炜来说，海洋更是其生命与艺术的天神，拨动其灵性情思，赋予其题材的源头与精神的启示。张炜不仅关注当下的海洋生态圈，而且溯源历史，在文化的层面展开人与海的对话，展示生命与创作的另一种可能，其这方面的作品有《东巡》《造船》《射鱼》《瀛洲思絮录》等。可惜的是，此方面的成就并未被学者所重视，相关的研究尚未开展。因此，本文将从总体上呈现张炜海洋历史小说的基本面貌。

一、直面心灵的人物塑造

有学者认为："中心人物的选择从来就是一部作品成功的关键，因此有人直言，当代历史小说之所以掀起一个又一个阅读热潮，极为重要原因在于小说主人公们的不同凡响。这的确是一个不容忽视的因素，新时期以来赢得重大声誉的历史小说，其主人公无一例外都是中国历史上的风云人物，而且大多声名显赫，影响远大，选择这样一些人物来写无论如何是颇有见地的。"[1]这一点已经由凌力的《少年天子》《梦断关河》《暮鼓晨钟——少年康熙》、二月河的《康熙大帝》《雍正皇帝》《乾隆皇帝》、徐兴业的《金瓯缺》、卧龙的《汉武大帝》、唐浩明的《曾国藩》《张之洞》、熊召政的《张居正》等的阅读热潮所证明。因为对历史产生重大影响的人物如埋藏在地下的富矿体，其有用成分含量高，往往在经济、政治、人事等各方面可给后来人提供丰富的借鉴；或者他们的某一面是民族文化心理的结晶，浓缩着一个民族的奥秘，值得人勘探；甚至他们身上闪烁着人类的共同本性，是我们每个人对照自己的绝佳镜子与勘探人性的绝妙底本。但选择这样的历史人物为主人公，其潜在的陷阱也显而易见。俗话说，"画鬼容易画人难"。画鬼之易，因人们不好对自己没见过的东西评头论足。而画人的难处就在于一鼻一眼、一举一动，人人熟悉，不免指手画脚、说三道四。而历史上的重要人物恰是人中人。殊不知，他们在历史典籍、民间传说、文人创作中不断现身，已是家喻户晓、妇孺皆知的样本，如何好画得？如何好在熟悉的地方发现、营建魅力四射的风景？这是当代历史小说创作面临的两难处境。

　　其实，这就告诉我们：写什么固然重要，但怎么写更加重要。张炜在《东巡》《造船》《射鱼》《瀛洲思絮录》等篇中，又是如何以开放的现代理念和独具个性的艺术之笔来塑造两位声名显赫的历史人物——秦始皇与徐福的呢？

　　在这两位身上，张炜的笔墨现出向内钻探的走势，探头的中心是秦始皇、徐福的精神世界，探测的目的是发现人物精神结构中依旧意义非凡的要素，笔墨之多寡浓淡稠稀均环绕中心而宕开。这一点突出地表现在《瀛洲思絮录》与《东巡》中。

　　《瀛洲思絮录》除第一章开头两小段的作者交代外，其余篇章都是徐福"彼岸的诉说"。即作品采用了限制叙事，由主人公徐福担当叙述者。徐福的叙述又是在三个维度上交叉展开，一方面讲述自己带领众人在瀛洲安顿后的重大活动与细枝末节，另一方面回忆自己在故国的重要经历，同时铺叙自己汩汩冒出的情感之泉或推演漫溢的思想之流以及种种不时溢出的情思之溪。在前两个维度的叙述中，固然主要是外在事件的起承转合，如交代了徐福的临淄之行、婚姻大事与秦王斗智斗勇等活动，又述说了在瀛洲烧楼船、筑城邑，勘查绘图，与土著交善，处置谋叛，设六坊三院，安排婚配，被迫称王等事宜，弥合着徐福入海求仙的历史与传说，完成作家对历史人物的行为想象。但我们需要注意的是，这些外在行为、事件与活动都是经由徐福的观察、感知、推想甚至臆测之后的呈现，它除了给予读者对历史故事与小说情节在叙事层面上的满足之外，同时，"以我观物，万物皆着我之色彩"，因而毫无疑问地透露徐福这个核心人物的性格气质、价值观念、思想动向等精神层面的信息。而第三个维度上的叙述，如同漫漫长夜中的默默私语，关乎徐福的义理之究、天伦之情、男女之爱、故国之恨，是徐福灵魂最深处的牵系与纠结、欢心与忧思。正是在徐福对旧事与新业、感情与理性的述说、倾吐、分析、咏叹之中，我们似乎直接听闻他呼吸吐纳的声息，畅游他闳中肆外、纵横捭阖的思想、思绪之流，理解他寻求众生独立自由平等的高远之境，钦佩他周旋于秦王等人时不动声色、深谋远虑的大智慧，又与他一起焦虑万众"奴在心者"的顽疾，又体味他终被推上"奴隶之王"的悲哀，又为他如丝如缕不绝于心的思念而揪心，也深味他垂垂老矣的衰颓与羞涩。是的，我们不仅知道徐福干了什么，还知道他的目的所在，从而确定他精神的色泽。因为同样的行为会有着不同的用意，有的为一己之私，有的为普天大众，优劣之别天上地下。是的，我们还知道徐福被伟大形象遮蔽的平常情怀，知道他作为普通人的喜怒哀乐，也知道他在走向千秋功业途中的妥协与无奈。张炜全心全意从多侧面、多层次凸显一个精神丰富、奇异的徐福。

这样的徐福形象，应该说是张炜的新创。对比三类范畴中的徐福形象，我们就不难得出这样的结论。一类是历史典籍中的徐福。最早为徐福落墨的当属司马迁，他在《史记·秦始皇本纪》《史记·封禅书》和《史记·淮南衡山列传》中谈及徐福东渡的缘由、过程和结果。另外，西汉东方朔的《海内十洲记·祖洲》、西晋陈寿的《三国志·吴书·孙权传》、南朝宋范晔的《后汉书·东夷列传》中均言及徐福。应该说，史籍中的文字只是徐福的大事记略，可总结为"入海求仙"——多次遇挫——"止王不来"，而毫无对徐福内在世界的兴趣与关照。第二类是民间传说中的徐福。在导航旗、三蟾石、九死还魂草、点天灯、龙抬头等民间事象风俗的传说中，徐福的形象更生动多元，但都着意于营造其仁慈善良、超异多能的神仙形象，同样也是一种外部塑造。第三类是文人诗词中的刻绘。诗人们思虑深、自主强，对徐福的主观寄寓丰富多彩。于是，徐福被批判为荒谬胡为的齐方士，或被视为瞒天过海、逃避暴政的避世者，或是传播先进文明的使者，或是得道成仙的逍遥者，或被尊为自由无羁、追寻独立的开拓者。我们读读白居易的《海漫漫——戒求仙也》、李白的《古风》、汪遵的《东海》、斋藤拙堂的《徐福》、欧阳修的《日本刀歌》、鸿渐的《奉送日本国使空海上人橘秀才朝先后却还》、罗隐的《始皇陵》、王伯成的《赠长春宫雪庵学士》，可略知大概。徐福的形象无疑是丰富了，但诗词中的寥寥数笔，如何能将丰富的徐福丰满化呢？徐福犹是一个或现实或诗意或神话的符号，而不是有血有肉、有情有怨、有思有义的"这一个"。正是张炜在《瀛洲思絮录》中，以一种絮谈、私语的笔墨为我们绘出一位思想的先行者、文化的护持者、不衰的爱恋者的筋骨、血肉、思绪、喘息与叹惋，让我们得到一个活生生的、眉眼生动的"真人"。

《东巡》的用笔倒不像《瀛洲思絮录》全为由内而外式。《东巡》共十章，前面都是全知叙事，内容涉及秦始皇的日常生活、会见大臣等琐事与焚书坑儒、巡视山东等大事。但叙述的着眼点不是大家熟知的大事，而是其背后的精神依据——秦始皇为所欲为、征服一切、驾驭一切的欲望与恐惧死亡的心理。因此，作品叙述了很多秦始皇的生活细节，看似无关紧要，实则透泄出秦王暴政的心理原因。如第一章一开始就是写秦王与小宦官"胡乱扯一会儿闲呱"，闲呱缠绕着"什么是大王"扯开。小宦官的回答漫不经心、全无心机："你就是大王。"可秦始皇这么说："大王就是敢、毒、猛、利；大王就是一个无所不能、力大无穷的家伙嘛。""告诉你，你记住了吧：大王就是——想干什么就干什么……"小宦官不信王能指挥雨雪雷电，说秦王尽瞎吹。于是，

> 大王站在大厅中央，高声喝道：
> "雷声响起！"
> 话音刚落，倏然划过一道闪电。霹雳炸响了。

按常理来说，在私密的个人空间下，人们会尽可能地卸掉套绑在身上的社会铠甲，忘掉自己的地位、权势、名利等外在的赋予，轻轻松松做回自己。虽贵为天子者，也会如此。这一点，我们看看溥仪的《我的前半生》就清楚了。但秦王却是例外，他居然在一位对自己毫无威胁的小孩儿面前都逞强示能。对这过分的举动，合理的解释就是：秦王在主客观共同条件的发酵中已经控制不住欲望的畸形膨胀，已将自己抽象为权力的利刃，忍不住随意挥动。这样的细节于中心情节而言像是闲笔，但对泄露秦王的心理却是很有力的，从而事实上发挥了催动主要情节发生的内在作用。

从第八章的后半部分开始，到第十章结束，张炜改用秦始皇的所见所思来叙述，作品向内转的笔势陡然增强。于是，出现了总结自己一生得失、寻思自己何去何从的思考者的始皇的形象。秦始皇的自我叙述犹如一场精神考据，让我们更直接地把握人物的精神构成，更深刻地理解人物的所作所为。

这样内在的始皇形象确实新颖别致，与前不同。

二、时代、自我与艺术的多重向度

2015 年 12 月 12 日，张炜在鲁东大学召开的山东社科论坛上曾做了题为《胶东文化与当代文学》的演讲。在这次演讲中，他专门谈了徐福。他说，对徐福的研究实际上是对当代的研究，是个人对当代精神的探测，是个人思想的动向借徐福反映出来。他说自己的《瀛洲思絮录》是从思想的对抗、精神的保存的角度去想象徐福。

张炜的这段话看似平易简朴，但却一针见血，切中了历史题材的文学创作的两个重要向度：艺术的向度与时代的向度。何谓"艺术的向度"呢？童庆炳先生的观点是："历史题材的创作毕竟是文学创作，属于艺术。文学艺术的审美特性是不容忽视的。这'审美特性'就应该是在尊重历史真实的前提下的艺术虚构、合理想象、情节安排、细节描写和情感评价等。"[2] 我认为，童庆炳先生提及的这些审美特性都是艺术性在文本方面的呈现，而在创作主体方面，艺术的特性就是作家的主观性与个人性。也就是说，任何一部历史题材的作品都是作家在尊重历史"大关节目"（郭沫若语）之上的个人创作，其艺术性首先必然来自作家本人的血脉、思想、情绪、意趣、见识、欲求等综合创作冲动、储备与构思。从这个出发点起程，郭沫若所说的"文学家是发展历史"之"发展"才可能是一条坦途。

作家的主观性与个人性千差万别，而张炜是有着巨大的当下情怀的，我们上面提到的那段话也彰显了这一点。正是由艺术的主体性自由，张炜走到了时代的向度上，也走到了历史题材创作的正道上。马克思说："一切发展，不管其内容如何，都可以看作一系列不同的发展阶段，它们以一个否定另一个的方式彼此联系着。"[3] 这就是说，历史与现实、未来不是隔绝的，而是同一时间链条上的不同发展阶段，是互为因果的，因此要进行现实与历史的相互对话。在中国，史鉴意识由来已久，从孔子延播到现今。而国外也有同样的认识，如法国现代历史学家布罗代尔认为："如果人们要理解现在，那么就应该调动全部历史的积极性。"[4] 正因为有"以史为鉴"的意图，历史题材的创作才要"据今推古"。将艺术的向度与时代的向度交融并举，张炜放开无羁的艺术魂魄，切入当代的精神疾病，传递热切的思想启蒙，将自己的思考与理想灌注到徐福身上，让我们看到一位耐人寻味的艺术典型。

　　首先，徐福对专制与奴性的深察、反抗与逃避就充满了理想主义的光芒与直面当下的警示意义。最初，徐福之所以押上身家性命、家庭安乐以成就一场庄严的豪赌，之所以冒着巨大的风险运筹帷幄、远涉异国，之所以带着百工百种、方士典籍、童男童女，就是为了摆脱秦王的专制与暴政，就是为了寻找独立自由的净土，就是为了传承发扬多元开放的故国文化。这些目标的核心就是独立不倚的自我意识与情感认知。这正是徐福最伟大的地方，其"人之为人"的独立意识的种种表现与不断受挫正是小说将散絮般的回忆、思味、转述凝汇起来的内在线索。徐福追寻的"生命""人事"与"山河"所造就的完美之境是"有神思一样的随意和自由"，是"既不自囚又不他囚的安定从容"。他时时告诫自己"千万不能做个'牧羊人'，不能有栅栏，更不能有鞭子"，他不仅以旁观者的清醒审视着那班挚友"不自觉地让我把'羊'迁地而'牧'，自己宁可做'羊'"，同时以当事者的深刻自察预见着"牧者"的被异化："'放羊'之后，'牧者'自己也化而为'羊'，欢腾跳跃于绿草白云之下"，因为"专制者的反面就是奴才，有权时无所不为，失势时即奴性十足"。烧楼船、筑城邑、友土著，安顿下大局后，徐福不忘初心，向往着、设计着永恒"义理"领引下的"无为而治"，即自主自治。但悲哀的是，曾经的志同道合者却貌合神离，他们逃出了秦王的牢笼，却又要自制牢笼，用尽一切办法劝说、逼迫徐福称王。最终，徐福妥协，从一个思想的先觉者变为了行动的就范者、同谋者。这让人想起鲁迅笔下的狂人与孤独者魏连殳，他们都是在对专制与奴性的高度警惕与反抗下遭受围攻，成为专制与奴性的牺牲品与助阵者。这也让人想起鲁迅笔下的后羿、墨子，他们都是在完成救国救民的伟业后被凡俗庸常、低下卑劣所欺，陷入英雄末路的悲境。

　　正是在"举世皆浊我独清，众人皆醉我独醒"的对比下，凸显出了徐福卓然独异的超越性。自然，我们可以为徐福的独异找出符合人物成长逻辑的解释，如身为莱夷贵族，徐福血脉中就携带着"游牧的野性"，"不够安分"；同时，又是在浪漫多姿、异人众多、鼓励超乎寻常的海性环境下成长，自然会在潜移默化中保留更多的个性。而作为独立的个体，徐福可能有与生俱来的雄心，因"强大的生命必然有强大的欲望"。在学养方面，徐福深受邹衍"大九州论"与稷下学派的影响，获得了辽阔博大的胸襟、兼容并举的气魄与"不治而议论"的独立品格。这些都毫无疑问是徐福这个人物能立起来、被信服的"客观依据"，但并不能因此排斥张炜在其身上灌注的艺术自主性与主观意愿。前面我们已提到，张炜自陈自己对徐福的着眼点，不是复原历史，而是个人思想的动向借徐福反映出来，《瀛洲思絮录》是从思想的对抗、精神的保存的角度去想象徐福。这就明确地告诉我们：徐福的思想其实就是张炜的思想，徐福就是张炜思想的外在化、文学化，张炜需要一个如上的徐福为自己的精神呼求发言、呐喊，张炜就是一个对抗专制与奴性的徐福！纵观张炜的整个创作，不是一直贯通着一条砸碎封建专制与思想奴役的红线吗？因为张炜发现这是中国人最劣质的国民性，也是当代中国最致命的精神顽疾。

我们听听这样的判断吧：1900 年，梁启超对其师康有为说，中国数千年腐败的根源在于中国人"皆必自奴隶性来"。与黄遵宪、夏曾佑一起被梁启超并列为"近代诗界三杰"的蒋智由更是愤懑不已地说："全地球生物类中含有奴隶之根性者舍犬马外"没有"过于中国人种者"。许多外国人也称中国人是"世界上最易驯伏之人种"。人民当家作主的社会主义制度确立后，情况是否好转了呢？被誉为"中国人的良心"的巴金沉痛无比地自剖：

奴隶，过去我总以为自己同这个字眼毫不相干，可是我明明做了十年的奴隶！

我就是"奴在心者"，而且是死心塌地的精神奴隶。

这个发现使我十分难过！我的心在挣扎，我感觉到奴隶哲学像铁链似的紧紧捆住我全身，我不是我自己。[5]

是的，奴性心理的摆脱之难远远超过奴隶身份的改变之难！很多历史悲剧的根源就在于此。确实，在中国当代，"奴在心者"不是少数。人都是历史、文化的遗民，我们都是在历史的铁罩钟下吐纳声息，我们都带着民族的文化血脉行走跳跃。意识到奴性潜藏还算是时代的进步，很多病在骨髓者，连理性的察觉都没有，那抛弃、摆脱，又从何谈起？因此，我们是需要徐福一类的人物来抵抗"称王"的。

张炜为徐福内设的第二个出类拔萃之处是内蕴自由、开放、民主的"无为而治"。大言院的设置最能体现这一点。"大言院是学士诸人每日辩论之场所，设有讲坛、边座、听席、记录；邑内一切有益之思、深邃之想，都不必忌讳，大可一一放言。所辩论者，题目愈大、愈远离俗务，即愈被珍视。所言皆大：大境界、大气度、大念想。愈是如此，则愈受尊崇。""人无大言，必类虫犬；国无大言，气短如雀。"说到底，"大言"就是不被政治、经济绑架，不沦为政治、经济的附庸和点缀，始终置身于利益集团之外，从而充分执行文化批判、思想启蒙的功能，引领社会前进。放言者各抒己见、平等对话、自由辩论，不仅是造就学术的自由，也是营构人人平等、个个独立的人际关系。

另外，自由婚配，与土著通婚、友好往来等都体现了徐福思想自由、头脑开放、处事民主的追求，因为这些正是打败专制与奴性的法宝，恰如梁启超所言："而自由云者，正使人自知其本性，而不受钳制于他人。"[6]因此，我们可以说，张炜借徐福之想象，不仅揭出文化的病痛，而且开出了相应的药方，那就是发扬稷下精神——独立自由、包容阔达、民主开放。

同时，我认为，徐福"无为而治"之治，很显然也是张炜意欲弘扬莱、齐文化的诗意想象。莱夷人是山东半岛东部的原住民，考古学家认为这是一个强悍的游牧民族，从遥远的贝加尔湖而来，经历过几番从南向北、从北向南的游荡，最终在半岛地区定居下来。游牧野性之根上繁育出的是不拘一格、肆意放怀、雄心勃勃、活泼好动、多端多异、喜谈怪力乱神的苗干。而徐福就是其中之一。虽然在徐福的少年时期，莱国被齐国所灭，但莱国先进的技术与文明被齐国采用、吸收。"不甘寂寞，生性好奇，活泼好动，同时也野心勃勃着，可以说是齐国东部人的特征。这些特征后来真的影响了齐国的文化和政治，以至于可以说，齐国的政治文化观整个就是莱夷人的。"[7]正是莱夷的习性与文化从一个侧面促进了齐国国力的强盛与文化的繁荣，出现了稷下学宫的 140 多年的繁盛。对这一历史成就，张炜心怀至高的景仰，他说："齐国稷门下的稷下学宫，终于成为不朽，成为人类文明史上一座永不倒塌的纪念碑"，是"中国学术史和精神史上的一个奇迹"。[7]张炜在《瀛洲思絮录》中借徐福的创举复活了这一历史的盛况，其中传递出的对母国历史文化的尊崇与发扬之心不是显而易见吗？这其中漫溢着的独立不倚之气度、海纳百川之胸怀、奇异烂漫之魂魄不正是海洋文化之精髓？这对于中华文化的健康多元发展、国民素质的提高等的意义，自然也是大家能够想到的。

张炜赋予徐福的另一重优异品质是面向自我的全面审视。在《瀛洲思絮录》中，徐福不是一开始就觉悟到自己的使命，不是一开始就找到了可行的途径，也不是一直走在胸有成竹的既定路线上，而是不断思虑、不断探索、不断寻找，时而迷惑、时而停滞。在这曲折蜿蜒的前行路上，他怀抱对"义理"的至上追求，不断怀疑自己的思考、不断否定自己的结论，才最终摆脱了狭隘的爱国主义思想，由"复国主义者"超越为"世界主义者"，走向思想的提升与完善。即使在安顿了思想、"义理"之后，徐福也不放弃不断的自我审视。听听这些心理独白："信仰也有显而易见的'专横性'。……我珍视信仰如同生命。正因此，我必得警惕它的变质、它弥散和辐射出的蛮横和乖戾"我们不是能充分体会到徐福自我反省的高度自觉性吗？

徐福的自审不仅限于思想意识层面，而且触及自己的欲望以及妒忌等消极心理。在娶了卞姜之后，徐福又爱上了区兰，感受到了同样的"终生的润泽"。就当时的礼俗而言，徐福爱几个女人并娶回家，都是正常现象。但他还是扪心自问，觉得对不起卞姜，谴责自己"多么轻薄""多么荒谬"。在瀛洲安定下来之后，在婚配问题上，徐福从人性、大局出发，做出了得当的安排，但内心是挣扎的："我发现在内心深处，在幽闭的角落，有一颗隐秘而阴暗的种籽。它非常苛刻与嫉恨。它阻止了我更敞亮愉悦地行动，而只让我阴郁地徘徊。"这隐秘的袒露，就是徐福直面自己自私心理的勇敢与无情。及至后来徐福接受了无比爱恋自己的年轻的米米，从米米处得到无微不至的照顾与温情，但还是深深自责："我作践了青春！"

徐福的自我反省、自我审判之所以尤为可贵，是因为他身处高位，在他人虔诚的膜拜中，完全可以自我膨胀、为所欲为，而不必接受他者的监督与审查！也就是说，在社会制度层面上的"自律""他律"秩序尚未建立时，治国理政、与人相处、自我培育都维系在个人的品质情怀、人格教养上，那么，自我的反躬自问不就因承载了全部的重量而无比重要起来？"自律""他律"制度的缺失，常常使道德变成虚悬的旗帜，虽然高高飘扬，但空无一物。这种状况，至今仍是。因此，徐福的自审不仅为我们塑立道德的高标，让我们景仰、学习，同时也提醒我们：单靠个人自觉提升整个社会的道德水准是远远不够的，还必须建立相应的法制、制度。在张炜为徐福绘影时，应该有这样的思绪吧？鲁迅有句名言：多有只知责人不知反省的人的种族，祸哉祸哉！张炜极其崇敬鲁迅，估计在这一点上，有与鲁迅同样的忧虑吧。

三、二元对立的叙事结构

正是怀着强烈的警示与启迪当代精神建构的目的，在这几篇历史题材的小说中，张炜有意识地运用了二元对立的手法布局谋篇，将叙事结构二元化，在二元对立项之间设定矛盾或冲突，从而展开故事情节，完成正与邪、善与恶、短暂与永恒等内在对立要素的淋漓展示。

从表层来看，《造船》、《射鱼》与《东巡》的主要二元对立项均是衰老与长生、秦王与民众，正是这两组力量的存在与对立规定了小说的叙事走向与情节安排。秦王年老体衰，万分急迫地想要寻得长生不老之药。这客观的衰老之势与主观的不老之念是一对难以化解的仇敌，纠结成一个深坑，滋生着小说向前行进的原动力。而且，秦王自我极度膨胀，视他人的性命如草芥，不惜民力、滥杀无辜乃家常便饭。迫于秦王淫威敢怒不敢言者有之，但敢怒敢言者亦有之。这就出现了秦王与民众的另一对立项。在《造船》中，民众愤怒的情绪与抗暴的意志集注在一位老者身上。他口口声声说秦王是贪婪的俗人，是任意胡来的婴孩，由于无知而残暴，最终会西行沙丘、倒地不起。他明知这番言说会遭致杀身之祸，但他从容不迫，仿佛正义附身，要给秦王一个巨大的警告与嘲笑。他死了，他的鲜血燃起烈烈火焰，毁掉了秦王的楼船。《射鱼》中反抗秦王的是一群不具名的百姓。他们假托天意，在石头上刻字，表达对秦王贪婪无度、残忍无道的批判与痛恨，并发出愿秦王早死的咒语。结果是方圆十里的民众被秦王全部杀掉。

《瀛洲思絮录》表层的对立因素是拒绝称王与焦盼有王的两种力量。拒绝称王的徐福渴念的是人人平等、自由、独立的胜境，于是小说的情节顺着徐福这方面的努力行进，衍生出很多徐福思想上的探寻、心理上的揣度与行动上的安排。焦盼有王的追随者们也一直蠢蠢而动，当面规劝、背后议论甚至叛逃等情节都是这种力量的显示。二元对立项的较量不会一直处于平衡状态，往往总有一方占据强势地位，支配甚至决定着另一方。历史的经验与教训多次显现这样的悲剧：先觉者往往是当时的失败者。于是，徐福被迫称王。

从深层结构来看，张炜这几篇历史小说的二元对立要素其实是一致的，即都可归属在人性的需求与历史的局限这两个对立项上（徐福的追随者们对安全、归属认同的需求是实现了，但小说中的其他人物都抱憾终身。因此，人性需求与历史局限的对立关系是主要方面）。在人性的需求上，徐福、秦王都处于高层次上，徐福的追随者和民众都处于较低层次上，他们各自需求的实现与否都取决于历史的条件限定。我们就以秦王和徐福为例，来谈论这个问题。

在人性需求的考量平台上，秦王和徐福倒是势均力敌、难分伯仲，因为二人在以上作品中呈现的核心追求都显示着"居高声自远"人性高格。秦王心心念念要长生不老、延年益寿，这个目的与渴望不是自古以来每个人都有的吗？莫说是人，就连动物都有着极为强烈的原始求生欲。战胜生命的短暂、突破生命的限数，确实是人类一直以来的向往。中西方广泛流传着的长生不老的神话传说就传布了这一点。再翻翻古今经典，品读一下那些感叹时光易逝、红颜难驻、生死无情的字句，不就能感受人对不衰不老不死的没齿难忘的迷恋？"人生几何？譬如朝露"的咏叹到现在不也深深地击刺着我们的心经？而能将这种迷恋付诸长久的、够规模的行动的，却往往不是等闲之辈。这需要的不仅是财力、权力的雄厚、炙手，而且也需要强大的生命体喷薄而出的强大的欲望，如一代帝王、一代宗主等。这个千古不老的人性之欲对社会生活、科学技术、文学艺术、宗教信仰等所产生的推动作用也是显而易见的。在这个意义上看，秦王的欲求不仅合情合理，而且表现出满足基本的生存、安全等需要后的更高的需求，是人类挺近更自由更理想的生命境界的趋向。徐福对平等、独立、自由的探索也是摆脱了低级需要而向更高目标趋近的欲望，甚至携带着人类的终极性诉求。

在奔赴更高意愿的途中，秦王与徐福是难兄难弟，因为他们都困在路上，以失败而告终。分析二人失败的原因，在同处，我们首先认识到人性自身的矛盾。人本是分裂的，虽然在现实中只能抓住有限的美好，但又总是在头脑、心灵中渴念无限的美好。其次，也能深味人性需求与历史局限的永久性矛盾。人被串在时间的锁链上，成败得失都要靠时间的成全，超前的美梦都不免被荡成泡沫散失。秦王与徐福在这方面可谓心心相印，又因结果的破灭而可以惺惺相惜了。《瀛洲思絮录》中，徐福对秦王流露出的同情，也许从这个角度理解会更深刻。

但失败的相异处，就见出二人品格的高下。秦王对长生不老的痴迷，固然因其作为独立的个体且代表着人类的共同诉求有着可尊重的一面，但毕竟秦王贪的是一己之私而不是整个族群的希图，而且还为满足个人欲望去戕害他人性命、侵犯他人权益。因此，秦王的失败是注定的，也是永远的。而徐福的追求固然是个人的理想，但同时谋求的也是整个族群的进步与发展，是将个人的福祉系在人类文明的旗帜上，是自己与他人的共同解放与共享和谐。因此，徐福虽败犹荣，而秦王却被人们的唾沫淹在漫漫黄沙中。小说突出的也是差异，正是在这差异中，我们把握到张炜批判的向度与力度。

四、活化历史的语言创造

童庆炳先生在《历史题材创作的三向度》中谈到的三向度，首要的是历史的向度。童庆炳先生高屋建瓴，从历史观的正确来阐述历史向度的内涵。除了历史观的不偏不倚，我想，历史向度还应包括在审美特征上所包蕴着的历史气息与历史味道。这种审美上的历史属性除了内容的历史化之外，更直接的播散者应该就是小说的语言了，毕竟语言是小说的第一现实。

让语言如何浸染历史的韵味呢？全部泡在历史的染缸中，尽可能再现特定历史时期的历史语言？这时就要考虑到历史题材创作的时代向度了。一是现时代的作者能否熟练自如地游弋于古代语言的汪洋中，一是现时代的读者能否轻松自如地领略古代语言的虚实。虽然没有准确的调查数据为我们佐证，但就我们日常的观察，我们大致可以得出这样的结论：不论作者还是读者，能毫无障碍地挥洒与领会古代语言者寥寥无几！这就必然要求语言在历史与现实之间寻找恰当的平衡点。

已有先行的探索者做出成功的尝试，并总结出普遍适用的路数。如郭沫若的主张是：历史文学的"根干是现代语，……但是现代的新名词和语汇，则绝对不能使用。"[8]陈白尘似乎总结得更细致、更具体，他用一个等式直观地列出历史文学语言的个性："历史语言＝现代语言－现代术语、名词＋农民语言的朴质、简洁＋某一特定时期的术语、词汇。"[9]这就是说，历史文学的语言是以现代语言为根基为主力，但摒弃带有强烈现代色彩的词汇、短语，如政治性词语：小康社会、中国梦、阶级斗争为纲、争创文明城等，现代生活物品词语：手机、公交、商城、地铁等，网络流行语：高富帅、宅男、抛砖、屌丝等。而文言古语的使用，取两种方法：特定的历史词汇、用语，直接采用，如朕、爱卿、奴婢等；而对那些历史用语中仍旧活力不减的词汇、语句则融化之，将其化用在现代白话文中，成为白话文语流的源泉之一。

统观张炜这几篇历史小说的语言，我们发现就是遵循了以上的原则——立足现代语言、吸纳古代语言。这样，整体的语言格调是庄重文雅简洁。若对比多数作家在叙述语言上侧重现代语言而在对话语言上侧重古代语言的特点，我们可以发现张炜的这几篇小说没有如上特征，而是重视语言整体的化古入今。也就是说，与内容相谐，张炜先从整体上笃定简约但雍容、典雅且活络的整体语言格调，将之灌注于语言选择、语感氛围营造、语势语态安排等涉及语言活动的全部过程中，而不是分开思虑现代汉语与古代语言的各自运用，也不是单独考虑某些文言古语的采用。如《瀛洲思絮录》中的段落：

> 我令手下人展开一庞大工程，沿新营周边山麓筑墙。有人立即指斥我重演秦王筑城之苦。此言或许有理，但却是不得已而为之。从长远计，此岸也需要一座"长城"，当然会比秦王的小多了。从营地北侧二十里之山麓修起，沿山脉蜿蜒西行一百六十里。此工程不可谓不浩大，但可以分别施行，按急缓分段修砌，并不求一朝一夕之功。真正拒敌者既非砖石，也非利刃，而是人心。筑城的紧迫当唤起悚悚之心。

没有醒目的古语穿插，但顺手牵羊式地将"之""此""计""者""当"等生命力旺盛的文言词汇化入现代语流中，粘连出一种历史的味道与韵致。"既非砖石，也非利刃，而是人心"则带着对仗的古韵，简介干练，且氤氲出古典的氛围。

比较其他历史作品的语言，张炜确实是在化古入今方面更胜一筹。或者说，我国当代历史文学的语言运用在化古入今方面应做出更多的努力。

而张炜更独特的一个尝试是将民间风味的语言引入历史文学之中。仍是《瀛洲思絮录》中的段落：

> 秦始皇这个人不怎么样哩。他贪婪土地，灭了中国，又灭了齐国。四海通达，大道合一，实在贪婪哩。一个君王如果知趣，有多大本事就管起多大土地。你本无能力治理这么大一片哩。所以说，秦始皇这个人不怎么样，起码是个不知趣的人哩。

这是老百姓刻在巨石上的一段文字。最常规、最讨巧的做法是模拟当时的语言，采用文雅、严肃的文言，但可贵的是，张炜没有这么做。何故？拟古当然可以，也更容易被多数读者接受，但能完成的仅仅是交代有关内容的叙述任务。可现在这么写呢，就一箭多雕。其一，完成特定的叙述任务。其二，复原情态："不怎么样哩""实在贪婪哩""这么大一片哩""不知趣的人哩"带有鲜活的语态，将老百姓对秦王的蔑视活灵活现地托染出来。这样的语言，是流动、跳跃着的活水。其三，传递出独特的地方语言、文化风味。想必大家读得出，这段文字中有一种略显古怪的、嬉皮笑脸的韵味。这其实正打着古莱国与齐国特有之烙印。古时，山东半岛既有渺渺大海，又有茫茫荒原，比其他自然环境更能促成人们虚美的遐想、无羁的放浪。于是，山东半岛人野性十足、好奇多动，玩耍游戏成癖，谈论怪力乱神成风，且语言戏谑多趣。淳于髡、东方朔、晏婴就是典型的代表。及至如今，山东半岛上能言善语、诙谐幽默的民间百姓也不在少数。所以，以上所引的文字像一股清凉的风吹送来海腥气，让我们直接感受到山东海疆地域的风习与味道，这当然是值得庆幸的。但这种地方格调的语言在张炜的海洋性历史小说中用的较少，我觉得，还可以适当地加大尝试的广度与力度。

参考文献：

[1] 郑春. 试论当代历史小说的创新努力 [J]. 文史哲，2000（01）.

[2] 童庆炳. 历史题材创作的三向度 [J]. 文学评论，2004（03）.

[3] 马克思. 道德化的批评和批评化的道德 [M]. 马克思恩格斯全集·第4卷. 北京：人民出版社，1956.

[4] 费尔南·布罗代尔. 论历史 [M]. 刘北成，周立红译. 北京：北京大学出版社，2008.

[5] 巴金. 随想录69·十年一梦 [M]. 巴金全集·第15卷. 北京：人民文学出版社，1986.

[6] 丁文江，赵丰田. 梁启超年谱长编 [M]. 上海：上海人民出版社，1983.

[7] 张炜，芳心似火——兼论齐国的恣与累 [M]. 北京：作家出版社，2009.

[8] 郭沫若. 历史·史剧·现实 [J]. 语文 1927（02）.

[9] 陈白尘. 历史剧的语言问题 [J]. 语文 1937（02）.

张炜《黑鲨洋》时间词语研究

徐德宽　杨同用

一、相关背景

《黑鲨洋》是当代作家张炜的一篇短篇小说，发表在《文汇月刊》1984年第 8 期。该小说描写了改革开放初期胶东沿海渔民"老七叔"一家买船置网，同壮汉"曹莽"到"黑鲨洋"一带打鱼，遇上"瓦檐浪"，并在"老船长"的指挥下安全脱险的故事。该小说正文共有 1.2 万多字符，去掉标点符号后总字数为 11001 个汉字。首先，我们将该小说制成电子文本，经过人工校对后，使用中国科学院计算所开发研制的汉语词法分析系统 ICTCLAS（http：//mtgroup. ict. ac. cn/）进行自动分词和词性标注，然后根据《973 当代汉语语料库文本分词、词性标注加工规范（草案）》（http：//www. chineseldc. org/EN/doc/CLDC-LAC-2003-003/label. htm）并参照《现代汉语词典（第五版）》、《现代汉语八百词（增订本）》等对自动分词结果进行了人工校对。在校对过程中，根据时间词语研究的需要，对文章中使用的时间词语进行了特别标注。

下面是《973 当代汉语文本语料库分词、词性标注加工规范（草案）》给出的词类类别及其标记：

1. 名词 n：
   普通名词（n）
   时间名词（nt）
   方位名词（nd）
   处所名词（nl）
   人名（nh）

地名（ns）

族名（nn）

团体机构名（ni）

其他专有名词（nz）

2. 动词 v：

普通动词（v）

能愿动词（vu）

趋向动词（vd）

系动词（vl）

3. 形容词：

性质形容词（aq）

状态形容词（as）

4. 区别词 f

5. 数词 m

6. 量词 q

7. 副词 d

8. 代词 r

9. 介词 p

10. 连词 c

11. 助词 u

12. 叹词 e

13. 拟声词 o

14. 习用语 i

15. 简称和略语 j

16. 前接成分 h

17. 后接成分 k

18. 语素字 g

19. 非语素字 x

20. 其他 w：

标点符号（wp）

非汉字字符串（ws）

其他未知的符号（wu）

从上面可以看出，该规范共给出了 20 个大的词类（包括标点符号），其中名词下面又分出了"时间名词"（nt）等小类，根据我们研究时间范畴的需要，在人工校对的过程中，我们在上面的词类标记的基础上，又对表达时间范畴意义的词语进行了特殊的标记，分别是：表达时间意义的方位名词（nd），表达时间意义副词（dt），表达时间意义代词（rt），表达时间意义量词（qt）和表达时间意义习语（it）。

完成标注后，我们用相关的语料库软件对文本进行了字频、词频的统计分析。在统计时，分别统计了其形符（type）和类符（token）。所谓形符，是指一定语篇中实际出现的全部符号的数目，而类符指的是一定语篇中所使用的符号的不同类型的数目。例如，在"人人都说沂蒙山好"中，总共使用了8 个字，也就是 8 个形符（以字为计算单位），而"人"出现了两次，从类符的角度来说，这两个字算作一个类符，这样，其形符数量为 7（"都""说""沂""蒙""山""好"分别算作 7 个不同的类符）。类符和形符之间的比率被称为"类符频率"，或"类符—形符"比率（type-token ratio）。形符和类符可以从不同的层次来分析，例如"字""词""句"等。以英语等西方语种为研究对象的多以"词"（word）为研究单位，这时的"类符频率"就是所谓的"词汇密度"（lexical density），是通过词汇密度可以观察文本风格或测量文本的难度。（Crystal：A Dictionary of Linguistics and Phonetics；杨惠中．语料库语言学导论：168）由于汉语书面文本还存在这"字"这样一个单位，因此，对于汉语书面文本，可以在字这一层极进行统计。

我们首先用 concordance 3.2（R. J. C. Watt 开发）对《黑鲨洋》正文（不含小说题目、表示章节的数字和篇后附言）进行了字频统计，结果如下：

表 1　《黑鲨洋》正文字频统计结果

统计项目	总形符（含标点）	字形符（不含标点）	标点形符	总类符	字类符	标点类符	总类符/总形符比	字类符/字形符比	标点类符/标点形符比
统计数字	12476	11001	1475	1250	1235	15	0.10	0.11	0.01

从表 1 可以看出，《黑鲨洋》的总字数（包含标点）为 12476，其中标点共出现了 1475 次，除去标点，纯汉字共出现了 11001 次。共出现不同的字符（包含标点）1250 种，其中，标点出现了 15 种，除去标点，出现汉字 1235 种。总类符/形符比为 0.10，汉字的类符/形符比为 0.11，标点的形符/类符比为 0.01。

下面是《黑鲨洋》中使用频率大于 100 的字。

表 2　《黑鲨洋》高频字及其频率

序号	字	频率	序号	字	频率
1	的	404	12	曹	119
2	了	295	13	在	118
3	他	282	14	个	117
4	一	257	15	莽	117
5	老	185	16	有	111
6	上	171	17	子	108
7	着	169	18	人	106
8	船	158	19	地	105
9	不	141	20	这	103
10	是	131	21	海	100
11	来	123			

表 3　《黑鲨洋》标点符号及其频率

序号	标点符号	频率
1	，	626
2	。	472
3	"	69
4	"	69
5	……	61
6	！	60
7	：	49
8	、	33
9	——	13
10	？	9
11	；	6
12	'	3
13	'	3

续表

序号	标点符号	频率
14	(	1
15	)	1
总计		1475

然后我们利用 paraconc 软件，对分词后的文本进行了统计，结果如下：

表 4 《黑鲨洋》正文词语统计

统计项目	词语形符（不含标点）	词语类符（不含标点）	词语类符/词语形符比
统计数字	7919	1776	0.22

从表 4 可以看出，《黑鲨洋》的总词数（不包含标点）为 7919 个，使用的不同词语的数量为 1776 种，词语的形符/类符比为 0.22。

下面是《黑鲨洋》中使用频率大于 50 的词语。

表 5 《黑鲨洋》高频词语及其频率

序号	词语	频率	序号	词语	频率
1	的	389	13	老七叔	93
2	了	292	14	船	82
3	他	246	15	两	68
4	一	177	16	到	64
5	着	163	17	就	61
6	曹莽①	114	18	这	57
7	在	111	19	条	55
8	不	100	20	去	52
9	个	99	21	也	52
10	地	96	22	人	51
11	上	96	23	都	50
12	是	94			

---

① 《973 当代汉语文本语料库分词、词性标注加工规范》规定："汉族或类汉族人名，姓和名之间不分。"因此"曹莽"作为一个词。下面的"老七叔"同此。

表4显示，《黑鲨洋》正文共使用了1776个不同的词语，然而，标注词性后的资料显示，并不是所有的词语在文本中都以相同的词性出现，也就是说，一个词有两个或者两个以上的词性。例如：

"用一只手举起一个铁钩"中的"只"是量词，而"老船长只用拐杖指指窗台，让他放在那儿。"中的"只"是副词；"过去买不得船，如今行了"中的"过去"是时间名词，而"像个小豹子一样猛扑过去……"中的"过去"是趋向动词。

这1776个不同的词语被称为词项（lemma），而有些相同的词项在文本中以不同的词性出现，被称为词形（form）。我们利用 Xaira 软件对《黑鲨洋》中出现的词形进行了统计，发现，这1776个词项共有1920个词形，其中频率大于50的词形如下：

表6　《黑鲨洋》高频词形及其频率

序号	词形	词性	频率	序号	词形	词性	频率
1	的	助词	389	11	是	系动词	94
2	了	助词	290	12	老七叔	人称名词	93
3	他	代词	246	13	船	名词	82
4	一	数词	177	14	两	量词	68
5	着	助词	161	15	上	方位名词	64
6	曹莽	人称名词	114	16	这	代词	57
7	不	副词	100	17	条	量词	55
8	个	量词	99	18	也	副词	52
9	在	时间副词	95	19	人	名词	51
10	地	助词	95	20	都	副词	50

对照表5和表6，可以看出，有一些书写形式相同的词语（词项）——词形的统计数字不相同。例如作为高频词语（词项）的"了"共出现了292次，而作为高频词形"助词"的"着"出现了290次，而另外两个词项是"动词"出现：

坏了，靠不了岸啦！

这东西嘴巴像钩，钩到网丝上就跑不了！

同样，高频词语（词项）的"着"共出现了 163 次，而作为高频词形"助词"的"着"出现了 161 次，而另外两个词项是"动词"出现：

他睡不着时常想老葛的话。

不过父亲现在已经管不着他了。

而作为高频词项的"在"也有两个词形：时间副词（95 次）和介词（16 次）：

又在发脾气！

人们还在往火堆上投着火柴。

（时间副词）

每个人都坚定地在心里告诫自己：……

没有人在闲时和他说话，……

（介词）

二、《黑鲨洋》时间词语

下面我们对《黑鲨洋》中的时间词语进行研究。

（一）《黑鲨洋》时间词语的类别和数量

前面说过，根据研究目的，在进行语料标注时，在参照《973 当汉语语料库文本分词规范（草案）》、《现代汉语词典（第五版）》、《现代汉语八百词（增订本）》等的基础上，对于其中语料中出现的时间词语进行了特殊标注，除了《973 当汉语语料库文本分词规范》（草案）原有的时间名词外（标注符号为 nt），我们对于时间副词（标注符号为 dt）、表示序位的连词（标注符号为 dt）、表示时间的量词（标注符号为 qt）、表示时间的方位词（标注符号为 ndt）、修饰时间词语的介词（标注符号为 pt）、表示时间的代词（标注符号为 pt）以及表示时间的惯用成分（标注符号为 it）。虽然"时间""时候""时"本身属于抽象名词，并不属于时间名词，但是带有这些词语的短语却表示与时间有关的概念，为了便于统计，我们在标注时，把这些词语也标注为时间名词（nt）。

我们的对标注后的语料的统计，《黑鲨洋》中共使用时间词语 121 个（类符），这些词语共出现了 364 次（形符）。下面是统计数字。

表7　《黑鲨洋》时间词语概况：

统计项目	时间词语形符	时间词语类符	时间词语类符/词语形符比
时间名词	80	36	0.45
时间副词	163	48	0.29
序位连词	12	6	0.5
时间量词	53	11	0.21
时间方位词	31	7	0.23
时间介词	4	2	0.5
时间代词	16	9	0.56
时间惯用成分	5	2	0.4
时间词语总计	364	121	0.33
黑鲨洋词语总计	7919	1776	0.22

表8　《黑鲨洋》时间名词：

词语	频率
白天	1
傍黑	2
不久	3
初秋	2
当时	2
冬天	1
过去	1
很久	1
很小	1
后来	4
黄昏	2
季节	1
今年	1
今天	1
九月	1
明天	2

续表

词语	频率
平常	1
前一天	1
秋天	1
如今	1
时	19
时候	6
时间	2
晚上	1
闲时	1
现在	2
小时候	1
眼下	2
夜里	2
夜晚	1
一辈子	4
一会儿	4
有一天	1
早晨	1
早上	1
中秋	2

表9 《黑鲨洋》时间副词：

词语	频率
本来	1
才	6
长久	1
常	4
常常	2
从	1

续表

词语	频率
从来	2
刚	6
很快	5
还	8
还是	3
即将	1
将	1
久久	1
就	23
立刻	7
仍旧	1
仍然	1
日夜	1
事先	1
首先	1
随时	2
先	1
新	3
要	6
一边	9
一时	3
一下子	2
一直	5
依然	1
已	1
已经	6
永	2
永远	1
有时	2

续表

词语	频率
再	1
在	16
早	1
曾	1
曾经	2
整天	1
正	7
正要	1
正在	1
终于	6
自古	1
总	3
总是	1

表 10　《黑鲨洋》序位连词

词语	频率
接上	1
接着	2
然后	5
同时	2
先是	1
与此同时	1

表 11　《黑鲨洋》时间量词

词语	频率
次	22
段	2
多半天	1
回	1

续表

词语	频率
秒钟	1
年	11
岁	5
天	6
夜	2
月	1
钟头	1

表 12　《黑鲨洋》时间方位词

词语	频率
后	4
来	3
前	3
以后	2
以前	2
之后	8
最后	9

表 13　《黑鲨洋》时间介词

词语	频率
从	2
当	2

表 14　《黑鲨洋》时间代词

词语	频率
此刻	1
何时	2
那时	1
那天	2

词语	频率
这次	1
这会儿	1
这时	5
这时候	2
这天	1

表 15　《黑鲨洋》时间惯用成分

词语	频率
近年来	1
有一次	4

（二）《黑鲨洋》时间词语的语形特征

表 16　《黑鲨洋》时间词语构成语素统计

序位	语素	频率
1	时	15
2	天	12
3	一	9
4	后	6
5	久	5
6	来	5
7	这	5
8	先	4
9	夜	4
10	常	4
11	上	3
12	今	3
13	从	3
14	候	3

序位	语素	频率
15	前	3
16	在	3
17	年	3
18	很	3
19	早	3
20	是	3
21	有	3
22	次	3
23	正	3
24	然	3
25	秋	3
26	下	2
27	仍	2
28	以	2
29	会	2
30	儿	2
31	刻	2
32	同	2
33	子	2
34	将	2
35	小	2
36	已	2
37	当	2
38	总	2
39	接	2
40	晚	2
41	曾	2
42	月	2
43	此	2

序位	语素	频率
44	永	2
45	经	2
46	要	2
47	还	2
48	那	2
49	钟	2
50	不	1
51	与	1
52	中	1
53	之	1
54	九	1
55	事	1
56	于	1
57	何	1
58	依	1
59	傍	1
60	再	1
61	冬	1
62	刚	1
63	初	1
64	半	1
65	即	1
66	去	1
67	古	1
68	回	1
69	多	1
70	头	1
71	如	1
72	季	1

续表

序位	语素	频率
73	就	1
74	岁	1
75	平	1
76	快	1
77	才	1
78	整	1
79	新	1
80	日	1
81	旧	1
82	明	1
83	昏	1
84	晨	1
85	最	1
86	本	1
87	段	1
88	现	1
89	白	1
90	直	1
91	眼	1
92	着	1
93	秒	1
94	立	1
95	终	1
96	自	1
97	节	1
98	辈	1
99	边	1
100	过	1
101	近	1

序位	语素	频率
102	远	1
103	里	1
104	长	1
105	闲	1
106	间	1
107	随	1
108	首	1
109	黄	1
110	黑	1

表 17 《黑鲨洋》时间词语高频语素构词情况统计

序位	语素	构词数	累积构词数
1	时	15	15
2	天	12	27
3	一	9	36
4	后	6	42
5	来	5	47
6	这	5	52
7	久	4①	56
8	先	4	60
9	夜	4	64
10	常	3	67

　　总共 110 个语素，而前 10 个高频语素构成了 121 个时间词语中的 67 个，占 55.37%。

---

① 语素"久"虽然出现频率是 5 次，但是"久久"中出现了两次，所以，其实际构词数为 4。同样，语素"常"虽然频率为 4 词，但在"常常"中出现了两次，所以其实际构词数为 3。

三、《黑鲨洋》时间名词考察

在了解了《黑鲨洋》在字词等方面的特征后，我们准备对其中的时间词语进行考察。由于时间和篇幅所限，我们暂时只对其中时间名词的情况进行考察。从表7"《黑鲨洋》时间词语概况"可以看出，该小说中共使用了36个时间名词，总计出现了80次。前面说过，虽然"时候""时"本身属于抽象名词，并不属于时间名词，但是带有这些词语的短语却表示与时间有关的概念，为了便于统计和分析，我们在进行标注时把为了便于统计，我们在标注时，把这些词语也标注为时间名词（nt）因此，这36个时间名词又可分成两大类：一类是一般的时间名词，如"初秋""今天""早上"等，这类共有33个，共出现了53次；另一类是"时间"（2次）"时候"（6次）等表达时间概念的抽象名词，这一类共3个，另一个是时间语素"时"（19次），它们一共出现了27次。下面我们就分别对这两类时间名词进行考察。

（一）句法位置

词在实际语言运用当中的作用，主要是用来造句，一种情况是，一个词语就构成一个句子，例如"好！""快！"等；另一种情况是，在句子当中充当一定的句子成分或者句法成分，例如"天亮了"当中的"天"作为句子的主语，"亮"是句子谓语部分的中心成分；再有一种情况是和别的词语构成短语，充当句子成分或者句法成分，例如"明天上午大家开会"中"明天"和"上午"构成短语，充当句子的状语，在"那是一个冬天的早晨"中，"冬天""早晨"和"一个"共同构成动词"是"的宾语，而"早晨"则是宾语部分的中心词，"冬天"是"早晨"的定语，"一个"则又是"冬天的早晨"的定语。传统语法在分析句子时，一般采用六大句子成分的说法，即主语、谓语、宾语、定语、状语和补语。当然，这六大成分不是一个层次上的概念，而有些术语，如宾语，则包含至少两类不同的语法实体，动词宾语和介词宾语。我们在分析的时候，凡是能直接充当上述六大成分的或其中心词的，便直接分析其句法位置；凡是不能直接充当上述六大成分的。分析该词语和其他词语组而合成的更大结构是否能构成上述六大成分，如果能，则把分析一更大成分法句法位置；如不能，则更大的结构，直至能构成上述六大成分位置为止。另外，我们把动词宾语和介词宾语做了区分，动词宾语直接分析为宾语，介词宾语则分析为介宾。

传统上所说的"句子""句子成分"等存在诸多含混不清的地方。例如，一个单独的主谓结构（或者一个能够表达完整意思的非主谓结构）构成的表属单位被称为句子，这种句子又叫"简单句"，若干结构上互不包含的句子形式构成的表属单位也是句子，这种句子被称之为"复句"，其中的每个主谓结构叫作"分句"。此外，还有句子形式做句子成分的现象，例如"我认为你能赢"，其中的"你能赢"这一句子形式作"认为"的宾语，而"认为"是上层句子的谓语，这样的句子被称之为"包孕句"，外面的"句子"叫作"母句"，充当句子成分的叫作"子句"。同样，由于"句子"的内涵和外延含混不清，"句子成分"这一概念的含义也非常模糊。为了避免模糊，我们对于简单句、复句、包孕句，进行了区分，对于简单句，分析其构成成分，对于复句，分析时针对的是分句的构成成分，而对于包孕句，则针对母句和子句的构成成分进行分析，并且舍弃"句子成分"，而改称句法成分或句法位置，并进一步对于简单句、分句、母句、子句几种情况进行了区分。

下面分别对"时候"（包括"时""时间"）短语和"一般时间名词"进行分析。

1. "时候"短语的句法位置

从分析中看出，"时候""时""时间"这三个语言单位均没有单独充当句法成分，而是和其他的词语一同构成短语，充当句法成分。这些短语的句法位置有两个，一个是状语位置，一个是补语位置。请看表18。

表18　"时候"短语句法位置

句法位置	数量	比例（%）
状语	26	93
补语	1	7
合计	27	100

从表18可以看出，"时候"短语绝大多数情况占据的是状语的位置，只有一例是在补语位置：

不知过了多长时间，他从水中露出脑袋喊："我爸爸就死在这上面，这就是那片乱礁！"

从句法关系上分析，上面这个句子是一个复句，由两个分句构成，两个分句之间是承接关系；前一个分句是一个包孕句，后一个分句也是一个包孕句。时间短语"多长时间"作前一个分句中子句的补语。从功能上分析，前一个分句实际上相当于后一个分句的进行时间状语，"不久""许久"等时间词语能功能相仿，因此，如果从该"时间"短语所在的分句的功能上看，整个"时间"结构作后面一个分句的状语。这样，这 27 个"时候"短语或"时候"短语所在的结构都是起着状语的功能。因此，从总体上说，这些"时候"短语占据的是状语的位置。这样，我们把表 18 调整为表 19：

表 19　"时候"短语句法位置（调整后）

句法位置	数量	比例（%）
状语	27	100
合计	27	100

下面我们来分析一下时候短语所属的直接上级语法单位的情况，请看表 20：

表 20　"时候"短语所属上级语法单位：

类型	数量	比例（%）
简单句	12	44.44
复句	13	48.15
子句	2	7.41
合计	27	100

"时候"短语位于子句的有两例，一例位于宾语子句，一例位于定语子句：

老七叔后悔船上得太急促，让船靠网时背了流！

没有诱人的鲈鱼，也见不到身上生了灰斑的、出水时像一把大片钢刀一样的鲅鱼。

2. 一般时间名词的句法位置

根据我们的分析，一般时间名词可以出现在各个主要语法位置上：主语、谓语、宾语、补语、定语、状语和介词宾语等各个位置均有分布。具体数字请看表 21：

表 21 一般时间名词的句法位置

句法位置	数量	比例（%）
主语	6	11.32
谓语	1	1.89
宾语	3	5.66
定语	7	13.21
状语	30	56.6
补语	4	7.55
介词宾语	2	3.77
合计	53	100

每种情况我们均给出一个例子：

这个夜晚正好是有月亮的日子，屋子里黄蒙蒙的。（主语）

那是一年秋天，父亲淹死不久。（位于）

这时候正是初秋，天还很热，曹莽穿了条裤衩，露出了两条圆圆的、黑红色的长腿。（宾语）

十几年没有在海上飘荡了，今天的各种感觉好像都不那么真切。（定语）

他今年十九岁，脸庞很粗糙，也是黑红的颜色。（状语）

走了一会儿，他又将脸扬起来，让阳光照在这张粗糙的脸庞上。（补语）

一直收获到中秋季节，他们没有取过几次网。（介词宾语）

表 22 一般时间名词所属直接上级语法单位：

类型	数量	比例（%）
简单句	10	18.87
复句	31	58.49
母句	2	3.77
子句	10	18.87
合计	53	100

我们对简单句、复句、母句各给出一个例子，而时间名词出现在子句又有两种情况，一种是出现在宾语子句里（8个），另一种是出现在定语子句里（2个），我们分别给出一个例子。

平常曹莽不怎么找这个人。（简单句）

这时候正是初秋，天还很热，曹莽穿了条裤衩，露出了两条圆圆的、黑红色的长腿。（复句）

老葛临出海的前一天晚上对曹莽严厉地嘱咐道："以后再不准哭！"（母句）

我想有一天在那儿栽我的袖网。（宾语子句）

这个不久还躺在床上喘息的人，怎么会一个人摸索到海滩上来！（定语子句）

（二）管界

对于管界，我们从两个方面进行了考察，一是管界的类型，二是确定管界边界的手段。

1. 管界的类型

（1）句子管界与篇章管界

我们在 1 中讨论了两种管界：句子管界和篇章管界。时间词语的管领范围在一个句子以内的称为句子管界，超出一个句子的是篇章管界。

表 23　时间词语的句子管界与篇章管界情况

类型	数量	比例（%）
句子	57	71.25
篇章	23	28.75
合计	80	100

实际上，无论是句子管界还是篇章管界，都有分为若干种情况。我们下面来分别论述。

①句子管界

管领范围在一个句子以内的共有 57 个，而这 57 个又分为以下几种情况：

表 24　时间词语的句子管界类型

类型	数量	比例（%）
简单句	14	24.56
复句	13	22.8
分句	20	35.1
子句	9	15.79
母句	1	1.75
合计	57	100

每一类我们给出了一个例子：

曹莽眼下可以说来到生活的岔路口上了。（单句）

老七叔做活时咬住一个空空的烟斗，他要说什么，都用鼻子"哼"出来。（复句）

他今年十九岁，脸庞很粗糙，也是黑红的颜色。（第一分句）

他决定明天找一个人商量一下。（子句）

不知过了多长时间，他从水中露出脑袋喊："我爸爸就死在这上面，这就是那片乱礁！"（第二分句母句）

②篇章管界

这八十个时间词语中，管界超过一个句子的共有23个，这些词语的直径有大有小，它们在时间轴上的边界有的比较清晰，有的比较模糊，有些是时间名词，有些是"时候"短语，其中时间名词16个，"时候"短语7个。这16个时间名词，如果不考虑是否存在"包含——被包含"关系，只是按其直径大小，可分出几个层级：冬天、秋天，初秋（2次）、中秋，夜晚、夜里，早上、早晨，黄昏（2次）、傍黑（2次）。还有三个边界比较模糊，如今，后来，不久。

虽然这些词语的管界都超过了一个句子，但是，有的范围比较大，跨越若干章，有的比较小，跨越两三个句子，有的则居于其中，跨越一两个段落至几个段落。但是时间词语的管界的情况比较复杂。

例如：

这个夜晚正好是有月亮的日子，屋子里黄蒙蒙的。曹莽有些烦闷地跳下炕来，在中间屋子里走着，木头拖鞋"嗒嗒"地打着地面。屋子里真空旷，曹莽想，有个人商量一下也好啊。母亲怎么死的他不记得；父亲死在黑鲨洋乱礁里，死得惨，他还记得。从那时起他一个人住在这座结实的房子里，自己做饭吃了。没有人在闲时和他说话，他一个人也没有多少好说的……上不上船呢？曹莽想，这回可遇到了难题，如果同意，可能这一辈子就交给大海了。

他决定明天找一个人商量一下。

平常曹莽不怎么找这个人。其实曹莽完全应该和这个人亲近起来，只是由于有些怕他，也就不常去他那儿。那人和父亲曹德是最好的朋友，曹德死后，最有资格管教曹莽的，就是他了。

他叫"老葛"，是个老头儿了，前几年刚从水产部门的一条大船上退休回来。他就是那条大船的船长，中了风才回来的。由于一辈子都在海上，脾气和样子都有些特别，所以曹莽心里对他有些莫名其妙的畏惧感。他半边身子不灵便，说话也含混起来。但无论如何他对船、对海，是海边上最有发言权的一个了。还有，曹莽觉得父亲不在了，这时候应该听他的话。如果他说一声"去"，那他无论如何也是要去的了。

天明了，曹莽却陷入了新的犹豫：找不找老葛呢？

上面这些段落描写的是"老七叔"新搞了一条船，邀请曹莽入伙，曹莽思前想后，犹豫不决的情形。其中的时间词语"夜晚"表明了这段情节的时间背景，直到表示另外一个新时间的表达方式"天明了"出现，当中这一段，从整体上，都应算作"这个夜晚"的管界。但是，从具体的语句上来说，并不是这当中的所有活动都是发生在"这个晚上"：其时间管界出现了几断几续：

这个选段的第一个句子交代的是该选段的背景，包括时间、自然状况、地点等（"夜晚""有月亮""黄蒙蒙"的"屋里"），第二段描写的是曹莽的活动。这些应该包括在"夜晚"的管界之内。但是，从第三个句子开始，情况开始复杂起来。

接下去有几个句子描写曹莽的心理活动："想""不记得""记得"，这些心理活动发生的背景是"这个晚上"，属于其管界，但是，这些心理活动所涉及的内容，却并不发生在"这个晚上"，不全包括在其管界范围之内："有个人商量一下也好啊"是曹莽此时此地的考虑内容，"商量"不一定要在"这个晚上"，可以是任何一个适合的时候。比如，下文就说"它决定明天找一个人商量一下"，所以，"商量"的不一定在"这个夜晚"管界之内。接下去"母亲""父亲"的"死"是曹莽的所思所忆，肯定不发生在"这个夜晚"，不在其管界之内。父母之"死"（很可能加上"商量"），不在"这个晚上"的管界之内，一方面是由于述说式特殊：这些是曹莽心理活动涉及的内容，表达心理活动的词语与心理活动内容所涉及的词语不一定发生在相同的时间范围内；另一方面，由于特殊的句式：这些活动都是由包孕句里的子句所表达的。因此，这两方面的原因，使得"这个夜晚"的管界中断。

再往下的几个活动"住""做饭""说话"，也不包括在"夜晚"的管界之内。其中的原因一方面是由于述说方式发生了变化，和前面的描写性和叙述性话语性质不同，这几句是介绍性或评述性话语，所以其时间背景也就可能不相同。另一方面，也是更重要的，这几处介绍性、评述性话语分别都有自己明显的时间表达方式"从那（父亲死）时起""闲时"，因此"这个夜晚"也不能管领这几句。

接下去的两句话"曹莽想""他决定"，由于和前面的"想""记得"同属于描述心理活动的词语，因此，使得"这个夜晚"的管界得以接续。但是，这些活动所涉及的内容，却依然不在其管界之内，除了前面所说的原因外（心理活动，包孕句），这两句的子句还出现了明显的不包含在"这个夜晚"之内的时间词语："这回""这一辈子""明天"，这些因素加在一起，造成了"这个夜晚"的管界在这些子句里中断。

接下去的两段的大部分内容，是对"老船长""老葛"相关情况的介绍，由于述说方式不同，再加上新的时间词语的使用："平常""常""曹德死后""前几年""一辈子"等等，使得它们不包括在"这个夜晚"的管界之内。

接下去，又有一个描写曹莽心理活动的词语"……觉得……"出现，使得"这个夜晚"的管界又得以接续，当然，"觉得"所涉及的内容依然不在其管界之内。

最后，新时间表达方式"天明了"的出现，标志着"这个夜晚"的管界完全终止。

从上面的分析可以看出，时间词语的管界的中断、接续、终止等涉及各种各样的因素，确实是一个非常复杂的问题。

《黑鲨洋》中管界范围最大的词语是"初秋"，它出现在第一章第二段的第一个句子里：

这时候正是初秋，天还很热，曹莽穿了条裤衩，露出了两条圆圆的、黑红色的长腿。

从管界的角度来看，除去当中由于各种因素（述说方式、新时间词语的出现等）引起的时间管界的隔断与中止之外，其管界一直持续到第四章第二段的第一个句子：

这个初秋将会长久地留在海边人的记忆里。

这里用重复"初秋"的方法，加强了其管界作用，其管界继续延续，直到另外一个不包括在其时间范围内的另一时间词语"中秋"的出现：

一直收获到中秋季节，他们没有取过几次网。

这个句中出现在第四章的中间部分，单独构成一段。接下去一段的第一个句子是：

中秋之后，风凉了，涌大了，取网躲风的次数也渐渐多起来。

同样用重复同一时间词的方法，强化"中秋"的管界。"初秋"的管界因第一个"中秋"的出现而终止，接下去便是"中秋"的管界，一直持续到文章结束。

Wordsmith 检索软件提供了两种表示被检索词语在文章中位置的功能，一个是用百分比（percentage）表示法，另一个是用词图（plot）表示法。所谓百分比，就是用百分数表示被检索词语在文本中的位置，所谓词图，就是用图的形式表示被检索词语在文本中的位置。我们检索了"初秋"和"中秋"，其结果分别见表 25 和表 26：

表 25　初秋、中秋在文本中的位置（百分比）

词语	位置
初秋 1	3.53%
初秋 2	58.82%
中秋 1	69.41%
中秋 2	70.00%

根据表 25，我们可以说，从总体来看，"初秋 1"的管界从文章的 3.53% 处开始，直到初秋 2 出现（文章的 58.82% 处），其管界通过"初秋 2"接续，直到"中秋 1"（文章的 69.41% 处）出现，两个"初秋"的管界便终止了。然后是"中秋"的管界：第一个从文章的 69.41% 处开始，在 70.00% 处重复，一直持续到文章的结尾。

表 26 以图形的方式直观地给出了它们在文章中的位置，其中两端的长竖线分别表示文章的开始和结尾，断竖线表示每个词语在文本中的位置，请注意，表示"中秋"的两个竖线离得非常近，几乎成了一条线，这是因为这两个词语在文本中位置非常接近，出现在两个紧挨着的句子里，中间就隔着八九个词语（包括标点符号）。

表 26　初秋、中秋在文本中的位置（词图）

词语	次数	位置
初秋	2	｜｜　　　　　　　｜　　　｜
中秋	2	｜　｜

　　当然，实际情况并不是这样简单：一方面，由于述说方式等的改变，会出现管界中断的情况；另一方面，也会有一些因素标志着其管界的接续。此外，时间词语的管界还会由于特殊的叙事方式、特殊的叙事结构会出现一些特殊情况。就"初秋"而言，虽然它出现在第一章第二段的第一句子里，按照管界的一般情况，时间词语的管界大都是向下延续的，也就是说，以时间词语在文本中出现的位置开始，作为时间词语管界的起点。但是，就《黑鲨洋》而言，其第一段为：

　　老七叔新搞了一条船，请曹莽入伙打鱼去。曹莽正犹豫。

　　这段中并没有出现确切表示时间的时间名词，我们认为，这一段的时间背景是紧接着的第二段第一句中"这时候正是初秋，……"的时间名词"初秋"所指明的时间。也就是说，"初秋"的管界实际上应该回溯至整个文本的开端。这是由于这篇小说采用了倒叙的叙事方式所致。

　　因此，从整体上来说，"初秋"的管界从文章的一开始，一直到文本的69.41%处第一个"中秋"出现为止，其管界范围包括了文章的近70%。当然，其间由于各种因素，其管界出现了多处中断和接续的情况。例如，在第二章中间的位置：

　　老七叔两只脚像粘在了甲板上。他想起了十几年前的一次出海。那时候他还是个壮汉，什么都不怕。可那是最后的一次出海了，几乎给他留下了永久的遗憾。

　　那是一个冬天的早晨，……

　　接下去一段描写了由于是最后一次出海，人们的"懒洋洋"使得一条落网的大鱼逃脱的事。由于特殊的叙述方式（插叙），再加上时间词语的标志"十几年前""一个冬天的早晨"等，使得"初秋"的管界中断。这个事情讲完后，其管界有得以接续：

　　老七叔摇着船，还在懊悔着十几年前的事。……

　　这里，"摇着船""懊悔"同前面的"粘在了甲板上""想"等遥相呼应，再加上时间副词"还"，标明了管界的接续。

　　（2）直接管界与间接管界

　　直接管界和间接管界的分别指的是，在出现了直径大小不同的时间词语连用时，如果大的时间词语包括小的时间词语，则小时间词语的管界是该词语的直接管界，而大时间词语通过小时间词语管领小时间词语的管界，则小时间词语被称为大时间词语的间接管界。我们发现了四个牵涉到这个问题的例子：

　　[1] 那是一个冬天的早晨，他，还有两个老头子，一起去取最后一个流网。

　　[2] 醒来时，他首先听到的是海潮的声音，想到的是那条船。

　　[3] 老葛临出海的前一天晚上对曹莽严厉地嘱咐道："以后再不准哭！"

　　[4] 可是后来，曹莽恨老葛了。那是一年秋天，父亲淹死不久。老葛从老洋里回来了，红着眼睛，就睡在曹莽的家里。白天，他找到几个辣椒，把曹莽父亲留下的酒全喝光了。夜里，曹莽想念父亲，呜呜地哭，惊醒了老葛，他就给了曹莽一拳头。曹莽大概忘记了他曾杀死过三个海盗，竟然像个小豹子一样猛扑过去……结果是挨了更重的一顿拳头，曹莽趴在了炕上。尽管老葛酒醒之后十分后悔，曹莽还是恨着他。

　　在第一个例子里，包含两个时间词语，"冬天"和"早晨"，而"早晨"是包含在"冬天"里面的，因此，"早晨"的直接管界是后面的句子，而"冬天"通过"早晨"间接管领后面的句子，"早晨"的直接管界是"冬天"的间接管界。

　　在第二个例子里，"醒来时"通过时间副词"首先"间接管领后面的句子，而在第三个例子里，较大的时间词语"前一天"通过"晚上"间接管领后面包孕句的母句。

　　第四个例子比较复杂。我们感兴趣的是下面八个时间词语，它们的包含被包含情况如下：

```
                      □白天
                      □夜里>结果
后来>一年秋天>父亲淹死不久>
                      □夜里？>酒醒之后
                      □？还是
```

　　其中直径最大的是"后来"，其次是"一年冬天"和"父亲淹死不久"，它们依次形成包含关系，接下去，"白天"和"夜里"都包含在"父亲淹死不久"中，"结果"所表示的时间段包含在"夜里"里面。"酒醒之后"是否包含在"夜里"不太好确定，因为可以是在"夜里"酒就醒了，也可以是第二天酒才醒。但是它应该包含在最前边的三个时间词里，这应该是可以确定的。最后一个时间副词"还是"，表示"现象继续存在或动作继续进行"，它的起点确定，但是终点不好确定，所以，从直径大小上看，这个词的包含关系不好确定。但是，我们看到，"后来"这个词也是一个起点确定、终点不确定的时间词语，因此，我们认为，"还是"所表示的时间应该包含在"后来"中。所以，我们可以认为：

后来>还是

为了清楚起见，我们用圆圈表示时间词语的包含关系：

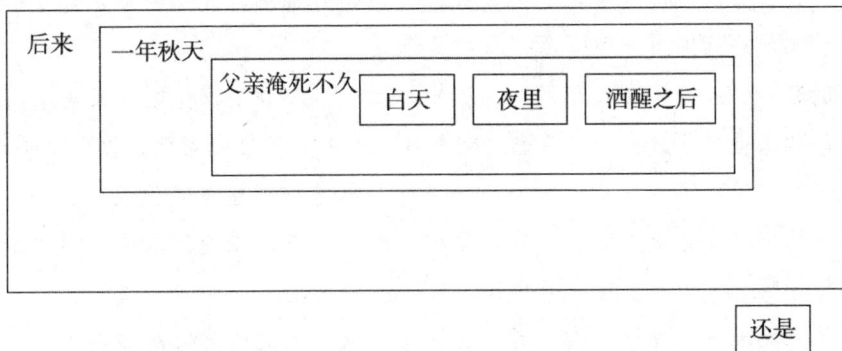

其实，时间词语之间的关系至少可以分成两种：一种是在时间轴上先后关系；另一种是所表示的时间长度的包含关系，这是两种不同的时间关系。时间轴上的先后关系比较好理解，指的是时间词语在时间序列上的先后关系，而时间长度的包含关系要复杂一些，甲时间词语包含乙时间词语，不仅仅是甲词语的所表示的绝对直径要大于乙词语，而且，时间轴上，甲词语的所占时间段要包括乙时间词语所占有的时间段。例如，从时间的包含关系来看，"清朝"就不能包含"1954年"，因为，虽然从绝对的时间直径上看，"清朝"（前后历经196年）要远远大于"1954年"，但是其时间起点和终点（1616—1911年）并不包含"1954年"。当然，如果从时间轴上的先后关系来看，是前者早于后者。而时间词语的间接管界，是一个时间词语通过包含在其时间直径内的另外的时间词语而形成的管界关系，因此，"后来"分别通过"一年秋天""父亲淹死不久""白天""夜里""酒醒之后""还"分别形成自己的间接管界，而"一年秋天"则分别通过"父亲淹死不久""白天""夜里""酒醒之后"形成自己的间接管界，"父亲淹死不久"又通过"白天""夜里"和"酒醒之后"形成自己的间接管界。而"白天""夜里""酒醒之后""还"没有间接管界，只有直接管界。

（3）显性管界与隐性管界

时间词语在其所在的句子内的管界是它的显性管界，而超出了其所在的句子的管界，则是其隐性管界。前面我们说过，在《黑鲨洋》的 80 个时间名词中，有 57 个管界在句子以内，23 个管界超越了句子，这 23 个时间词语，除了有自己在句内的显性管界外，还有超出其所在的句子的隐性管界。

我们在 3.2.1.1.2 篇章管界一节中举了"这个夜晚"和"初秋"的例子，下面再看一个例子，取自《黑鲨洋》第五章第二段：

这天傍黑的时候起了罕见的大风，海水出奇地响。人们突然记起了老七叔的船，就跑到海边上张望。

老葛一个人蜷曲在小屋里，昏昏地睡去了。睡梦里，他跟一条巨鲨打了一架，他赢得很险，折了一条腿。醒来后，他用力扳着那条腿，扳也扳不动。那是属于中风后不再灵活了的另一半身子。他想这是鲨鱼给他咬折的——那条凶狠的家伙，他是用拳头把它打败的，敲碎了它的脑壳！老船长费力地张大嘴巴呼吸，一个人在黑影里笑着。

他突然听到一种奇怪的声音。这声音好大，又是时隐时现的。他用力听了一会儿，听出是大海的咆哮。他在心里说："这家伙又在发脾气！这家伙又在叫了！"他竭力要爬起来，可总也没有成功。跌倒几次，他最后还是坐了起来……屋子里空洞洞的，人们都走了。他猛然记起人们在这儿议论过船，然后就一齐跑走了。他终于听出了"瓦檐浪"的嘶叫，伸手去摸索黑花椒拐杖。他刚一动，就重重地跌到了床下。可他还是伸出手掌去摸索着……

……（省略号为原文所有）

海岸上，人们还在往火堆上投着火柴。天渐渐亮了，船还是没有靠岸。

时间短语"傍黑的时候"显性管界是它所在的句子，而其管界却越过了句子，甚至跨过了下面的段落，这些都是它的隐性管界，直至出现了新的、不包括在"傍黑的时候"里面的时间表达方式"天渐渐亮了"。"海岸上，人们还在往火堆上投着火柴"在位置上接近"天渐渐亮了"，而离"傍黑的时候"较远，同时上面又有一个独占一段的省略号隔开，其管领词语不应该是"傍黑的时候"。从时间副词"还"的使用来看，似乎也不应该是"天渐渐亮了"。在第四章的末尾有这样一段：

黄昏来临了。巨涌一个紧连着一个出现了。

......

岸上有人为他们点起了大火，他们可以看到在火边活动的影子了。

综合起来看，应该说"海岸上，人们还在往火堆上投着火柴"既不是"傍黑的时候"也不是"天渐渐亮了"，而应该是一个天亮之前的时刻，在文中没有出现。

因此，"傍黑的时候"管界应该是到"海岸上，人们还在往火堆上投着火柴"之前，第一个省略号再加上它后面的段落标志为其终止标志，所以，其隐性管界应该是和它同处在一个段落的后面的句子再加上其后的两个段落。

2. 确定管界的手段

我们对《黑鲨洋》中能用来确定管界的手段进行了考察，分成两部分，一是形式手段；二是意义手段，其中意义手段又分为外部终止标志和内部延续标志。

（1）确定管界的形式手段

我们分别对句子管界和篇章管界进行了考察。

管界范围在句子以内的时间词有 57 个，可以用来帮助确定管界的形式手段有：逗号，句号，感叹号，冒号，破折号，省略号，感叹号+段落，句号+段落，省略号+段落，共九种。

表 27　句内管界的形式手段

类型	数量	比例（%）
句号	28	49. 12
逗号	14	24. 56
句号+段落	6	10. 53
冒号	3	5. 26
感叹号	2	3. 51
破折号	1	1. 75
省略号	1	1. 75
感叹号+段落	1	1. 75
省略号+段落	1	1. 75
合计	57	100

从表 27 可以看出，形式手段当中，数量最多的是句号，占到了全部句内形式手段的近半数，如果再加上"句号+段落"的形式手段，比例高达到了 59.65%。其次是逗号，占 24.56%。

每种情况，我们给出一个例子：

［1］他们当时如果知道老七叔是怎么想的，也就不会那样告诫了。老七叔从来就没有打算过邀请他们。（句号）

上句中第一个句子里"当时"的管界是它所在的复句。从形式上看，该句句末的句号标志着管界的结束。而第二个句子的管领词语是"从来"。

［2］这网不久就会在屋角里烂掉，反正是最后一次出海了，他们都懒洋洋地做着活儿。（逗号）

该例是个复句，其中第一个分句中的时间词语"不久"的管界仅限于它所在的分句，该分句后的逗号就是其管界的形式标志。后面两个分句的管领词语是前面隔开两个句子中的"一个冬天的早晨"。

［3］老七叔每一次拔网时都遗憾地摇头。
他们还试着撒过小眼网，……（句号+段落）

上例中"每一次拔网时"的管界是该词语所在的单句。该句正处于段尾，下面的语句不在该词语的管界范围内。

［4］老葛临出海的前一天晚上对曹莽严厉地嘱咐道："以后再不准哭！……"（冒号）

这是一个直接引语句，母句中时间词语"临出海的前一天晚上"的管界仅限于冒号之前。

［5］曹莽点点头："明天，把袖网装到船上去吧！"……（感叹号）

这也是一个直接引语句，子句中的感叹号表示句子的终结，该子句的状语时间词语"明天"的管界仅限于感叹号之前。当然，后面的引号和省略号也可以作管界终止的标志，但我们考虑的主要是和时间词语所在的语句直接相邻的标点符号，因此这些情况暂时没有考虑。

［6］这些巨大的铁锚就是袖网的根，大风来时，取走袖网，却依然留下它的根——风过之后，袖网很快又系在这些根上了。（破折号）

上例中，破折号标志着"大风来时"的管界的终止。

[7] 十几年没有在海上飘荡了，今天的各种感觉好像都不那么真切……小儿子笨拙地扯着网纲，……（前一个省略号为原文所有，此省略号为笔者引用所加）（省略号）

句中的省略号标志着"今天"的管界的终止。

[8] 四个人不停地干了多半天，太阳偏西时，袖网栽成了！

……

老七叔的船闯到黑鲨洋里了，村里人都面面相觑。可是很快的，他们又齐声惊叹起来。（感叹号+段落）

感叹号与段落标志着"太阳偏西时"管界的终止。

[9] 后来，他们不得不将一个流网抛到海里，拖住摇摆的船……

岸上有人为他们点起了大火，他们可以看到在火边活动的影子了。……（省略号+段落）

时间词语"后来"的管界是后面的两个分句，省略号标志着句子的结束，连同后面的段落标志，表示其管界的终止。

下面我们再来看看管界超出了句子的情况。这类词语有 23 个，其所用管界形式手段可分为两大类、四小类：有形式标记的，包括以段落为标志、以章节为标志和一文章结束为标记，两种情况；没有形式标记的，包括跨越了段落和跨越了章节两种情况。

表28　篇章管界的形式手段情况

类型		数量	比例（%）	小计	
				数量	比例（%）
有形式标记	段落标记	10	43.48	13	56.52
	章节标记	2	8.7		
	文章结束	1	4.34		
无形式标记	跨越段落	9	39.14	10	43.48
	跨越章节	1	4.34		
合计		23	100	23	100

每种情况我们给出一个例子：

[1] 当他的目光转向东北方向时，脸立刻就绷紧了。在一片水雾后面，隐约可见一个黑影，像天上的两团乌云落进了海里。黑影越来越大，那是露出潮面的一个暗礁：像一条搁浅的巨鲨。

老七叔闭上了眼睛。他像自言自语，又像说给儿子听：……（段落）

时间词语"当他的目光转向东北方向时"的管界包括它所在的句子以及后面两个句子，但不包括后面的段落。

[2] 早上，他茫无目的地从房子里走到街上。天还早，人们都在街头上站着。他故意将头低下来，看着自己的腿和脚。走了一会儿，他又将脸扬起来，让阳光照在这张粗糙的脸庞上。他的神气很拗，这点儿大家都看出来了。

……

他有些愤恨地想：为什么非要弄明白老葛船长的话不可呢？自己十九岁了，自己的主意呢？他回身望着海滩上一串串深深的脚印，站住了。他在心里说：我可以不超过前两条硬汉，但我怎么就不能成为第三条硬汉?!

老七叔的船上，终于有了曹莽。……

（章节）

这一部分选自第三章的中间部分，描写了曹莽难以决定是否接受老七叔的邀请，上船打鱼，于是到父亲生前好友、曾经当过船长的老葛那里去请教，而中风后话语不清、动作不灵的老葛却以让人难以理解的动作吓跑了曹莽，最后十九岁的曹莽自己下定决心上船，要成为继父亲和老葛之后"第三条硬汉"的事。从总体上说，这段故事的管领词语"早上"的管界一直持续到本文的末尾，当然，其间有些回忆过去的倒叙话语，不在"早上"的管界之内。

[3] 中秋之后，风凉了，涌大了，取网躲风的次数也渐渐多起来。（直至小说结束）

此句出自文章的第四章中间部分，从大的范围来讲，管领词语"中秋之后"的管界直至小说结束（该小说共有5章）。当然，其间通过其他的时间词语形成间接管界。同时，这个例子也可以算作是管界跨越了章节的例子。

[４] 傍黑的时候，他们要去拔流网了。

……

……

老七叔两只脚像粘在了甲板上。他想起了十几年前的一次出海。那时候他还是个壮汉，什么都不怕。可那是最后的一次出海了，几乎给他留下了永久的遗憾。（跨越了段落）

时间词语"傍黑的时候"的管界跨越了该词组所在的段落以及下面两个段落，直至第三个段落第二个句子谓语动词，这个句子的宾语"出海"以及后面的两个句子不包括在"傍黑的时候"的管界之内。

[５] 这时候正是初秋，天还很热，曹莽穿了条裤衩，露出了两条圆圆的、黑红色的长腿。他今年十九岁，脸庞很粗糙，也是黑红的颜色。（跨越了章节）

这句出自小说第一章的第二段，从总体上说，其管界一直持续到第四章的开始部分，"这个初秋将会长久地留在海边人的记忆里"，其管界通过相同词语的重复，延续到该章的中间部分，另一个时间词语中秋的出现："一直收获到中秋季节，他们没有取过几次网"。当然，其间有一些倒叙部分不在其管界之内，另外，还有通过一些包含在"初秋"内的时间词语形成的间接管界。其管界从总体上来说三章多，占文章的 70% 左右。

（２）确定管界的意义手段

确定管界的意义手段分为外部终止（中断）标志和内部延续标志。外部终止（中断）标志表示管界的终止（中断），而内部延续标志表示管界的延续。下面分别来看。

①外部终止（中断）标志

这 80 个时间词语，除了管界一直持续到文章结束外，其余 79 个均可以找到外部终止（中断标志），这些时间词语又可分为两种情况：使用了单一方式的和使用了多重方式的。单一方式包括：不包括在原时间词语范围内的新时间词语出现、述说方式改变、动词意义不一致和句法格式限制使用等四种情况，多重方式是两种或以上单一方式的综合运用。具体情况请看表29：

表29　篇章管界的外部终止（中断）标志

类型		数量	比例（%）	小计	
				数量	比例（%）
单一方式	新时间词语出现	25	31.65	58	73.42
	述说方式改变	16	20.25		
	句法格式限制	10	12.66		
	动词意义不一致	7	8.86		
多重方式	上述几种方式的综合运用	21	26.58	21	26.58
合计		79	100	79	100

从表29可以看出，在单一方式中，不包含在原时间词语内的新时间词语的出现占了意义手段的第一位，其次是述说方式的改变。下面每种情况举一个例子来说明：

[1] 他们当时如果知道老七叔是怎么想的，也就不会那样告诫了。老七叔从来就没有打算邀请他们。（新时间词语）

时间词语"当时"的管界为这个词语所在的复句，在下一个句子里，使用了新时间词语"从来"，而"当时"不能包括"从来"在内，因此，它的出现，标志着"当时"管界的终止。

[2] 他后来想过失败的原因，他知道坏就坏在那是"最后一次"。人人做事情都有最后一次，可你别想这是哪一次，这样才能将锐气凝聚在十根手指上，再愣冲的大家伙也休想从这样的手中逃脱掉。（述说方式：叙述—评论）

时间词语"后来"的管界范围为它所在的复句。这一句是叙述性话语，而后面一句是评论，叙述性话语主要是关于某时某地发生的情况，而评论性话语则有某种永恒性，同"后来"所表达的时间概念不协调，该词语的管界不能延伸到评论性话语。

[3] 当他的目光转向东北方向时，脸立刻就绷紧了。在一片水雾后面，隐约可见一个黑影，像天上的两团乌云落进了海里。黑影越来越大，那是露出潮面的一个暗礁：像一条搁浅的巨鲨。

老七叔闭上了眼睛。他像自言自语，又像说给儿子听：……（动词意义）

时间词语的管界是它所在的复句，而动词词组"闭上了眼睛"与该词组所表达的意义语义上冲突，标志着它的管界的终止。

[4] 这个不久还躺在床上喘息的人，怎么会一个人摸索到海滩上来！（句法格式）

时间词语"不久"是修饰"人"的定语子句的状语，它的管界为定语子句，不能跨越它所在的子句。

[5] 老葛临出海的前一天晚上对曹莽严厉地嘱咐道："以后再不准哭！好好念书，至少念完高中！学费我按月寄给你，吃的用的也跟我要，我就算你爸了！"（新时间词语、述说方式、句法格式）

时间表达式"临出海的前一天晚上"的管界为母句，子句由于新时间词语"以后"、述说方式（子句是嘱咐的内容）以及句法格式"包孕句"等原因，不能包括在该时间表达式的管界之内。

2）内部延续标志

上文说过，管界跨越句子边界的时间词语有 23 个，另外，有两个时间词语，其管界虽然在一个句子内，但是，却跨越了包孕句的几个子句或复句的几个分句。这些情况都可以找到管界的内部延续标志，这样，具有管界内部延续标志的时间词语总共有 25 个。它们又可为两种情况：一种是使用单一的延续标志；另一种是综合使用延续标志。单一的延续标志主要有两种：一是包含在前一个时间范围内的新时间词语的出现；二是与上文有密切关系的词语的使用。综合使用延续标志，就是同时运用这两种标志。具体情况请见表 30：

表30 篇章管界的内部延续标志情况

类型		数量	比例（%）	小计	
				数量	比例（%）
单一方式	密切相关词语	15	60	23	92
	新时间词语	8	32		
多重方式	上述两种方式的综合运用	2	8	2	8
合计		25	100	25	100

从表 30 可以看出，时间词语管界的延续在大多数情况下表现为同上文密切相关的词语的出现，其中单独运用的有 15 例，占到了 60%，如果再加上综合运用中的两例，占的比例更大。

[1] 那是一个冬天的早晨，他，还有两个老头子，一起去取最后一个流网。他们穿了棉衣，上面都套一层雨衣。涌很高，可是没有多少惊险的浪。水花在船的四周拍散了，发出欢笑似的声响："哈、哈哈哈……"（密切相关词语：描述同一事件活动的词语）

时间词语"一个冬天的早晨"的管界是其后的一大段话语，这一段话语描述了那个早晨三个老头去取流网时的情景，段中凡是描述这个早上的活动的词语都在其管界之内。

[2] 开始的时候，船仍旧在浅海里放流网。每次的收获都差不多。鱼不太大，也不太多。带鱼儿几乎没有了。捉过两条海狗鳝鱼，两天后从船舱里拿出来，它们还会撩动尾巴。这是生命力最强的一种鱼。大头鱼永远是笑眯眯的样子，擒到甲板上，还兴奋地晃着大头颅。没有诱人的鲈鱼，也见不到身上生了灰斑的、出水时像一把大片钢刀一样的鲅鱼。老七叔每一次拔网时都遗憾地摇头。（新时间词语）

时间词语"开始的时候"包含了小时间词语"每次""两天后""出水时"和"每一次"，因此其管界也包括这些词语所管辖的范围。

[3] 傍黑的时候，他们要去拔流网了。

涨潮了，风也大起来，船在海里颠簸着，两个年轻人直跌跤子，胳膊和腿跌上了青紫的印痕。老七叔脸上挂着水珠，阴沉着脸摇橹。（新时间表达方式+描述同一活动的密切相关词语）

时间词语"傍黑的时候"包含了"涨潮了"所表达的时间段，再加上描写他们在去拔流网的船上的活动、神情以及船在潮水中的样子，使得其管界得以延续。

四、小结

通过对张炜的短篇小说《黑鲨洋》中的时间词语，特别是对名词词语的考察，分析了《黑鲨洋》中时间词语的使用情况，并详细研究了时间名词（包括"时候"词语）的句法位置和管界情况。在研究过程中，我们看到《黑鲨洋》中时间词语，特别是时间名词使用灵活，作用多样，管界情况相对较为复杂。时间词语的管界情况和篇章作用是一个非常复杂的问题，不但与我们文中所分析的因素有关，而且与动词的不同类别（刘大为，2004）、由话语性质造成的不同语义（胡培安，2006）等也有着非常密切的关系，并且能够和其他类型的管领词语（如地点状语、动词等）的管界形成交叉现象（刘臣，2006）。对于时间词语的管界情况研究是目前学术界较为重视的领域，对于研究中出现的各种问题与各种现象非常值得我们做进一步的探讨研究。目前，我们对《黑鲨洋》中时间词语的研究只是一个关于探讨此类问题的初步考察，其中还有一些地方分析研究的不够深入，甚至存在谬误，这些在以后的研究中会得到进一步的解决。

参考文献：

［1］胡培安 . 语义层面与时间词语的管界［J］. 修辞学习，2006（02）.

［2］刘臣 . 篇章管界的特殊类型［J］. 科技资讯，2006（06）.

［3］刘大为 . 意向动词、言说动词与篇章的视域［J］. 修辞学习 2004（06）.

02

| 儿童文学研究 |

海边林子里的童话世界

——兼论张炜"半岛哈里哈气"系列的民间文化色彩

兰 玲

摘要：张炜的作品一贯润染着胶东民间文化的色彩，其儿童文学作品也不例外。"半岛哈里哈气"系列中，以少年果孩和他的小伙伴们为主人公，通过孩子的视野去描写20世纪六七十年代的乡村生活——几个少年、海边林子的动物们、少年与动物之间的故事。张炜用富有童趣的笔法为读者描绘了一个海边林子里的童话世界，这个世界还原再现了当时胶东乡村少年的生活状貌，可谓那个时代乡村少年生活的实录，其中又不乏风土民情、地方风物和民间俗信等胶东民间文化蕴涵。

关键词：半岛哈里哈气；童话；民间文化

从1973年的《木头车》问世，到1982年以《声音》获得全国优秀短篇小说奖开始享誉文坛，张炜作品题材之多样、主题之丰富、形式之多变，都令人注目，无论是小说还是散文，无论是长篇巨著还是精致短篇，写来都得心应手，而对田园对民间对自然的关注成为其小说创作中某种恒久不变的艺术特征。

近年来，张炜的儿童文学创作又成为人们关注的焦点，学界纷纷对张炜的"儿童文学意识"给予积极的肯定，其中以海飞《提升儿童文学的"含金量"——评张炜新作〈半岛哈里哈气〉系列》[1]，王万顺《返老还童——评张炜儿童文学"半岛哈里哈气"系列》[2]，王瑛《少年眼中的童真世界——论张炜〈半岛哈里哈气〉第一人称叙述者的运用》[3]，朱自强《足踏大地之书——张炜〈半岛哈里哈气〉的思想深度》[4]，朱自强《张炜〈半岛哈里哈气〉的儿童文学意识》[5]，段晓琳《对话追求与张炜儿童小说的思想深度》[6]，贺仲明、刘文祥《童心书写与文体探索》[7]等最为突出，但学界的评论多止于对张炜小说的主题和风格进行评价，关注题材和人物的变化，而对于张炜小说中的胶东世界，其中出现大量的胶东民俗风物，却少有人提及。

张炜的儿童小说主要有《寻找鱼王》《林子深处》《美生灵》《岛上人家》《永远生活在绿树下》《名医》《魂魄收集者》、"少年与海"系列、"兔子作家"系列和"半岛哈里哈气"系列等，其中"半岛哈里哈气"系列由《美少年》《养兔记》《长跑神童》《抽烟和捉鱼》《海边歌手》五部作品组成。其中的核心人物是"我"——果孩，五部作品写了果孩与同伴们缤纷多彩的童年乡村生活，那是一个少年的世界，是一个童话的世界。

一、状写胶东乡村的少年生活

"半岛哈里哈气"系列以少年果孩和他的小伙伴们为主人公，以孩子的视野写乡村生活，再现了20世纪六七十年代乡村少年的生活状貌，"作品虽然以儿童为中心，但它的想象虚构元素不是很浓"[7]。是那个时代乡村少年生活的实录。

（一）展现属于少年的冒险王国

冒险是少年的天性，他们太淘气、太顽皮，他们"拉队伍"，用竹条做弓箭、木杆做长矛，老憨还背着"放不响的黑杆长枪"，他们掏鸟、捉鱼，他们分享老憨偷来的又红又大的蜜杏……"狐狸老婆"的园子里有"花生地瓜、馋死人的无花果、各种瓜果梨桃——特别有一种拳头大的蜜杏，咬一口甜得人满地打滚""有杏子、樱桃，有西红柿和黄瓜，有各种甜瓜，一股诱人的气味一下子扑进鼻子……"[8]这么多么馋人的东西啊，在物资匮乏的年代，享用这些美味那是一种莫大的快乐。这对于时常饿肚子的孩子有着多么大的诱惑力。这种合伙"作案"偷吃瓜果梨枣的经历，是那个年代所有乡村少年的集体回忆。

对那些不应该是孩子做的事情，他们也渴望去做。他们会刻意去模仿大人，"齐刷刷地叼上橡实苇秆做的烟斗，抽着干树叶的烟末。"[8]他们用鱼去换"狐狸老婆"的瓜干，再用瓜干去换"锅腰叔"的酒，拿了酒去换"玉石眼"的烟叶。"抽烟这种事儿，我们从看鱼铺的玉石眼那儿试过，除了辣得连声咳嗽之外，还留下了许多想念：想那种辣劲儿、那种奇怪的滋味。"[8]老憨说"等到咱们所有人全都学会了抽烟那天，那该多带劲儿啊——我们齐刷刷叼上烟斗，那该多带劲儿啊！"[8]

这些事情他们也知道不该做，但是大人做，他们便也要跟着做。"无论是喝酒还是抽烟，都是大人们中间兴起的最愚蠢、最让人受罪的事儿。不过这种倒霉的东西既然发明出来了，我们也就不能示弱了。"这就是儿童的心理与思维逻辑。而各种冒险的结果就是闯祸，可是谁的少年时代没惊险过呢？那些是属于男孩子的把戏，几乎所有的男孩子都玩过的把戏。他们跟着"玉石眼"学抽烟学喝酒，"抽烟喝酒本来就不是我们喜欢的事情，只不过是一心想模仿大人罢了，结果就差点弄出了一场天大的乱子"。[8]由于他们的任性和胡闹，把"玉石眼"四十多年的老铺子差点烧掉，他们又去救人救火，为自己闯的祸负责。

（二）表现少年伙伴间的纯真友谊

少年们有快乐和忧伤，有自己的小秘密；他们一起恶作剧，一起对付大人们；他们互相称呼对方的外号，一起欢快地闹，放肆地笑；他们的生活因为有了伙伴而变得快乐而有力量。他们休戚与共，互相关爱，没有因为大人之间的冲突牺牲自己的友情。三胜为了救常奇的爸爸铁头，偷了自己爸爸视若珍宝的"蓝大衣"；常奇中了毒鱼针，孩子们焦急万分；常奇哑了发不出声音，三胜也不唱歌了；为了给常奇治病，三胜攀上高高的山崖采鸟衔草而摔折了腿，他们又轮流背三胜去"老扣肉"那里，只因为不能把他一个人撂在炕上。这样的友情珍贵得令人感动。

各个孩子形象分明，在他们的小团体里，孩子们各有才华和特长，集体行动时他们各有分工。特长方面，果孩聪明有办法，会唱歌能长跑，是这个小团体里的灵魂人物，连老憨都服他；三胜和常奇能唱歌，兴叶能长跑。但他们不仅是对手，更是朋友，是少年知己；他们互相倾慕，互相成就对方。《海边歌手》里果孩说："我又一次觉得自愧不如：三胜才是真正的歌唱家。他的歌声就像海浪一样，翻涌着滚过我们家的小屋，又往更远处奔去了。我亲眼看到密密的树梢被他的歌声摇动了，发出呼呼的共鸣。"[9]果孩喜欢那个美少年双力，说他像洁白无瑕、可爱的小羊一般。《长跑神童》里兴叶流着泪表白自己对朋友的真诚："我不会对朋友那样做的，死都不会！"[10]在练就了一双铁脚穿不惯钉子鞋的"果孩儿"眼里，兴叶真的是一只箭兔，外加一只雄鹰，于是，他把老场长赠的红色运动服和大号铁钉鞋送给了兴叶，因为他在体校用得着。三胜和常奇有唱歌天赋却不能上艺术团，果孩儿擅长跑却也进不了体校，但这一点也不妨碍他们之间的友情。小伙伴中，在某一方面有特长的人总是会被人艳羡与敬慕，被认为是有真本事，而且比别人多了一些选择的机会，甚至能改变一生的命运，这对于乡村的孩子都是莫大的荣耀和诱惑。可是在果孩他们心里，友情比天大，没有钩心斗角，他们倾慕对方，肯定对方，鼓励对方。这就是纯真的少年友谊，与成人世界形成鲜明对比。

（三）用儿童视角观照成年人的世界

人在小时候都渴望长大，在孩子的眼中，大人常常是无所不能的，成年人的世界充满了神秘。可是等他们真的进入大人的世界，却发现大人们的世界也并不全是美好，大人也有大人的苦闷，他们也孤独、痛苦和忧伤，如玉石眼儿和狐狸老婆。他们不明白玉石眼儿为什么说半夜里扑进铺子里的是狐狸精，不明白为什么玉石眼儿说"酒是老友，烟是老婆，我一辈子就是离不开他俩了"[8]。不明白为什么玉石眼和狐狸老婆他们怀念着同一个人，爱着同一个女人却成了仇敌。而"仇深似海"像敌人一样的玉石眼和狐狸老婆又怎么就能和好，因为当玉石眼烧伤后，狐狸老婆送去流传了几辈子的烧伤药。但他们明白，他们都是不幸的人，不该是仇人，只是这些对他们来讲还有些复杂。

他们与一些大人成了朋友，他们用自己的思维和思考行动，甚至捉弄大人，与"狐狸老婆"郑重谈判，"绑"起他来为玉石眼儿报仇，用兔子屎做烟末给狐狸老婆抽，对锅腰叔耍孩子式的小聪明。这些与他们成为朋友的大人们则带给了他们经验、智慧和启迪。

还有一些与他们成不了朋友的大人，则体现了那个特殊的时代与政治环境。他们看到了这些人的邪恶，看到了枪管和匕首，看到了铁头和蓝大衣的斗争，还有"横肉"和斜眼李金……对于这些人，果孩他们虽然心怀畏惧，但敢于与他们斗智斗勇。为了放走小兔子，老憨把他爸爸"火眼"灌醉绑了；三胜为了放出铁头，偷他爸爸的"蓝大衣"；运用他们的聪明机智战胜了大人。无论现实世界有多少黑暗，却难掩张炜理想主义的光芒，少年的世界与成年人世界还是两个世界，儿童的世界仍是纯净的，充满正义、友情和善良。

对于大人们，孩子们心中有自己的爱憎、自己的判断。他们认为大人们很愚蠢，《美少年》里老果孩儿直接说出这样的话："我有一句话一直没有说出来，就是：凭自己长期的观察，大人们是非常愚蠢的。当然只有少数人不是这样，比如妈妈。爸爸嘛，那还要另说。除了个别人，我总觉得人一长大就变得比较愚蠢——我真的试过一些大人，几乎很少有什么例外。"[11]他们还会根据自己的观察给那些他们不喜欢的大人附加上一些滑稽色彩，给这些人起各种外号，当然他们也能感受到父辈的无奈和隐藏的父爱。而在经历过一个个事件之后，少年们也成长了起来，就像果孩的爸爸对果孩说："其实呢，人一生下来，发令枪就响了……"[10]

二、创设神奇的童话世界

说张炜的"哈里哈气系列"是童话，是因为它们具有童话的特点。童话中有一类即是动植物故事，其典型特征是以拟人的手法来塑造角色，展开情节，并以动物的行为表现人间生活的情理。这些动植物说人话，其行为、思想、情感、性格既有人格化的特点，也符合动植物的自然习性。张炜是写动植物的能手，他熟悉胶东半岛的动植物，尤其是海边林子里的动植物，就"哈里哈气系列"而言，主要体现为动物故事。

（一）充满神奇色彩的动物故事

张炜把这些动物们称之为"哈里哈气的东西"，是从动物们的声息而来，用拟声方法让这些可爱的动物们生动形象了起来——

海边林子里有那么多动物："沙锥、海鸥、树鹨、鹌鹑、野鸡、灰喜鹊、黄雀、红脚隼、野鸽子……还有豹猫、狐狸、黄鼬、獾等等。""小蜥蜴藏在草叶下看人，目光阴沉的蟾蜍，螳螂在一个宽叶草下边倒悬，她的三角形小脑袋转动起来灵活极了。鼹鼠从长长的地道中撬开一条缝隙，吸一口新鲜空气，看看行人，打一个长长的哈欠。"[12]还有会说"允"的大鹅，小兔子不吃菜叶子是生气了，动物们都有高招，各有心计。它们不就和人一样吗，果孩甚至能听懂那些"哈里哈气的东西"说的话，它们知道人间会发生什么事情，知道人类的秘密，还会互相传话。"各种议论掺在风里，只有我一个人能听懂，这是我的特殊本领。"[12]这就是孩子的思维，只有孩子们才懂得动物，这些有感情、有记忆、会痛苦、会笑，甚至会生气、会害羞、会怀旧的异类，是果孩和小伙伴们的朋友，与他们共同生活在一起。

（二）少年与他们的"哈里哈气"朋友

张炜的小说里写过许多动物，他在《周末对话》里说"我差不多喜欢所有动物……那些小动物可以引发我的柔情，使我感到另一种安慰"[13]。"哈里哈气系列"里少年的世界里最多的也是动物们。这些动物可爱而亲切，它们活泼自由，有着像人一样的七情六欲与喜怒哀乐。果孩他们能看到大人眼里不关注的动物，白天做课间操的时候，会看到黑色的大花蝴蝶，看到长嘴食蚁鸟，看到蜥蜴和爬树的黑猫。夜间的林子里更是动物们的天下，有月亮的晚上，海滩的树林里兔子们的盛会，简直就是一个童话的世界。四月，大自然生机盎然，充满春天的生机与生命的活力。"当四月的槐花开满了海滩，月光下奔跑跳动着无数的兔子。"[12]少年眼中的乡村生活如此地充满诗意。

张炜不只写动物，也饱含深情地写动物与少年们的关系，这些动物既是生长在这片土地上的生灵，也是孩子们的朋友，给孩子们带来了许多神秘与传奇。"怪人"锅腰叔的鬼院有多神秘啊！那个小泥院就是一个动物王国，里面养着20多种动物，锅腰叔跟他们说话，那只叫"小物"的聪明的粉色小猪，不光不笨，还是全院里最精的一个人，又聪明又俊俏，有一双善于思考的眼睛，通情达理地看着一切，身上、口腔里，散发出一阵阵奶香。[12]现实中又丑又笨又脏的猪，在果孩他们的眼里是这样的美好。老憨说："兔子、刺猬、鸽子、鹌鹑，还有獾都是仁义的东西……"[12]他们喜爱这些动物，果孩观察大蟾蜍、蚂蚱、猫和狗的眼睛，最后总结得出："说实在的，我们的品质远远比不上它们。我们长大了，坏心眼一天多似一天，整个人却会变得更加愚蠢。大人们总是很蠢——想一想真难过，我们也在一天天长大啊！"[12]这些会说话会笑会生气的动物们，就这样一直在孩子们的身边，陪伴着他们的少年时光。

（三）少年们饲养动物的经历

几乎没有孩子不喜欢动物，其中最喜欢的莫过于兔子，可以说每个孩子都有养一只小兔子的梦想。张炜说："我饲养过刺猬和野兔和无数的鸟。我觉得最可爱的是拳头大小的野兔。"[13]

《养兔记》写孩子们给兔子妈妈接生，饲养小兔子，最后放生的过程。"小野兔四月份出窝了，它们可着劲儿地撒欢儿，孩子们喜欢小兔就跟孩子喜欢樱桃似的。"[12]这个过程中，男孩子虽淘气、笨拙却又谨慎细心，常奇与百灵，照看两只小兔儿能一夜不睡。他们还养各种动物，螳螂、刺猬、青蛙、猫头鹰，动物能让他们忘记一切烦恼，他们跟它们说话，他们像锅腰叔一样对一切动物称人。伙伴们自家的动物都各有名字，老憨家的羊叫"二华"，老憨养的猫头鹰叫"大红"，养的青蛙叫"二红"，刺猬叫"大兴儿""二兴儿"；"我"家的大黄狗叫"步兵"，花猫叫"小美妙"，大鹅叫"呆宝"，三只小兔叫"真不容易"。这些小动物行为呆萌、大鹅"呆宝"是守护小兔子的忠诚卫士、牛被黄鼠狼臭哭了等描写，无不充满了童趣。果孩他们沉醉在小动物的世界里，读者也沉醉其中，这些叙写让人感受到童真的善良与快乐，令人忍俊不禁的同时，被儿童的世界和乡野的乐趣所感染。

三、描绘胶东民俗风情

关注自然摹写自然的同时，张炜从来没有离开民间文化。《半岛哈里哈气系列》一如既往为读者描绘出一幅幅乡村风情画，观照到生产、建筑、饮食等物质民俗和民间游戏、民间俗信、民间语言等民间文化的诸多方面。

（一）胶东风物

胶东风物已经渗透进了张炜创作的肌理里，在他的作品中随处可见。这些胶东风物成为张炜描写胶东民间风情的载体。"在海边上，全村都是一些披着海草的房子。这些房子真小，远远看去就像一簇簇老蘑菇一样，老得已经没人去采摘它们了。""兴叶家的小院，用一种乌黑的石头砌成，当中还夹杂有一些蜂窝样的怪石——我认出是海里的珊瑚。"[10]前者写胶东沿海特有的海草房，后者写胶东民居所用建材。乌黑的石头是胶东半岛中部龙口、蓬莱一带特有的玄武岩，当地人称火山石。这是胶东的建筑民俗。

果孩的妈妈会做各种各样的饼：春天，她将地瓜粉和白面掺起，再把槐花摊在里面，做成"槐花饼"；夏天，她用一层麦子面再加一层玉米面，卷起来做成"金银饼"；秋天，她把地瓜瓤儿包在面皮中，做成"大甜饼"；冬天，她摊一层白面又摊一层地瓜粉，中间是芝麻和花生，做成"香果饼"。[10]

伙伴们到"狐狸老婆"那个馋死人的园子偷瓜果，烧鲜花生鲜地瓜吃；在海边鱼铺里吃玉米饼子，喝鱼汤，喝酒唱歌；锅腰叔酿私酒，用地瓜干换酒。还有《海边歌手》里三胜的父亲摆流水席；《抽烟和捉鱼》里用干树叶加兔子屎当烟叶，用橡实自制烟斗，老憨给每个人做一个烟斗："橡实挖空了，再镶上苇秆"，用大丽花瓣和豆叶做烟丝，齐刷刷地抽烟；玉石眼儿那里的咸蟹子、鱼干、地瓜糖，用葫芦装酒等，都反映了胶东地域的饮食生活民俗。

《海边歌手》和《美少年》里都写到海滩上拉大网和拉网号子，写号头老扣肉，写鱼铺，写三狗的捉鱼六法，捉鱼要拤住鱼鳃，赶外海等则是与海洋渔业生产相关的民俗。

（二）民间游戏

在娱乐生活匮乏的年代，乡村少年的乐趣更多的是在游戏中，而男孩子最热衷于玩的莫过于"打仗"。"我们建立了一支骑兵，一队弓箭手，一支投弹连。没有马，只有长长的木刀和跑起来像马一样迅疾的人；弓箭是竹子做的，背在身上；手榴弹用土块代替，塞满了兜子。我们冲锋时没有盾牌，就用手臂挡在头上往前猛拱。总之，整个秋天都过得非常英勇。"[12]也许每个少年心中都有着一种英雄情结，乡村的孩子们就这样简单地玩着他们自创的游戏，两拨人各自将对方作为假想敌，双方对垒攻击以定胜负，玩得乐此不疲。

（三）俗信与传说

张炜笔下从来不乏神秘瑰奇的世界，体现了他对民间朴素信仰的敬畏，如那些预防和对付各种不同野物的"林中规则"，狼会像人一样把双手搭到人肩上，所以这时候千万不能回头；狐狸会闪化成特别俊俏的姑娘；憨乎乎笑眯眯的獾会不停地胳肢你，直到把人笑死等。《半岛哈里哈气系列》里同样有浓厚的传奇性、丰富的民间文化色彩。

《抽烟和捉鱼》说"鲫鱼大了就是宝"、有"茯苓精闪化的小孩儿"和"半夜里闪化成大圆脸闺女扑进铺子里"。《海边歌手》里刺猬会说话会咳嗽会听歌听入了神：三胜对着刺猬唱歌，而三只刺猬齐齐抬起前爪，听三胜唱歌听得出神了。草垛下三只刺猬，草垛不光用不完，还越用越大。因为它们在夜深人静的时候往上加柴，干得可高兴了。[9]《养兔记》里被林妖吓病了的割草孩子。《美少年》里说到癞蛤蟆有毒，老憨爸爸火眼头上的秃斑就是癞蛤蟆的功效。

动物们还会抽烟，它们跟"玉石眼儿"学抽烟，"林子里的兔子、獾、老猫，连鸟也是一样——有一年冬天，正下着大雪，一只老花喜鹊来抽烟，结果被烟呛着了，一整夜咔咔、咔咔地咳，闹得我睡也睡不好。海里面的海豹、海猪，还有老乌贼，都是抽烟的好手。乌贼肚子里有乌黑的墨汁。就不知道那是被烟熏黑的。最能抽烟的是老龟，他能趴在我的铺子里抽一个通宵，一句话都不说……"[8]这些原本就是民间故事，充满了神奇和情趣。

（四）方言

张炜的语言书面化特点明显，雅致而生动贴切，但时不时会出现胶东方言词汇。"半岛哈里哈气系列"因为贴近儿童的口吻，语言相对直白，其中仍有一些胶东地方常用的方言。

老憨头顶长两个毛旋，就用"一旋好，两旋坏，三旋肯定是无赖。"这句俗语来说老憨的顽劣。胶东人对小孩子可以说"老"，老憨就称果孩为"老果孩儿"。"小老样儿"，不是说孩子长得老相，而是含有很亲昵喜欢的意思；

"人家老孩儿"也是同样的表达；"猫头狗耳"是说人的形象不佳，暗含贬低人的意思；"细发"是非常细腻的意思；胶东称平地为"泊"，土地有山地、泊地之分，到地里干活称为"上泊干活"，因此，"看泊的"即看护集体的庄稼和果实的人。走大集体时代，为防止有人偷盗作物果实和树木山草，各村专门设人巡山看护。也称"护秋""看山的"。其他还有"打照面""流水席""瞧不上眼""杂牌军""出窝儿""可着劲儿""撒欢儿"、贴鼻子的"哼儿"等，这些方言词突显了胶东特色，也增添了语言的趣味性。

四、结语

张炜对儿童文学评价很高："儿童文学的本质属性是更加靠近诗意和浪漫的，这正是所有好的文学向往的境界。"[14]他也一直致力于儿童文学的创作，"就体裁来说，我也一直没有离开儿童文学的写作，自20世纪70年代初至今都是如此。"[14]所以张炜近年大量儿童文学作品的问世，与他的其他作品一样，不改其崇尚真实自然之美的赤子情怀，或者说这些儿童文学作品使这一特征表现得更为鲜明。如果说张炜其他的小说惯于以宏大的时代主题反映现实生活，比较沉重和严肃，那么他的《半岛哈里哈气》系列则欢快明朗，充满了童趣和田园生活的快乐。《半岛哈里哈气》系列不仅是写给儿童看的，也是写给成年人看的，儿童看了会了解曾经的时代，而六七十年代出生的人看共鸣会更强烈，因为他们经历过。

"总之，动物和大海、林子、人三位一体的生活，是几代人延续下来的一种传统。我写了这种传统，不过是等于在梦中返回了一次童年、重温了我的童年生活而已。"[15]感谢张炜让我们重回故乡寻找童年。

无论出走多久，归来仍是少年；无论离开多远，故乡都是永久的惦念。

参考文献：

[1] 海飞. 提升儿童文学的"含金量"——评张炜新作《半岛哈里哈气》系列 [N]. 中华读书报，2012年1月11日20版.

[2] 王万顺. 返老还童——评张炜儿童文学"半岛哈里哈气"系列 [J]. 鲁东大学学报：哲学社会科学版，2012（05）：43—47.

[3] 王瑛. 少年眼中的童真世界——论张炜〈半岛哈里哈气〉第一人称

叙述者的运用 [J]. 当代文坛, 2012 (06): 161—164.

[4] 朱自强. 足踏大地之书——张炜〈半岛哈里哈气〉的思想深度 [J]. 当代作家评论, 2015 (01): 25—30.

[5] 朱自强. 张炜〈半岛哈里哈气〉的儿童文学意识 [J]. 山东文学, 2015 (06): 68—70.

[6] 段晓琳. 对话追求与张炜儿童小说的思想深度 [J]. 名作欣赏, 2017 (18): 73—76.

[7] 贺仲明, 刘文祥. 童心书写与文体探索 [J]. 中国文学批评, 2018 (02).

[8] 张炜. 抽烟和捉鱼 [M]. 石家庄: 河北少年儿童出版社, 2012.

[9] 张炜. 海边歌手 [M]. 石家庄: 河北少年儿童出版社, 2012.

[10] 张炜. 美少年 [M]. 石家庄: 河北少年儿童出版社, 2012.

[11] 张炜. 长跑神童 [M]. 石家庄: 河北少年儿童出版社, 2012.

[12] 张炜. 养兔记 [M]. 石家庄: 河北少年儿童出版社, 2012.

[13] 张炜. 融入野地 [M]. 北京: 作家出版社, 1996.

[14] 张炜, 赵月斌. 写作是一条不断拓宽的河流 [N]. 文艺报, 2021年2月24日第5版.

[15] 张炜. 告诉我书的消息 [M]. 北京: 新华出版社, 2012.

《寻找鱼王》：儿童世界里的成人童话

梁颖瑜

　　《寻找鱼王》是张炜的一部儿童文学作品，张炜谈到《寻找鱼王》的创作时曾表示："关于鱼的一次次回忆，差不多构成了我整个童年生活中深邃的情感储藏。我真想讲出一些好的鱼故事……这一次，我算是讲出了藏在心底深处的、从前并没有多少机会示人的传奇故事……网络时代让孩子博学，也让孩子无知。比如，关于大自然的真实感受，在这个时代是稀缺的。讲述真正具有原生性的大地故事，大概是必须要完成和领受的一个时代任务。"他认为，真正适合儿童的文学作品，就视野的开阔、思想的深邃以及表达社会生活的广度与深度来说，与一般意义上的成人文学没有太大区别。其深刻的精神蕴涵却已不将读者局限于儿童，因此我认为，这是儿童故事中的成人童话。作品题材具有民间性和传奇色彩，书写的是一种记忆，是作家的记忆，也是文中已是年近百岁的老人"我"的记忆。

一、鱼的信仰

　　人类文明起源于水，有水便有村落，有水便有鱼，有鱼便有食物，可以说以水为纽带，人类和鱼的关系渊源已久。从仰韶文化出土的西周时期的青铜器上，就有鱼纹族徽。而张炜生活的胶东半岛，环山临海，《史记·货殖列传》记载："齐带山海，膏壤千里，宜桑麻，人民多文采布帛鱼盐。"艺术来源于生活，一个作家书写的内容往往会优先取材于他所熟悉的生活环境，土地给了一个作家最原始的灵感，也许是一种生活习惯，一种人生经历，它不但体现在内容上，也成就了一个人独特的语言气质，是一个人的根。受生长环境与地域文化的感染和影响，张炜的作品里，就有这样一种"水根"。（《海客谈瀛洲》《古船》）

谈及《寻找鱼王》，张炜曾经说过："我们寻找鱼，获得鱼。关于鱼的一次回忆，差不多构成了整个童年生活中深邃的情感储藏。我真想讲出一些好的鱼故事。我以前讲了不止一个，但这一次，我算是讲出了藏在心底深处的、从前并没有多少几乎示人的传奇故事。"

《寻找鱼王》讲述了在资源匮乏的大山深处，鱼是不可多得的美味，人们对鱼都有一种向往，这种向往是处在物质资料丰盈年代的我们所无法理解的。那时候，只有富裕人家会在大年初一在桌子上摆上一条大鱼，这盘鱼不是用来吃的，是作为一道"看菜"撑场面的，买不起鱼的一般人家，则通常以一条木头鱼替代。就好像"画饼充饥"，人总是善于安慰自己，以一种精神上的满足来代替口腹之欲。"看菜"的旧俗，在我们这一代人里是很少有感触了，只有祖辈父辈们有过类似的经历。不过我们这的看菜不是鱼，而是肉，猪肉。那时只有过年家家才会杀猪吃肉，孩子们都盼着过年，年味尤为热烈。物资越是匮乏的年代，他们是勤劳的，但也是贫穷苦难的，这让他们更容易满足，也对吃肉的日子更加珍惜。

父亲为了让我学到抓鱼的手艺，带我去拜访隐居在山中的老人，老人的父亲曾是山中的旱手鱼王，和山中另一位水手鱼王一同受老族长厚待。这位旱手鱼王曾见过一条被水手鱼王缚住准备献给老族长的大鱼，大鱼的眼泪一行一行流到腮上，旱手鱼王就用一笔钱赎了它的命。万物有灵，一年村里遭遇洪水，旱手鱼王不善游泳被洪水冲走，一条大鱼驮起他，救了他的命。救人的是鱼，而杀人的却总是人，山中旱季更长，老族长因此更看重旱手鱼王，导致水手鱼王的嫉妒，他假意与旱手鱼王结为朋友，教他游泳，却把旱手鱼王引向大水深处，让旱手鱼王被一条大嘴鱼啃食，从此大山中只有一个鱼王了。

大鱼是人心的善，大鱼救起了旱手鱼王，可谓是善有善报。杀死旱手鱼王的大嘴鱼，是人心的恶，它是贪婪，是嫉妒，水手鱼王为了抓大鱼被大嘴鱼啃掉了头皮，侥幸逃过一死，可怕的不是大水也不是大嘴鱼，而是人永不满足伤害他人的欲望。水手鱼王为了捉到一条大鳜鱼，直奔梦中的地方，纵身跳下了长满乱草的脏水湾，死于自己的贪念。

两位鱼王抓鱼只是为了得到老族长青眼，而文中的"我"表示如果抓到鱼，才不要给老族长，一条都不给，老人欣慰地说，这才是真正的"鱼王"。我们努力地满足他人对我们的期待，以得到嘉奖，这种嘉奖是有条件的，所以我们要向上位者献上一条又一条的大鱼，但同时这样的我是不是被物化成为一种工具，就好像会抓鱼的猫或是鱼鹰，那么我们作为人的价值又在哪里。我们努力不是为了满足他人，而是为了满足自己，即马斯洛需要层次理论的最高层次为自我实现的需要。

有出息的捉鱼人不会捕杀没有长大的小鱼，不会在溪口那儿堵上小围网，更不会使用毒鱼草。旱手鱼王死得早，老人没有尽数学会旱手鱼王的本事，只能去围堵一些小鱼装满一泥碗来换回写瓜干和豆子，结果某天晚上大鱼托梦，让他不要伤害自己的子孙。《寻找鱼王》的最后，"我"明白真正的鱼王，既不是"旱手"鱼王，也不是"水手"鱼王，而是一条大鱼。它是大山的"水根"，有它在山里才有水，才年年都有鱼。自然的主角从不是人，"人定胜天"的思想无疑是狂妄自大的，一味地向自然索取无异于竭泽而渔，水没了，鱼没了，上天总会以各种各样的方式最后报复到人类头上。张炜曾说："这个物质的世界与人有着不同的活法，它们其实也是有心的。"如果我们像爱自己的生命一样爱这个世界，那么自然给予人类的馈赠才不会穷尽。"无论是人还是其他，万事万物都有一颗芳心。人需要赢得大自然的芳心，地球的芳心，上帝的芳心。"张炜的"芳心说"是《寻找鱼王》的核心精神，他用寓言故事的形式，深入浅出地告诉孩子这个道理。

二、少年寻梦

《寻找鱼王》是一个关于寻找的故事，也是一个寻梦的故事。在大山里，鱼是很珍贵的，我很羡慕能经常吃到鱼的老族长，执着地想成为一个捕鱼能手，有吃不完的大鱼，盖起一座青堂瓦舍，"我"带着成为鱼王的这个梦想，随父亲走上了"寻找鱼王"之路。

父亲带我去了曾经他想要拜师的一位老人，认定他就是鱼王，"我"拜老人为师，一日为师终身为父，"我"待老人似父亲般尊敬，老人也把我当他的干儿子。"我"和老人还有一只猫在小石屋里相互为伴，大雪覆盖了一切，我们就这样陪伴彼此，喝着酒，度过了一整个寂静的冬天。我认为这是整本书最让我动心的一段，和老人讲述的上一代鱼王之间的恩怨纠葛，和老人抓到毒鱼害死买主一家而被追杀相比，这样隐居的日子有种岁月静好的温馨之感。一场雪，覆盖世间纷纷扰扰，恩怨情仇，成为鱼王抓很多大鱼又怎样，盖起了青堂瓦舍又怎样，旱手鱼王为抓到更多的大鱼献给老族长而遭人嫉妒殒命，水手鱼王的后半生也活在无边无际如泥沼一般湿漉漉的愧疚之中，"我"由此开始动摇了曾义无反顾成为鱼王的梦想。这样的大雪天，"我"依偎在老人身边，听老人讲述他的一辈子。"我"明白了"长辈牵手走三里，自己走七里，一辈子十里""人的一辈子都在学，却不能说学成了"。老人走了，他给了我一个肚兜，要我去找另一位女鱼王，希望我能集旱手和水手于一身，"我"会是大山里唯一的鱼王，再也没有上辈子的恩怨斗争。

"我"找到了女鱼王，可是她还是不放心"我"，因为"我"一心想成为鱼王，想做一个抓大鱼的人。女鱼王带我找到了真正的鱼王，一条看护水根的大鱼，她说："我用了一辈子才找到它……"我想这条大鱼代表的，正是女鱼王用一生才领悟的初心，人对自然，不是掠夺，而是守护。

人是流动的，你最后会发现，你想要的并不是你想要的。少年寻梦，到最后，这个梦想却越发缥缈。《寻找鱼王》的开头有段楔子，当"我"讲述这个关于寻找的故事时，"我"已是一位年近百岁的老人，"我"讲述了自己少年时由长辈们牵着走三里路的故事，之后的七里则是"我"自己的选择，这是一段很长的留白，长到需要我们用一生去思考。当我们选择了一种生活，便意味着需要放弃另一种生活。在名利的刀尖上行走还是在过一种看起来不那么风光，甚至有点平庸的生活，这是每个人都需要做出的选择。争或是不争，心境不同，追求的东西不同，选择自然不同，有的人偏爱鲜花着锦，烈火烹油，有的人只愿平安顺遂，淡泊一生。我想文中的"我"最后会放弃成为鱼王这个梦想，一家四口，两只猫，平淡幸福地度过一生。

艺术来源于生活，这个关于寻找的故事，作家张炜还融入了自己年少时的记忆和经历。他的童年就是在登州海角的莽林中度过的，小说中提到的蓝色雾幔，高高矮矮的山头，是他曾在生活过的地方真实见过的景象。十七岁时，他在南部山区流浪，认识了许许多多的奇人异士，其中有一位叫"老李花鱼儿"的老人，常年独居在山上，有自己凿的小石屋，自己开垦的地，自己酿造的酒，还养了许许多多的小野物，是书中"我"的第一位师父的原型。第二位女鱼王师父，原型是张炜的外祖母，她们都有一颗宽容仁爱的心。据张炜回忆，年幼时他经常拿着一把生锈的宝剑追杀癞蛤蟆、狐狸、蜥蜴、蛇、蜘蛛这些"丑陋"又"讨厌"的动物，外祖母告诉年幼的张炜，众生平等，这些小动物也有自己的生活，不可随意对他们打打杀杀。这在张炜的心中埋下了一颗爱的种子，并将它寓于《寻找鱼王》之中，散播到孩子们的心中。

年少时张炜就酷爱文学，一直想拜一位文学上的师父，听说一位很厉害的作家住在南部山区的一个山洞中，张炜便骑着自行车兴冲冲前去拜师，可惜最后也没能拜成。年少时的梦想是一往无前的热忱，少年人身上总有一种令人羡慕的冲劲，他们冲动、稚气，却也勇敢、无畏。《寻找鱼王》在我看来，是已走过半生的张炜与孩子们的对话，就像那位近百岁的老人，张炜也以这种方式，向孩子们讲述自己的故事。

三、融入野地

野地与少年，是张炜长久执念的主题。童年时在海边、林间游荡的经历使他见到了形形色色的人，有打猎的、打鱼的、采蘑菇的，还有地质队员，接触最多的就是各种动物和植物。张炜说，作家天生就是一些与大自然保持密切联系的人，他对大自然的"一腔柔情和自由情怀"正是那时培养起来的。

《寻找鱼王》将故事置于山川、雾幔、溪流、深潭等自然之景中，而现在的孩子大多在城市的高楼大厦中长大，这些对他们而言既陌生又新奇。我小时候一直住在外婆家，也常常跟着外公下地，不过我太小了，帮不上什么忙，大多数时候是在旁边看着。不知是我太小，还是土地太大，记忆里的土地是没有边际的。绿油油的蔺草、巴掌大小的西瓜、埋在地里的胡萝卜和土豆、枇杷树下清亮亮的小溪，这是我关于土地的记忆。那时候的天还是有星星的，吸一口气肺就空旷起来，仿佛呼吸的是一整片原野。

《寻找鱼王》也同样是一种记忆的记录、再现、传递，把那些发生在齐东野地里的故事，那些基本的人类经验，关于捉鱼、关于收获、关于酿酒，关于先辈如何运用智慧和勤劳达至美好生活的经验传递给后人。

但随着城市化进程的发展，野地的消失，我记忆中关于乡村的再现尚模糊不清，更不用说之后的孩子们。当一个人的体验和大脑都被拘束于手机和电脑等电子设备时，那么我们对土地的深情，这种归属感就会减弱，我们对自我身份的认知就会出现偏差。反过来说，我们对自我身份的认同支撑着我们热爱土地。

张炜在散文《融入野地》中这样写道："城市是一片被肆意修饰过的野地，我最终将告别它。我想寻找一个原来，一个真实。""我的希求简明而又模糊：寻找野地。我首先踏上故地，并在那里迈出了一步。我试图抚摸它发边缘，望穿雾幔；我舍弃所有奔向它，为了融入其间。"我们一生的意义就是我们度过了一生，过去的经验不断为现在的生活提供意义，如果一个人的过去被抹去了，那么他就没有过去，也将失去存在的意义。文章的最后，张炜不断追问"野地是否也包括了我浑然苍茫的感觉世界？"我们活着，感知世界，也被世界感知，野地作为证明我曾存在过的一个证据，赋予我存在的意义。那么当城市修饰了野地，野地变成了我所陌生的模样，我曾存在过的证据被抹去，那么我该怎么办。于是张炜通过不断书写野地，书写自己的过去，从而记录、找回真实的自己。

张炜对于野地的情感，是融入而不是改变，正如女鱼王对大鱼的情感，是守护而不是捕杀。传说，鱼王是鹰之子，有着雪亮的眼睛，我们每个人都需要有一双这样雪亮的眼睛，去解析过去，解析信仰，解析人与人、人与自然、人与社会的种种关系，《寻找鱼王》也可以说是张炜的生命诗学和精神自传。

当然我相信，孩子们对这本小说的理解应该更为纯粹和浪漫，在网上阅读孩子们写的读后感，在孩子们眼里这是一个关于成长的奇幻故事，告诉我们要努力、勇敢地追求自己渴望、奢求的东西。而我读到的却是一个关于"放下"的故事，放下自己的贪念，放下索取的欲望。读者对作品的感受，会随着年龄阅历的增长或是观念的变化而变化，这就是所谓的"常读常新"。而作家对自己作品的理解和读者对作品的理解又是两个完全不同的方面，托尔斯泰谈及自己的创作时就曾说经常感觉笔自己在动，作家会写出自己都意识不到的东西，而这些东西，正是读者需要去发掘的。

引人入胜与发人深省

——读张炜《寻找鱼王》

李士彪

引人入胜的故事，出人意料的结局，高人一等的技巧，发人深省的感悟，扣人心弦的情节，沁人心脾的语句，让人羡慕的巨著，令人振奋的介入。

我在读完张炜长篇小说《寻找鱼王》之后，写下了上边的几句话，算是对《寻找鱼王》的艺术特色和成就的概括。

寻找鱼王，寻找每个人的童年，寻找作者的记忆和情感，寻找成长的心灵，寻找成功的真谛。

我最初看到的《寻找鱼王》，是明天出版社 2016 年 7 月第 2 版。现在此书已经印刷了数十万册。

这是一位九十岁左右的老人讲述他 80 年前的故事。这是一个引人入胜的故事，一位捉鱼少年奇幻之旅。七岁的我想成为一个捉鱼的高手，一代鱼王。我要找一位名师教我，到大山里去寻找传说中的鱼王。全书共 22 章，在第 7 章我就找到了鱼王，一个八十多岁的老头。小蝌蚪找妈妈，找到了妈妈，故事也就结束了。不是的。原来鱼王分为旱手鱼王和水手鱼王。我的师傅竟然不会游泳，他是旱手，只会在大山里捉鱼。后来我又找到了一位老婆婆，她也是鱼王，她是水手，善于在深水里捉鱼。再后来，我看到一条无比大的鱼，它守护着水根。树有根，水也有根。它也是鱼王。

全书实际上是写个四个鱼王的故事，老头（旱水鱼王），老婆婆（水手鱼王），大鱼，还有我。我有没有成为鱼王呢？书里没说。其实已经说了。书里说，真正的鱼王从来不说自己是鱼王。我说自己是鱼王了吗？没有。答案已经很明显了。

师傅去世了，我又拜老婆婆为师。爸爸妈妈也来了，我们四个人，两只猫，组成了一个幸福的家庭。

作者不仅讲了一个好故事，一个引人入胜的故事，而且写了自己深刻的人生感悟。这一点，对于小读者，对于塑造健全的人格，非常重要。

也许"我"真的没有成为集"旱手"和"水手"于一身的"鱼王"，甚至我连其中一派的皮毛都没学到。我是一个人生的失败者吗？

人生怎样才算成功？从理想上看，我们很难有成功的人生。比如，《等待戈多》的作者贝克特获得了诺贝尔文学奖，他成功了吗？他的理想是成为一位著名的小说家，结果一不小心被公认为荒诞派戏剧的代表人物。也许允许自己努力后的失败，保持心灵的宁静和愉悦，让人生变得美丽和丰饶，这就是成功。

小说中的"我"成功了吗？一个人活到了九十岁，记忆力还算好，还能生活自理，还能写出自己的经历，这也是一种人生的成功！

小说中，爸爸说做任何事情都得有个好老师，人这一辈子出息大小，能不能发达起来，就看最后找谁做了老师。

爸爸说，"那些总说自己是'鱼王'的人，不过是些骗人的财迷罢了"，"真正的'鱼王'从来不张扬自己，相反一听这两个字就赶紧摆手，就像躲着水火一样"。

师傅说，"没有别的办法，就是苦练，再加上天分。所有'鱼王'，无论是我爸还是那个'水手鱼王'，都是天生捉大鱼的人。他们学来一半，天分一半，个个都是让外人想不明白的主"。

这部小说的语言很有特色，纯净，轻快，句子较短，多用口语，浅显易懂，富有童趣。书中写道：

我五岁的时候，家里终于养了一只猫。

我和猫天天在一起，难舍难分。可惜这种好日子刚过了两年，爸爸妈妈就逼着我去做另一件事了。这是我最害怕的事，却又没法拒绝。山里好多孩子都得经历这种倒霉的事，大概谁也逃不过。

这就是"上学"。人要上学，这不知是谁发明出来的怪事。

许多孩子读到或听到这一段，都会笑。哈哈，谁愿意上学呀，说到我心坎上啦。

书中写道：

关于猫，老人曾经说了一番让我难忘的话。他说捉鱼的人最好养一只猫，因为它和人一样喜欢鱼，而且鼻子太灵了。"那为什么不养一条狗？狗的鼻子也灵啊。"我说。老人摇头：

"狗的脚太重了。"

原来他看重猫的轻手轻脚。

最后一句是补笔，补充说明，很贴心，照顾到儿童的理解力。小说中这样的笔法还有很多。

张炜说："这本书篇幅并不特别大，但却是我的重要作品。在一篇文字中交付这么多的记忆和情感，对我来说并不容易。"① 细读《寻找鱼王》，读者能够感受到书中渗透着作者早年的个人经历。作者少年时曾经到家乡的"南部山区"探访。"从很早起就向往写作，并且听信了一个说法，就是干任何事情要想成功就必须寻一个好老师。"② 他曾经找到"一个真正厉害的'写家'"，"这是一个快八十岁的老人，白发白须，不太愿意说话"③。这些显然与《寻找鱼王》的某些情节构成互文关系。

大作家介入童书创作，是儿童之福，也是文学之幸。此书问世后，获得了很多荣誉，2017 年 8 月获得第十届全国优秀儿童文学奖。《寻找鱼王》是一部让人羡慕的巨著，孩子大人都喜欢读，影响很大，必将传之久远。

---

① 张炜：《寻找鱼王》，明天出版社 2016 年版，第 223 页。
② 张炜：《张炜文学回忆录》，广东人民出版社 2017 年 8 月第 1 版，第 24 页。
③ 张炜：《张炜文学回忆录》，广东人民出版社 2017 年 8 月第 1 版，第 31 页。

从《我的原野盛宴》看张炜儿童文学
万物谐美的生态建构

路翠江

从 1974 年的《狮子崖》，到 2020 年的《我的原野盛宴》，张炜的儿童文学创作历程漫长而又执着，构成他文学"半岛世界"多声部中一个相对明朗轻捷的声部。这些小说的少年们在好奇与兴趣带动下，在自然山水风物世界寻幽探秘、一路成长。万物谐美，是这些儿童文学作品共同的审美倾向。如果说《狮子崖》还难以摆脱稚嫩尝试与时代思想的留痕，《我的原野盛宴》则是张炜贡献出的儿童文学精品。作品以一个学龄前至小学阶段男孩为主人公，展开他由孤独、戒惧、好奇，到被爱、真、美充实的成长过程，既是适合儿童阅读的佳作，也是足以引发成年人赞叹的美篇。

《我的原野盛宴》在新冠肺炎疫情初期出版，更是恰逢其时——人们在此时产生了认真反思人与自然、与动植物关系，人类自身定位等问题的迫切需要。张炜对其非虚构性质的强调更加说明了这部作品的社会意义。作品借助令人叹为观止的林中生态世界，以及人与世界关系层面的、人伦情感层面的、个体精神层面的生态建构，展现了不一样的童趣，并由此延伸出张炜文学"半岛世界"生态谐美的新内容。《我的原野盛宴》虽不是大部头的宏阔建构，却注定是张炜儿童文学创作中的、"半岛世界"文学版图的一座里程碑。

张炜早期创作中就包含着去人类中心的、和谐丰美的生态愿望，《三想》《梦中苦辩》《九月寓言》就有所呈现，儿童文学《半岛哈里哈气》《寻找鱼王》《兔子作家》也有细致的表现。但那些作品中，自然往往只是人物生活的客观环境。《我的原野盛宴》则充满心灵与自然世界的对话，随着"我"的探险探秘，"原野"作为独立于"我"之外的自足主体，向"我"展开它的秘密：林中原来并不是大人们危言耸听中的危机四伏，而是自然万物有灵且美，有名有姓、有形有性、有声有色、有情有义、有悲有喜、铺天盖地，与"我"声息相通、同存并立、众声喧哗。这些形声气色俱备的自然呈现，使《我的原野盛宴》营造出山海相连、万物对话、整体平衡、值得期待的天地气象，使"我"不能自已地长时间置身于深深的林子中、密密的荆条里，去寻找"小孩拳""徐长卿""刘寄奴""茵陈蒿"，去相信狼是好狼、鸟儿也有悲欢，去仰望星空、徜徉大地，去静听荒野的天籁之音，去怀了执念要像云雀一样，在林中拥有一个自己的小窝。

张炜20世纪90年代以来的"半岛世界"生态建构，视角往往是对自然与人类社会生态不和谐的反思。自然作为人类文明进程对立面而无助地被践踏，令作者在悲悯、义愤中拒斥人类文明、工业文明的破坏性。《我的原野盛宴》则呈现出张炜生态思想的新拓展：这样清新、平和、丰茂、自足、圆融的自然，本身就具备滋育万物、庇佑众生，甚至自我保护、惩恶扬善的能力。它会收容那些人类社会的受伤害者，给他们最好的安顿，会狠狠教训那些冒犯者，使他们明白界限，懂得收敛。这种情形之下的大自然自有秩序，更无需人类的保护，诗意栖居不再是伪命题而是眼前的现实。这一审美的生态建构拓展，以自然丰赡雍容之美形成强大吸引力，又以大气而细腻、高弹性、高密度、高质料、活色生香的文字形成艺术感染力。

这样的自然生态建构，又与活灵活现、奇幻而神秘的传说虚实结合，更加丰美华茂，形成童话般的诱惑力，激起"我"蠢蠢欲动的兴趣与热情。"我的原野盛宴"这个标题就流露着热爱与欣喜。一个被大自然厚爱恩宠的男孩，心怀博爱、心胸宽广，他回应自然万物的态度不是怕、更不是对立与征服，而是爱、拥抱、投入。因他的赤诚与善意，原野又以爱、甜、暖回馈他，引领他出入于老林子，再走向大海，最终走向外面更广阔的世界。

《九月寓言》《丑行或浪漫》《蘑菇七种》《你在高原》等亦多有此种虚实结合的书写，最生动的是真正的童话《兔子作家》中：各类动物常以"人"自称，眼镜兔"如果我不看星星，星星也不会理我"的同理心隐含着万物共生观念；猫王会对靠血流成河换来的胜利进行价值反思，这超越了狭隘的个人成败观，表现出去人类中心观与万物平等倾向。但林子里也是三教九流错综复杂，动物世界充满渊源已久的恩怨情仇、欺压凌辱、斑斑血泪，善恶对抗、恶的横行、善的遇挫这类对立模式，引发的是戒惧与愤恨。《我的原野盛宴》则不同。因奇幻传说而生的探秘探险，紧密地将儿童与自然联系起来，拓展了他们走向世界步伐的宽度、广度与深度。儿童的泛灵思维之下，作者对林中生态谐美的浓墨重彩书写，万物谐美、生长自由，自然拥有了其高于人的独立价值、神性光辉、无上魅力。在此，张炜以万物共生、物我同一的泛神论思想启示我们：在对待自然的态度上，保守、谨慎、敬畏永远比人类中心的自大与唯我独尊的傲慢更加值得肯定和遵循。从心底接受"人法地，地法天，天法道，道法自然"的自然准则，换一个角度与世界共处，也就明白"鸟也有他的一辈子""鱼活着也是一辈子""谁都在过他的日子""过日子谁都不容易"。只有到这样的时刻，人类才有可能展望并迎来一个众声喧哗万物谐美的生存空间。从这个意义上说，《我的原野盛宴》是童年回望，也是文明展望，是张炜文学"半岛世界"根须的纵深延展。

《我的原野盛宴》对儿童心理的发掘与童稚行为的描写，每每令人忍俊不禁。"我"是一个心性纯净、好奇敏感、有心事的孤独的学龄前男孩，又是一个大胆的、什么都要尝试的娃娃。"我"也害羞、也胆大，也有恐惧、也有任性，也自私、也勇敢无私。"我"时常遏制不住奔跑的冲动，带了冒险精神在林中游荡，一次次做出惊人之举：从林中抱回小猪来养、把银狐抱回家、养了失群的大雁一个冬天、很想迷会儿路、盼望林中盛宴、尝试吃林中各种东西。"我"跟沙地蚁狮、跟土中红蛹都能玩很久，突发奇想为壮壮策划野宴，能与原野草木动物互通心曲……连半塌的小泥屋，都带来那么多乐趣和危险的诱惑，奇妙的童趣，不由让人联想到鲁迅童年的"单是那短短的泥墙根一带，就有无限趣味"。儿童的世界的丰富多彩，通过这些自然游走打开，张炜透视岁月遮蔽的少年心廓，为我们指出人的童年的可能性走向之一：纯净质地的童心极具亲和力，向自然主动融入、与万物呼朋唤友，这样与天地大道同行的少年，必将带来谐美依存的生态景象和天人关系。《我的原野盛宴》与鲁迅《从百草园到三味书屋》的相通，还有一点：都是书写学龄前至入学启蒙这一年龄段的儿童心事。从抵触到接受上学、从沉浸原野林子到思考将来要住在什么地方、意识到要为自己找到一个让自己高兴点的地方，与鲁迅的"我"不同，这里的少年的主动调试显而易见。"我"不是"半岛世界"中那类在人类社会摧折中以退为进、志忝隐忍的主人公，而是向阳成长、风中招摇，自由、自然、自在。"我"对环境的适应过程与调试能力、建立周边关系的能力与主动融入的友善立场，显示了一种健全与丰盈的个体精神生态，也弥合了当代文学中人与自然越来越疏离甚至对立的关系。

一个人的原野游荡之外，友伴依恋、见证成长也是《我的原野盛宴》童真童趣的动人之处、是让小男孩不致孤单寂寞的另一股重要力量。"我"和壮壮一起做窝棚，在林中度过新鲜刺激的夜晚，一起去老林子探险探秘，一起上学，一起闯祸，一起结交另一个朋友小北。陪伴成长、感受关爱、对照反思、让"我"对自己有了更多、更深、更准确的认识。相较而言，《半岛哈里哈气》中，果孩儿和老憨、破腔、兴叶、常奇、三胜建立真挚的友谊，也深知彼此的不幸："俊不起"的果孩儿，小学毕业就意味着失学，因为他有个"不知犯了什么大错"的爸爸（《美少年》）；义气的老憨时常要遭受酗酒的父亲火眼的无由殴打（《养兔记》）；孩子们骗玉石眼醉酒，差点酿成无法挽回的巨大火灾（《抽烟和捉鱼》）；靠跑步上体校是人生唯一出路的兴叶，生长在贫苦之家，有一个深味残疾之苦的父亲"滚蹄"（《长跑神童》）。《少年与海》中我和小双、虎头三个少年知己，在各种奇特的人与事间寻访探求，对各种神奇传说辨析是非正邪，每段故事里，几乎都存在人与自然万物间对抗性的相互伤害。张炜其他儿童文学作品中，孩童往往背负家庭的重负，童趣常常表现为背着家长偷偷摸摸得来的短暂而又压抑的快乐。《我的原野盛宴》中的孩子们与自然相融、与好友相伴，充盈而有力的真与善、爱与勇气不断注入这些少年儿童心胸，这就使《我的原野盛宴》既有别于张炜其他儿童文学作品真善的遭受压抑，更有别于"半岛世界"中成年人中普遍存在的心理失衡与内心的沉重压抑。

地母形象是张炜"半岛世界"人物谱系中最丰富的类别之一，如《古船》的张王氏、《九月寓言》的庆余、《刺猬歌》的珊婆、《你在高原》的外祖母，《寻找鱼王》的"水手鱼王"老太太等。到《我的原野盛宴》的外祖母形象，地母的丰厚、养育、付出、丰美、能量的源源不竭等得到强化，而那些斑驳芜杂粗粝酸辛，在外祖母身上一丝一毫都不存在。世俗视角，"我"是一个父母都不在身边，常年与外祖母同住的"不幸"的留守男孩；外祖母是子女在外，需要一力抚养年幼外孙的寡居老人。但实际上，作品爱的底色，透过外祖母母性的、甚至是神性的光辉，照亮"我"的身心。外祖母广见多识、博爱淡定、心灵手巧。她的生活智慧是用忙碌驱走孤单、用心和爱生活。她神奇地利用大自然的赐予，酿造美酒、制作各种吃食、创造生活、创造传奇。她就像那棵护佑全家的大李子树，是一家人的向心力所在。她让林中孤屋凝聚一家人，让一家人虽然四散，却都能有滋有味各怀期待苦中有乐。这里的"外祖母"，是张炜"半岛世界"地母形象淳美化的升华性形象，也是张炜儿童文学祖孙共处、隔代教养模式中最具人情人性美的祖辈形象。这种淳美化，显示了张炜从混沌美向纯净美的回归，也是作者为适应儿童文学创作做出的一个改变。

祖孙共处的人物关系建构，在张炜创作中常常被采用，比如《仙女》《老斑鸠》《你在高原》的外祖母和"我"，更有《一潭清水》徐宝册对小林法的慈爱、《寻找鱼王》中两位鱼王对小男孩的教养，都不是祖孙胜似祖孙。这种祖孙共处，尤其在艰难和挫折时刻，都是对儿童最温暖的护佑和陪伴。在《我的原野盛宴》中，祖孙共处同地母形象一样，得到强化和升华。林中孤屋里没有留守儿童的孤独自卑、空巢老人的寂寞心酸，而是充满快乐与奇迹、幸福与期待。外祖母包容一切，她不回避遮掩，却能过滤掉痛苦愁恨所有负面的消耗性情绪，将健康的积极地去爱与付出的行动与结果呈现在外孙面前，引导他的成长。祖孙依恋填补了亲子依恋的空位，"我"这个几乎与父母常年分离的孩子身心健全，不缺爱、有依怙，拥有爱的态度与能力，因而对自然万物、对他人与世界怀着兴趣，传递善意与温情。个体人在他的童年、人类在他的童年时代，得到的爱的教育，注定是一生享用不尽的盛宴。

在成长教育中，家庭教育、社会教育、学校教育同等重要。隔代教养、祖孙依恋作为亲子教育的最主要的辅助，是自古有之的家庭教育形式。一般情形下，隔代教养会因过于干预或者疏于管教带来这样或者那样的问题。但《我的原野盛宴》中的外祖母，既约束"我"又包容"我"，既没有因祖孙依恋替代亲子之爱，更没只养不教。有爱、良善、勤劳、多识的外祖母，给"我"提供了足够的安全性依恋。外祖母完美的个体生态人格辐射之下，建设起一家人和谐稳定的情绪，与滋养和润的家庭伦理生态。外祖母及她建立起的家庭教育、家庭氛围、家风，就是一家人的定海神针。而具有健全活泼的人格生态的"我"，又是对外祖母最好的陪伴和回报。在留守儿童日益增多的今天，《我的原野盛宴》这位外祖母，无疑提供了一个最佳楷模：依靠祖辈的隔代教养，是父母缺席的不得已情形下，幼童归属感、安全感以及情绪调整的最理想选择。

长辈的参与、人伦亲情的陪伴与支撑，是张炜作品中人伦生态理想的重要部分。人伦亲情之爱贯穿"我"的成长，并以对他的造就，显示着爱的教育的重要性。《我的原野盛宴》中，以外祖母为核心的祖辈，壮壮爷爷、看鱼铺和果园的那些老人，"我"的爸爸妈妈、果园的大婶们、大辫子老师，都有情有义，洋溢着浑然天成的人情人性美。史怀泽认为，善是生态伦理的最高准则。外祖母和老广壮壮爷爷和老艮头，都对原野上的动植物都有同理心，亲善友好。壮壮爷爷甚至童心大发跟孩子们打赌，月夜带着孩子们走"赶牛道"去探索"发海"的大海。小北的渔把头爸爸，带领儿童们去海边体验新奇的渔猎感受。在和谐的人伦生态下长育的少年，对外界自然怀着热切的探索兴趣。此种人伦生态谐美状态，又与《一潭清水》不同。在《一潭清水》

中，当天然的谐美遭遇挑战，成年人为孩子负重前行。而《我的原野盛宴》展现的是爱如何支撑了一切、超越了苦难、消解了苦难，对少年如此、对成年人亦是如此。外祖母是"我"的护佑者，更是父亲母亲的依恋对象。作为一家人四散分离的源头，爸爸的苦难在"半岛世界"其他作品中经常激起憾恨或敌意，但《我的原野盛宴》显示了另外一种可能性：苦难被亲情承担与化解，并没有滋生负面情绪，反而能激发出亲社会行为。我们一家三口各处异地，相互牵挂思念却从不叫苦含怨。我恨自己没有翅膀不能飞到父亲身边、遗憾不如云雀能够随时听到妈妈甜美的歌声。劳改苦难的父亲回到家就看书，喝酒，欢喜。独身在外打工的母亲心里宁静祥和。母亲的爱温柔香甜，父爱无声，却包围着我。父亲依据自己人生体验给我"葡萄园和桌子，得到一样都不容易"的规劝，却也被孩子的执拗打动，给予理解和默许。一家人欢天喜地团聚的日子，就是云开日出的节日。另外，作品中着墨不多的父母爱情也很动人。"大花斗笠"没了，历经岁月与时代的磨砺，父母爱情却还在。虽然寥寥穿插的几笔，爱和珍惜是对孩子不可或缺的爱的教育。体验爱、付出爱、得到爱，《我的原野盛宴》因此底色甜润，暖意融融。

将《我的原野盛宴》置于张炜文学"半岛世界"的有机整体，我们发现作品以爱、真、善将主体的丰富内心完全打开，建构出甜暖惬意的个体精神成长之路。张炜在近作《爱的川流不息》中，发出了这样的"爱"的宣言："时间里什么都有，痛苦，恨，阴郁，悲伤；幸亏还有那么多爱……来而复去，川流不息。"《我的原野盛宴》正是作家以这种和解容纳面对世界的产物。视角与立场的转换，也带来"我"健全明朗的成长，构成对此前"半岛世界"儿童苦难成长主题的补充和扩展。同时，在风格方面，《我的原野盛宴》仍旧是诗意化、抒情性、散文笔法、开放结构，淡化情节和故事性，却足以动人。儿童的纯然天性在自然天地间自由融入、得以保全并无限舒展，张炜文学"半岛世界"由此拓展出一块生态谐美的净土，无疑有助于纠正当下过于市场化的儿童文学创作中的许多偏差。

透过儿童视角对世界的独特认知

——解读《我的原野盛宴》

宋　政

摘要：现阶段随着社会的日益发展，文学题材的日益丰富，儿童文学也逐渐走进人们的视野，相比成人文学而言，儿童文学以其儿童视角所呈现的出的故事更具独特性，透过儿童视角给我们文学阅读带来的新的认知。

关键词：儿童文学；儿童视角；"跨界"作家；独特性

文学的不断发展，儿童文学也日益完善，与此同时也涌现出不少成人文学作家成为儿童文学的创作者，有专门进行儿童文学创作的作家如曹文轩、郑渊洁等作家，他们将文学最大限度地"童化"，以儿童为中心，创作出符合儿童身心发展规律特点的文本；与此同时，我们不能忽略的是，成人文学作家中"跨界"进行儿童文学创作的，而张炜正是这样一位我们值得关注的作家，正在逐步转向儿童小说创作，从《半岛哈里哈气》到《我的原野盛宴》，无疑不显示了张炜在向文学各领域所做的拓展与努力，他发现并打开了自身创作的另一条路，丰富了自身文学创作的领域，"它并不因为读者的低龄化特点而进行低智化"[1]虽然他创作儿童文学作品，但他更加注重儿童小说的文学性，没有因为要迎合儿童的年龄，而降低自己作品的文学性，作家依旧坚持着对生命的敬畏和对自然的尊重这一初心，使得自身作品的文学表现领域得到拓展，也更加丰富了儿童文学的表现手法。《我的原野盛宴》作为张炜众多儿童小说中的一部，有与其他文本的共通性，但同时也有其自身的独特性：这是张炜唯一的长篇非虚构作品，带有个人自传的性质，文本自然而然渗透了作家更多的自身气质，从中不仅可以发现作家的创作起因，促进作家创作的因素，同时可以发现作家借助文本以儿童视角为基点，反映出作家想要表达的世界观。

一、作家成长经历与儿童视角的关系

"童年的经验是张炜文学创作的重要精神资源。儿童在张炜的视域中，也一直是一个深度话题"[2]正是如此，作家的创作离不开自身环境的影响，而张炜正是拥有丰富的人生经历的一位作家，他的童年经验与家庭经历对他的写作产生深远的影响。因为家庭原因，童年时代一家人的避居，这可能是作家在那个时代尤为难忘为数不多的幸福日子，生长环境的塑造与影响，相比后来"我有几年在整个半岛上游荡，是毫无计划的游走"[3]，童年的珍贵便显现出来，这可能是促使他对童年快乐的回忆格外关注的原因之一，同时经历苦难后的张炜有一颗阔达开朗的心，所以他能写出童话般的林中岁月，这也得益于童年的生长环境与亲情的陪伴。同时不能忽视的是作家自身想要跳出自己原本的写作环境，进行新的角度，新的思路的创作，以往作家将关注点的重心放在长篇小说。虽然以前也对儿童文学有过涉猎，而这次以作家自身的经历为蓝图，进行非虚构长篇的塑造，将真实性与儿童视角相结合，进行新的文学创作的改变，进行新的变革，对儿童文学的尝试正是他这努力改变的表现。

作家进行儿童文学的创造，自然而然的使用儿童视角，使用"童言童语"，文本的主人公是儿童，儿童作为文本的叙述者，增强了文本的真实感。作家努力寻找作品转型的方向，并成功运用自己成长经验：对植物和动物的了解，对自然环境的细致观察，对书籍知识的热爱；依靠它们，作家成功塑造一个少年的成长史与心灵史，更是将作家内心对一个理想世界的执念，投入在文本中。或许这里就是作家一直执着追求的理想世界。儿童文学在一定程度上不可避免地会带有童话色彩，给儿童营造了一个属于自己的童话故事，而作家的却并未在此浓妆重抹，反而将笔尖伸向最纯粹最真实的大自然，描写真实的林中岁月，有老人给讲的神秘故事，有勇敢的玩伴，有信任"我"的动物，作家有着深刻的社会责任意识，这在文本中是难得的，这也是作家为数不多的以自身真实经历为基础，进行再创造的故事。作家自身个人经历是一个重要的创作因素，这是文本产生的客观原因，但同时作家个人的写作意愿也在积极地推动作家进行新的创造，这也就构成了作家创作的主观原因，有了主客观原因，作家在进行儿童文学创作的动力就有了来源。当前，我们无论是研究作家还是作品，都应从多个方面多个角度来探索作家写作的原因，以此来更好地理解作品的内容与主题意义的表达。

二、儿童视角在社会关系方面的表现

（一）亲情

文本仍围绕"我"的一家来展开书写，与常规的一家三口不同的是，由于作家独特的生活年代与生活经历，相比父母的陪伴，更多的是通过外祖母与"我"的相处来展开，"我"和外祖母被放逐的林中岁月撑起了"我"童年的一片天空，作家在文本中也是这样表达的，"屋里只有我和外祖母两个人，有些怪"[4]不同于传统的一家三口，所以文中没有过多的描写父母的陪伴与爱，而是将重点放在与自己与外祖母的相处，但同时也从侧面显示出"我"的童年除了有父母的爱，更多了一重外祖母的陪伴，这也就注定了该文本不像作家其他作品意义以成人角度来解读亲情，而是作家希冀通过儿童视角发现文学新大陆的努力，通过在外祖母家的生活经历，体现出以儿童角度对亲情的认识，从中透出以儿童为中心，重温亲情的故事链条，将整个文本充满儿童的天真与浪漫与亲情的紧密结合。外祖母总是在尽其所能保护"我"，外祖母不让"我"去那座破泥屋，怕突然的坍塌，不让"我"去林子深处，担心随处可见的危险，但这依旧没有抵挡住我作为一个孩子的好奇心，去泥屋的这场探险最终以外祖母给我和壮壮包扎处理伤口为结局。将外祖母做饭的过程看作施魔法的过程，外祖母成为"我"心中最能制作美味的人，深秋时外祖母做馋人的"香面豆"，"香面豆"吸引了许多动物，使自己成了一个受欢迎的人，开始了与动物的亲密接触。外祖母以自己的方式，陪伴照顾着"我"，同时也在传递给"我"正确的价值观与人生观。外祖母的慈爱与勤劳，对于童年的"我"的性格产生极大的影响，即便没有父母的长久的陪伴，外祖母充当了父母的角色，弥补了儿童时期孩子对父母的心理与生理需求，在外祖母的教导下，自己也成了一个懂事的孩子。"我"没有像普遍留守儿童而产生自卑胆怯的性格，反而形成了坚强自由的品格。

外祖母和"我"，老爷爷与壮壮，这样一老一小的人物形象组合，不仅是生活真实维度上的书写意义，还带有深刻而独特的生命原型意味。这两对组合，一老一少，一动一静，都象征着最成熟智慧与最单纯稚嫩的生命两极，他们的生命特质富有强烈对比性与差异性，在文本中相互映衬，交相辉映，在文本的审美层面凸显了人性的光辉，老少的相互陪伴，精神意义的代际传递，使文本有了更深层次的含义。作家完全以儿童的角度来阐释亲情在文本中给"我"带来的影响，将关注点放在儿童，以儿童独有的童心来展开童年回忆录，回忆里的外祖母慈祥明理，伙伴亲切可爱，环境里的动物也生动可人，构成了一幅和谐自然的世外桃源风景画。没有用成人的视角来影响孩童的选择与自由，作家放心地将手中的笔交给了他心中的那个小男孩，让他畅游在童年的回忆中。外祖母对他的影响是潜移默化的，文本中没有大幅的对话，有的只是一个男孩在自由地创造属于他的世界，无忧无虑，自由自在。

（二）友情

壮壮作为"我"来到新环境里认识的第一位小伙伴，在与壮壮的交往中承载着"我"的许多童年回忆，壮壮不仅是童年的玩伴，更是陪伴"我"一起探险新环境的发现者，与壮壮一起冒险小泥屋，二人成为共同经历"危险"的患难之交，甚至亲自动手和壮壮一起做起了自己的小窝，在小窝中过夜，壮壮的勇敢保护了"我"，后来我和壮壮一起上学，一起听故事。从这个角度来说，壮壮是"我"友情的启蒙者。后来又认识了小北，三个小伙伴成为好朋友，为了满足小北的愿望，我和壮壮轮流背着小北去林子，三个人一起去看了大海，喝了鱼汤，快乐地在一起玩耍，一起学游泳，儿童的友谊朴素纯真，不掺任何杂质。儿童对待友情的独特之处在于，不仅人类可以作为朋友，动物也是平等的朋友，朋友不仅局限于传统的意义层面，文本中的朋友更多是具有陪伴的意义。"我"眼中的朋友不止与自己一同长大的伙伴，还有动物，自己也将其看作可以信任的朋友，对待银狐菲菲，"我"自然地与其亲近，喂其"香面豆"时，作为一个孩童有意地克制自己想摸它的冲动，可见自己给予其足够的尊重。后来，上学后书成为"我"的好朋友，成为时刻陪伴我的"小伙伴"，自己对书的渴望日益增强，在那个物质缺乏的年代，书的稀缺成为不可避免的遗憾，这时的"我"将书看作我的精神依赖，也是一个孩子对知识与外界的向往。

朋友对于"我"不再是仅局限于某个人，而是带有着更加包容的心态，陪伴"我"健康成长的。这正是儿童的独特之处，儿童视角所显示出的开阔性。在这些朋友的陪伴下，"我"在野林的生活并不孤独，反而显得丰富多彩，独有儿童的生机与乐趣，或许对于一个成人来说居住在野林里是一件无趣的事情，但对于一个未涉世的孩子无疑是对于新世界的探索，儿童好奇心的力量是无穷的，这使儿童拥有了无限的想象力，可以大胆地与壮壮、小北一起探索未知的世界，可以自然地与动物交往，毫无戒备心，可以静下心来读书，不受外界的干扰。友谊的产生使"我"在野林的生活变得不再孤单，我们共同探险，探索别样的生活，不被生活环境所局限。

三、儿童视角在自然关系方面的表现

（一）动物

新家位于野林里，虽然野林地处偏僻，但却有不同的风光，人少的地方自然动物就多，这也就造就了后来对待动物独有的温情与热爱，与现代儿童被动的被灌输保护动物的观念不同，"我"对动物的认识是在实践中一步一步地提高。"民间故事和传奇色彩也许是他童年精神文化生活的主要形态，在儿童文学创作中，无疑也成为张炜复现的核心意象"[5]张炜的儿童文学不可避免地也充满了民间故事，与动物的交往，从最开始只是想试验是否会得到报答而放了受伤的狐狸，对滥杀动物的老人侄子的恶搞。后来由于"香面豆"的"威力"，成功偶遇到小银狐，与鸟儿开心的"对话"，有时听见小蚂蜥的抱怨，在与所有动物的相处中，"我"仿佛有一种能与任何动物交流的魔力，"我"与它们尽兴地交流着，体验着它们的情绪与感情，与动物为友。云雀的窝也成了"我"要保护的地方，"我"不求回报的帮助照顾小动物，学兔子寻找食物，观察小黄鼬，怕它辛苦，想帮它干活，完全的把小黄鼬看作朋友，又担心小黄鼬受到惊吓，自己格外的慎重，与小黑猪的对话显得格外可爱，用呼噜声表达友谊，"我"与动物的这些"奇怪"的交流，增进了自己与动物之间的友谊，动物成为朋友的化身，虽然它们不能说话，但它们在感受到人类带给其的善意的同时，也在积极地回馈。银狐、小黑的逃跑，是"我"意识到动物的不信任，但"我"仍旧担心它们的安危，像对待朋友一样单纯无私，这就是孩子的童心与善良，发自内心地想要保护，最终小黑在"我"的实际行动下，成为我家的一员，大雁老呆宝的出现，使"我"身上的责任大了起来，自己开始学着喂养它，照顾它，与小海豚的亲密接触，使"我"有机会感受到飞禽和海兽的乐趣，作为猎人代表的堂叔也遭到了报应。在去老艮头家做客听鸟儿歌唱时，老艮头对"我"和壮壮的一席话，无形之中在启迪着读者与童年的"我"，在作家的笔下鸟儿被拟人化，也会发出诅咒，被困在笼中的鸟儿是难过的，却很少有人会考虑它们的感受，"我"在老艮头的启迪下，开始反思，觉得自己不如大黑。作为一个儿童尚且有如此强烈的反思意识，这不禁给我们成年人警示，要有平等的心态对待动物，保护它们，守护它们，将它们看作是自己的朋友，而不是一味地想要占有它们，人类并非世界的主宰者，而是参与者，要摆正自己的位置，做大自然中一名合格的参与者与建设者。

文本蕴含着深刻的自然观，"我"在外祖母的教育下对待动物的方式，儿童将动物视作自己的朋友，呵护它们，这正是作家想要传达给读者的，作家将自己内心的想法化作完美的生长环境，营造了一个世外桃源般的环境，"我"是美的代表，从儿童视角展开与动物的交往，儿童独有那种纯粹的感情与天真的想法，作家将自己观点以孩子的身份带入文本，将自己的童年经历与文学创作相结合，用儿童的眼睛来审视自然，审视人类。人类作为整个生态系统的一部分，人与自然是和谐共生的，只有善待他们才能更好迎接未来，共同迎接挑战，面对物欲横流的现代世界，我们不妨停下来细心的观察身边的生命，以最崇高的敬意审视它们的生命。

（二）植物

在外祖母的帮助下，"我"已经差不多可以认全周围的树和草了，对花花草草的描述绘声绘色。看花草就像看人一样，各有千秋，文本描绘了各种各样的花草树木，无一例外，"我"没有忽视这些生命，而是仔细观察它们的脾性和神气。林子作为我们共同的家，需要我们用心去感受、去保护，万物皆有灵性。即使是一片落叶，外祖母也将它以书签的形式保存起来，不敢有丝毫懈怠，小心翼翼地保留，"我"也耳濡目染的喜欢上收集树叶，将它看成宝贝搂在怀里，落叶在"我"和外祖母的眼中依旧是稚嫩的生命，需要我们的保护与呵护。这是外祖母教给"我"的另一堂课，那就是要有一双发现美的眼睛，发现身边的细小，美是无处不在的，后来"我"将我的书签分享给大辫子老师与同学，他们纷纷对"我"投来羡慕与钦佩的目光，一片简单的落叶，因为"我"的发现与收藏给周围的人带来了快乐与喜悦。在外祖母的支持下，认识所有植物成为"我"的目标，文本中描绘三百多种动植物，使文本成为一部可供观赏的百草园，对植物的极大兴趣开发了"我"的想象力。

植物不像动物一样会跑会跳，但是它却充满整个"我"生活的环境，一座茅屋，白杨树下，植物在无羁自由的野蛮生长，这种坚毅的生长透视着生命的力量，这种力量是无穷的，同时也暗示着"我"也在自由的生长，"我"在这片陌生的土地上，感受着大地的力量，植物代表的是大自然的果实与赠予，"我"善待植物，表明了"我"对大自然的尊重与热爱，大地给予"我"成熟的果实，养育了"我"与我的家人，让"我"有了童年的乐趣，与伙伴共同在这片大地上生长与学习，同时细致的观察力也造就了"我"特有的敏感，能发现植物与动物各有的特性，并对其特点进行细致的描写，对植物的特写，将动物与植物结合在作家笔下的一幅风景画中，动静结合，相得益彰，出神入化。

四、结语

《我的原野盛宴》这可以说是一部历险探索记，不仅是童年环境的探险，也是对自然对人性的探索，在探索自然的同时也需要我们进行反思。文本围绕"我"的生活讲述了童年一幕幕的回忆。自然的启迪伴随着少年的成长，自然的丰富多彩影响着少年心灵的变化。文本语言的朴素真挚，一面是源自语言意义上的审美救赎，一面是张炜在生命意义上努力完成的精神超越，这是张炜在自己精神世界所建造的一个地方，世界在他的文字里徐徐铺展，人与自然万物之间、人与人之间的友爱伦理，都淋漓尽致地展现在我们的眼前，不掺杂任何的杂质与浑浊，清透迷人。

人与万物相互交融，共同流经语言这条奔流不息的河流中，成为弥足珍贵的生命定格，生命的点滴被无限地放大，爱的主题自然显现。少年的"我"是爱的化身，代表着"我"对爱的向往与渴望，伴随着"我"的成长，对爱的认识也日渐深刻，"我"渴望将这份爱传递给更多的人，共同感受到爱的存在，同时这也是一份遗憾，心中的无奈与孤单，依靠文本来进行灵魂的自我补偿。儿童视角能最大限度发挥文本的真实性与有效性，将人不自觉的带入文本所营造的氛围，对儿童文学的尝试，"张炜并不把儿童文学当作一种异质的文学，或者把儿童文学的写作当作一种异质的写作"[6]是的，张炜没有为了迎合商业化市场而改变自己写儿童文学的初衷，他依旧坚守自己对文学的初心，他对儿童文学的创作不过是转变一种方式以儿童视角来展示不一样的文学。

参考文献：

［1］顾广梅，姜奎良．凸显地域特色，打造多元图景——2019 年山东儿童文学创作综述［J］．百家评论，2020（05）：第 49 页．

［2］段晓琳．对话追求与张炜儿童小说的思想深度［J］．名作欣赏，2017（18）：第 76 页．

［3］亓凤珍，张期鹏．张炜文学年谱（上）［J］．东吴学术，2019（02）：第 112 页．

［4］张炜．我的原野盛宴［M］．上海：人民文学出版社，2020．第 8 页．

［5］侯颖．童年经验的治理：当成人文学作家走向儿童文学［J］．当代作家评论，2015（03）：第 99 页．

［6］方卫平．童心、诗心与儿童文学的故事艺术——读张炜儿童小说《少年与海》［J］．中国图书评论，2015（05）：第 106 页．

03

诗歌研究与综合研究

纯诗之歌，心约之声

——读张炜《不践约书》

范逸飞

摘要：虽为《不践约书》，但实则心约之作。诗人张炜的最新自我超越、颠覆之作，从传统主义到现实主义，从历史到现实，从精神到肉体。爱情之约、文学之约、历史之约，从多个角度入手体味这本蕴含着巨大力量的诗作，感受作者晦涩的朴素。

关键词：张炜；《不践约书》

"这部诗章虽然命名为《不践约书》，却实在是心约之作，而且等了太久。"[1]这是张炜在《不践约书》自序中的第一句话。读完全书，惊叹于心约之作的重量。《不践约书》虽为诗集，却蕴含了超乎想象的能量。"这部诗章囊括了作者前面许多人生内容和艺术经验，是一次综合。"[1]从诗中我们能窥探到张炜其他作品的影子。《不践约书》写于 2020 年。在新冠肺炎疫情的大背景下，我们与诗人都陷入了无尽的痛苦思考中。在开年的 2021 年，这本书是作者带给我们的开年盛宴，也更多的是献给自己的礼物。"在这样的时空中，我似乎更能够走入这部诗章的深处；也只有这次艰辛痛苦却也充满感激的写作，才让我避开了这段漫长枯寂的时光。我珍惜这部诗篇。"[1]

一、爱情之约

《不践约书》由 52 节诗歌组成，从历史到现实，从精神到肉体，这是一部复杂的诗作。但其又是如此的简单清晰。《不践约书》以爱情开头，讲述了一首恋人之歌，向一位视为知己的恋人的倾诉，向对方敞开心路进行告白。这是"一个挚爱、折磨、疏离、幻觉、悲痛甚至背叛的故事。"[1]这对恋人之间有美好，有争吵，有快乐，有悲伤。"他们的关系和结局，由人性的不完整所决定，一定具有不可挽回的悲剧性。"[1]

诗歌第一节讲述"我"在大雪天来到湖边，因为时间充足就开始思念恋人，她有着"双杏核眼和两条民国短辫"，我们在一起"仰躺在金闪闪的野麦菜上/听夏天的青蛙在歌唱。"我们一起"做游戏，对歌，吵一点架"。[1]这对爱人之间充满美好的回忆。相坐在野麦菜编制的凉席上，倾听爱情传递来美丽诱人的消息，感激着神灵恩赐的生活。在茫茫世界的旷野上四目相对，美好而幼稚地用力簇拥，相向而行，微笑宛如处子。

这对恋人有着不同的喜好。她喜欢西方，"喝了一冬天的冒牌葡萄酒/不停地赞许西洋的人和书"，而我认为西洋人是"天生腿长的淫荡家伙/欲望横生千变万化"[1]，喜欢中国古老的历史，喜欢琴棋书画，喜欢住在乡下茅屋。我也曾放下古琴与她一起饮用甜酒，一起拥嘎拥嘎，但她却言"房子要买，但还不到时候"[1]。她厌恶低级的趣味，说南方小城的智者是真正的智者，说我嫉妒他的才华，中伤诽谤。而我却了解到智者满嘴鹦鹉之舌。"你喜欢那个中分头的英国人/我迷上了老毛子中的大胡翁"[1]，这对恋人是两股道上的跑的车，单薄的身体却未能各奔东西，相遇到一起。不同的世界观，不同的喜好，在向对方诉说、敞开心路时，矛盾不可避免。

"所有的讲述都言及背弃/都是阴谋，机心，说了不算"。[1]文中的"我"一直处于等待和被背弃的状态。恋人是个疯狂的旅行者，从西域到贝加尔湖南岸，是"一个了不起的甩手小家伙"[1]。我日耗斗金，在边厢枯坐写一行情诗，在落雪的门洞苦等，像个老实人傻傻地等。说好"在另一个落雪时分在两千年的门洞下拥吻"，却留给我"逃离与思念"[1]。

这对恋人关系的悲剧性，爱情的不践约，一方面受到一些不可抗力的影响，"山楂花从昨天开始凋谢"[1]；一方面受到双方内在世界观的不同，人性的不完整。但双方迷人之处在于能攻克难关，携手解决问题，诚实勇敢的袒露自己的喜好和心声。在忠诚还是背叛上表现出自己的勇气，能够自嘲，是值得读者同情怜惜的。

此上为单独探讨爱情本身部分，但这对恋人真的是世俗恋人吗？其实并不是。当我们将爱情放入整部诗歌来看，其实我的爱人是诗歌女神，既注释中的Musa。我在这段爱情中既有痛苦也有美好收获，这正是诗人张炜诗歌路上的坎坷旅程的再现。张炜的诗人身份虽然新鲜，但"大约在七三年的夏天/我因沮丧写出了第一首诗/从此就踏上山重水复疑无路"[1]，张炜的诗人之旅已经多年，对诗本身也有着许多独特的见解。以爱情去比拟诗歌之路，开启全书，借用世俗化的爱情表达与诗歌之间的爱恨情仇，给全书增加了许多趣味性。这种具体化的写作，会让写作更加诚实和专注，既能表达诗人自己对所吟之物的独守和专一，个人的执着和局限，也能打开更加开阔的空间。

二、文学之约

正如上文所说，张炜 1973 年开始写诗，中途陆陆续续出版过很多诗篇和诗集，但用他自己的话说，并不满意，"虽然没有停止，但离期待不知还有多远"[1]。在疫情的大环境下，诗与思相融合，在特殊的时间下，整理自己完成了这部诗作。虽然张炜一直在小说领域成就突出，但其一直心向往诗。"我在寻找一条路，它应该属于个人，有时清楚有时模糊。除了诗，其他文体如小说和散文，也是这条路的补充和迂回。诗是一次直接出击。"[1]诗是张炜终生追求的目标，他将自己的写作重心放在诗中。

在张炜之前的作品中，诗意常常萦绕，成为其作品的独特魅力。张炜认为，"诗意"是广义的诗歌，而"诗"是狭义的诗，即纯诗。"真正的诗，纯诗，不可能用其他的文字方式取代，比如它的表达，除了用自身的形式，换了散文论说文及小说等任何方式都解决不了。这样的文字形式才有可能是诗。诗是不可替代的。"[2]张炜一直致力于纯诗的创作，认为纯诗是最靠近音乐的。纯诗在"诗螺丝"的大框架下，保持大的审美方向和格调，保留大量的空间供读者思考与体味。大量的留白必定会使得读者在自己的人生之上进行对作品不同阐述，也会导致诗歌创作更加私人化。张炜认为，这是完全正常的，但大的审美方向和格调还是被"诗螺丝"固定。对于诗歌形成共识和潮流，张炜认为，这最多是诗歌的中等水平。"我所尽力挣脱的，正是那种'语境'和'范式'，以此进入不易理解的真实和具体。"[1]纯诗是晦涩的，许多大道理和义正词严的说教在诗章中是十分罕见的，无法言说的部分由深邃难言的诗意传达给读者。真正的晦涩是一种实在。很多难以言说的感性体验，其实不需用语言进行太多的阐述，将这种感觉直接地传达给读者，读者自会根据自己的人生得到全新的感悟。"这样带来的晦涩，将是一种朴素。"[1]但晦涩处理不好，总会走向猜谜。张炜认为，"有些谜其实大无必要，晦涩绝不能变成形式主义的戏法"[1]。在《不践约书》中我们可以看到，张炜为读者提供了73 个注释，让读者尽可能流畅地阅读，私认为这些注释也是"诗螺丝"的另一种实在的体现。

几十年来，中国当代诗歌有着较大的发展。中国当代诗歌，一方面脱胎于中国古诗，另一方面受到西方现代诗的影响。仔细品查，中国当代诗歌受西方诗歌或译诗的影响更加深刻。这是一条诗歌发展的必经之路，但脱离本土进行发展是不可取的。从语言表达到诗歌内涵，从诗歌发展到汉语语言发展，回归传统，融会贯通，是开启中国诗歌新道路的制胜法宝。在《不践约书》中，我们能很明显地看到张炜对古典的吸收和转化。从李白到杜甫，从苏轼到陶渊明，古典的蕴意在诗章中徜徉。"对古典的抚摸还不够，还要叩击和倾听"，"我较少沉浸在西方译诗中心安理得，而是深深地怀疑和不安"[1]，这几年，我们也看到张炜对于中国诗学的探讨，也有多部作品出版。在中国当代诗歌的发展上，中国本土诗人如何去做，如何将古诗的气韵境界在现代大放光彩，还是需要潜下心来做点什么。

在《不践约书》的一开始，张炜引用了马尔克斯的《敬诗歌》，"为伟大的美洲诗人/路易斯·卡多索·阿拉贡干杯，是他将诗歌定义为/人类存在的唯一实证"，[1]张炜本人也一直认为，"诗是文学的最高形式"[1]。诗歌的重要性不言而喻，那作为人类存在的唯一实证的书写者，诗人何为？张炜在诗六中答道，在"无边的罪恶镶嵌了珍珠母/闪烁出斑斓的彩虹色泽/恶臭肮脏的泡沫升到树梢"的世界，让"我们剃度吧"，穿着粗布衣襟，"做不动声色的打捞者"，让诗与思"一点点复活旷野上的小花"[1]。在现代数字化、网络化、物欲化的诗意贫困的时代里，诗人注定是走向黑暗深渊的冒险者，为贫困的人们指引，告知世人我们的存在。回归诗意，回归自然，回归淳朴，体会最本质的生命体验和觉悟，这不仅是诗人，也更是我们自己的自我拯救之路。

三、历史之约

在长诗中，诗人张炜带我们从唐宋盛世到现实社会，从戈壁大漠到古长城下。历史与现实，国内与国外，各种意象信手拈来。在其中我们可以看到许多张炜文学世界中的老熟人，在此次诗歌世界中同样向我们展示、暗示着什么。在此回顾张炜其他著作，剖析诗篇中苏轼、陶渊明、徐福等意象的精神内涵和对现实世界的反思，品味半岛传奇和齐鲁文化。

（一）《斑斓志》中的苏轼

苏轼在《不践约书》中主要出现在诗四、诗三十八、诗四十二。张炜曾为苏轼写过一本《斑斓志》，作品中塑造了独属于张炜五彩斑斓的苏轼。这个苏轼不仅仅是大政治家、大文学家，追求真理，体贴百姓，而且爱生活、会生活，能在贬谪流放 33 年中淡定自若，把生活过得有滋有味。

"我们爱苏东坡，有时候也因为他的怪癖，因此就变得更有趣味也更有魅力。"[3]在《不践约书》中，张炜又给我们介绍了一下他的"半岛的兄长"[1]。他"一双眼角微微上扬"，有着一股顽皮劲和馋劲，痴迷于有毒的河豚，"品尝南酒炖鳜和甜笋"，"尽情享受活水烹茶的日子"[1]。忍受不了庸常的时光，便四处寻找微妙的美食和趣味偏方，"麻利地扎上围裙，下厨了"[1]。从海南北归之路，还抱怨"说一蟹不如一蟹"[1]。

那个北宋的那个顽童，"他的生活就是这样，无论怎样艰难，仍旧能够走向读与写的轨道，这像生命一样重要"[3]。这是苏轼的日常，也是张炜的日常，从五彩斑斓的生活中，品味五彩斑斓的人生百味。但这种斑斓生活也有烦恼，"领导说老毛病又犯了/指出一切生活作风问题"[1]，但那些觉得自己不足的人每天学习都来不及，怎么又会乱搂乱抱没心没肺。咱只好服了，制订了长达三十年的清心寡欲的计划。实则让人无语与叹息。

不仅是生活作风问题，张炜在《斑斓志》中写道："我们心中沉淀了黄沙，它们被数字洪流裹挟而来，填得太慢也太沉，行路艰难，度日尴尬。可是我们仍然需要自己的精神生活，需要庸碌中的一点舒缓和光亮。"[3]苏轼正是能给到我们舒缓和光亮的人。"他在冷静时候仍然被监视和管辖，许多时候拥有的自由实在不多，可他总是想尽办法让自己从容一点，享受时光。苏东坡用非常具体的欣悦与之抵抗，一壶酒、一块饼、一个村落、一个访友，甚至是一条狗、一个生灵，都会打破寂寥和禁锢。"[3]闲适的生活，旷达的心境，拯救忙碌繁杂、没有生活而不会生活的现代人。

（二）陶渊明的遗产

陶渊明在诗篇中主要出现在诗八和诗三十五。在诗八中，诗人饱受诗歌的折磨，"一行行短句连着癫狂/一只只韵脚引来不祥"[1]。历史上有多起诗歌案、文字狱，杨恽的"种豆诗案"是中国历史上第一场文字狱。而陶渊明对此案也是关注与了解的。"因此，陶渊明在诗中化用杨恽《报孙会宗书》以及《汉书·杨恽传》的某些语言，就不仅不是偶然的巧合，而且是精心的艺术设计，具有非常深隐深刻的用意。需要特别指出的是，《归园田居》其三'种豆南山下'的'南山'本身即具有双关的意义：它既指终南山（位于长安以南），也兼指庐山（位于江州以南）。……在诗人看来，长安的南山是君王专制的象征，而江州的南山则是文化自由的象征，前者是凶险的凶恶的残酷的甚至危机四伏的，而后者则是美丽的和平的恬谧的充满诗情画意的。"[4]同样是表达归隐田园、不喜政治的思想，一个惨遭毒害，一个名垂千古。张炜在诗八中将写诗和诗歌本身引来的痛苦的最后解脱点引向陶渊明，可以看到张炜对陶渊明的推崇。

在《陶渊明的遗产》一书中张炜指出，"我们将直面一个结果，即'丛林法则'和人类的'文明法则'不可调和的深刻矛盾，这个不可调和，在陶渊明全部的人生里得到了细致而充分的诠释。这正是他留下的最大的一笔财富"[5]。远离弱肉强食的"丛林"，回归田园，在园子里篱下采菊，虽然生活潦倒，可能陋室"在一天深夜染成了灰烬/一家老少住到船上"，但宁可贫困，不丢失尊严，"琴弦有无皆可弹"，"浮萍引路水流三千/只为了给廉耻找一个居所"[1]，陶渊明运用"文明这个柔弱而持久的武器"[5]取得了最终的胜利。张炜对陶渊明是心怀向往的，回归自然，开启原野盛宴一直是张炜的理想追求。在诗八，"我"备受痛苦的同时，"上路时瞄准的是一座山/你却引我折向了一条河/摆渡者手提一坛迷魂酒/结伴去陶渊明的园子"[1]，接受救赎。

"今天还是生活在'丛林'中吗？回答是；同在'丛林'之中，古典标本和现代标本又有什么同与不同？"[1]我想，人性的"基本盘"[1]是没有变化，虽然我们与古人所处的"丛林"不同，但都是"丛林"。如何在险恶的环境中取得人的胜利，其实胜利者已经把答案给我们了。"陶渊明不像魏晋某些人那样，脸上没有涂抹什么油彩，一点也不怪诞，只平平常常过日子，将清贫的生活坚持下来。这样的一个诗人，是针对畸形的现代最好的一味药。"[5]

（三）半岛故事

《不践约书》的地理背景正是我们熟悉的半岛，"去大明湖痛饮一场/在海右此亭流连一下午"，"你正推敲一座老门的位置/指认古齐国边境的石墙"。[1]

在文中，张炜带我们穿越时空，领略了一番半岛的历史。一位肃穆庄严的长衫老者让"我"把海边的故事都讲出来，于是"我"告诉了他海边的苦难和坚强的人。我的外祖母，"她是最擅长画梅的人/她是我最心疼的人/娇小的身躯让妖魅胆寒/她留下来独自担当/承受了大山一样的苦难"。[1]在《我的原野盛宴》中，我们能看到外祖母对我或者张炜是一个极其重要的角色。原野上的动植物"在外祖母眼里它们全是孩子"[6]，外祖母带给张炜美好的童年，温暖的母性光芒，人性的光辉和淳朴平等的生态观念。

外祖母也是我了解半岛历史的重要窗口，"外祖母有一场宏大叙事/从蓬莱岛说到对马海峡/说千古一帝渺小的贪欲"[1]。半岛古老的民族是夷族，"东夷人最先造出了铁器/这才有一场不驯和背叛"[1]。齐灭夷，秦灭齐。那个长发飘飘的大王，带着"头尾不见的车队穿过大漠/走过无数白昼与黑夜""无数的阴谋诡计荒淫和欺骗"[1]，踏上了半岛土地。秦始皇追求生命的贪念给了复仇人机会。淳美和孤独簇拥了男子，徐福带着全族人的质疑与不解，踏上了另一条孤独的复仇之路。步步为营、精心设计，"他知道爱与自由千金不换"[1]，带着全族的精英与未来出海去寻求家族未来的出路。他从出生就是家族的英雄，竹简与宝剑，无数的使命就此压在他身上。自己熟知的方士文化成了自己最锋利的剑，去靠近那贪念的大王。但世人终不懂自己，说自己是秦王的走狗，劝我搞些色情。"水路凶险飞鱼如梭"[1]，徐福注定是这路上的孤独者。徐福是张炜文学世界中极为重要的角色，他是张炜思想的传达者，是张炜的化身。"张炜文学创作中的徐福是一个为了人类文化事业'孤独流浪'的创业者与谋略家形象，他的出走为中外文化的交流与沟通奠定了深厚的基础，为中华传统文化的海外传播立下汗马功劳；他是一个富有'寻根'意识的知识分子，对传统文化有着敏锐的洞察力与深刻的反思力；他又是一位颇具治国之才的政治家，对历史更替与国家发展有着自己的独特理解。"[7]

这个半岛经历过饥荒。"因为这里有膏壤，白土/粉细糯香，黑土闪着油光/往死里争夺，三天三夜/噎死三十多个青壮/这是全村最后的粮食"[1]，啃鹅卵石仿佛啃食土豆。于是大家为了求生向着有鱼的海边努力爬行，"这条求生之路只有七里/却在脚下变成了七百里"[1]。但海边的人"一边喘息一边商量/商量怎样去南边的村庄/听说那里发现了白土/还有肥得流油的黑色膏壤"[1]。

这个半岛经历过战争与革命。想要杀死那清廷学部侍郎，徐镜心的"柳条筐里藏下致命之物/在灰色蜡染花布下隐隐跳动"[1]。但挚友却说，"那不过是一头野猪/而你是精金炼成的瑰宝/剃掉一根粪土浸过的兽毛/何必使用寒光闪闪的钢刀"[1]。那个半岛传奇"心如死灰，鹰折双翅"，"额头像岩石一样沉重/颓然栽倒在战友怀中"[1]。

半岛一直是张炜作品的底色，他曾言"诗与思的问题，无论大小都难以离开历史与土地，所以半岛地区对我的写作一直起到极重要的作用，是我的精神依托，也是生长的土壤。这个半岛是写不完的，一个人对于一方土地来说等于一棵树，要在这里汲取营养接受阳光"[2]。我们也能越来越看到，这棵树的成长与茂盛，给我们挖掘更多的半岛精神。

四、不践之约

约，契约，是生活的基本规则。做人做事，没有约，也就全部垮掉。但不践约也是我们生活中经常遇见的事情。可能是无法践约，有着"不可抗力"，如暴雪天交通瘫痪无法赴约，但也有可能是不想践约，"人性的不完整，注定了人生的最终毁约"[1]。在书中我们能看到，"我应下的一副墨宝无人接收"，老朋友们全都叛变去了那边，那边"豺狗在野猪林里大献殷勤"，而我在这边坚守灰色毛料长衫、布底黑帮和古琴，与下乡的兄弟一起，"饮下瓜干酒，磨亮老钝刀/迎着鹅毛大雪上路"[1]。"纵欲的老马一旦慈祥起来/立刻变成了众人的榜样"，但八十岁德高望重的师长也经不住欲望的诱惑，"老家伙魔怔了，愤而脱缰"[1]。

"'不践约'的原因，除了故意违约，更多的还是其他，是'身体却软弱了'。"[1]是啊，身体软弱了。在欲望横行的现代，不高谈其他伟大的东西，就单单手里的手机，就能让我们身体软弱，"这个小魔器出自魔鬼/它们把心灵当成了故乡/从此时光就像打碎的苦瓜/连瓤带籽四处流淌"[1]。扔掉手机吧！让我们回到三千年前淳朴的时代，嘴里的"地瓜糖越嚼越香"，"梧桐树上有庄子的凤凰/紫色花苞在春风里荡漾"[1]。

书虽命名为"不践约书"，但诗人更多的想告诉我们如何做到不让身体软弱。

"人不可过于相信自己的理性和意志，更不能着迷于自身的道德。人的唯一出路，就是要从认定自身的无力开始。"[1]

张炜认为，在现代社会，当一个智者很难。在数字时代，节奏加快，生活反复嘈杂，我们身体软弱，精神溃散。想要归隐山林，但很多条件无法满足。如何解封已经干涸的我们？让诗偷袭我们吧！去"偷袭那些言而无信的人"[1]。虽然"独行者拒绝所有承诺"，"这条长路永远是一个人"[1]，但这条路有人走过了同样一程。诗人张炜偷袭了我们整个世界。

参考文献：

［1］张炜．不践约书［M］．桂林：广西师范大学出版社，2021．

［2］张瑾华．"诗人"张炜横空出世，《不践约书》惊现诗坛［N］．钱江晚报，2021-2-28．

［3］张炜．斑斓志［M］．北京：人民文学出版社，2020．

［4］范子烨．诗意地栖居与沉静的激情——对陶渊明《归园田居》五首的还原阐释［J］．文学遗产，2011

［5］张炜．陶渊明的遗产［M］．北京：中华书局，2016．

［6］张炜．我的原野盛宴［M］．北京：人民文学出版社，2020．

［7］鞠琛琛．论张炜文学创作中的徐福文化书写［D］．烟台：鲁东大学，2020．

当代文学中的"庞然大物"

——"张炜与中国当代文学"研讨会综述

张　涛

2019 年 8 月 27 日—29 日，由吉林省文学界艺术联合会主办，《文艺争鸣》杂志社、长春师范大学文学院联合承办的"张炜与中国当代文学"研讨会在长春国盛大酒店举行。来自中国社会科学院、北京大学、复旦大学、吉林大学、山东大学、山东师范大学、苏州大学、杭州师范大学、云南民族大学、玉林师范学院、山东作协、上海报业集团、上海作协等高校与科研院所20 余位专家学者，就张炜 40 余年来的创作进行了深入的探讨。

会议开幕式由《文艺争鸣》主编王双龙主持，他说："张炜不仅是中国最重要的一位作家，同时也是一个令人敬畏的作家。因为读他的作品，是需要勇气的，这是我的个人感受。他作品中所蕴含的那种道德的力量，常常让我们自省，他的这种对美好善良的歌颂，以及对丑恶的批判，时常让我个人反思自己的时候胆战心惊、如芒在背，让我们对生活不得不进行反思。"吉林省委宣传部副部长，吉林省文学界艺术联合会党组书记、主席陈耀辉出席开幕式并致辞。他对与会的各位专家、学者表示热烈的欢迎和由衷的感谢。他说"张炜先生是中国当代著名作家。从 80 年代起，张炜先生就成为我们这个时代的记录者，成为中国文坛的一面旗帜。""我们今天举行'张炜与中国当代文学'学术研讨会，正是为了发挥吉林省文联和吉林省重要理论刊物《文艺争鸣》的桥梁和纽带作用，以此来呼应、贯彻习近平新时代中国特色社会主义思想和党的十九大精神，自觉承担起繁荣发展社会主义文艺事业的光荣使命。"在研讨的尾声，张炜先生发表了热情的学术致谢，他说："《文艺争鸣》为操办这场会议花了很多心血，做得这样细致周到。这是一个高品质的会议，庄重，真挚，送给我很多鼓励和期待。这对我十分重要。""对一个写作者来说，获得鼓励是重要的，但沾沾自喜是没有力量的。我知道，当一个作家自我感觉良好的时候、对自己的才能颇为自信的时候，恰恰是最衰弱最没有创造力的。相反，当他在设法战胜困窘、彷徨和苦恼中，倒有可能是最好的。人在犹豫和怀疑中将变得比较诚恳，比较朴实。这对作家来说实在是太重要了。"

一、张炜创作的关键词

在张炜的创作中，有一些核心的要素，这些要素体现在张炜创作的"地域性""精神性"等方面，同时它们也频繁地以关键词的方式呈现出来。中国社会科学院原副院长张江从两个关键词和一部作品——"意象""生命灌注在作品里"和《九月寓言》——谈了对张炜创作的感受。他认为"不仅批评家是阐释者，作家、诗人都是阐释者。阐释就是'居间'说话，它的功能、标准、目的都是'居间'说话，'居间''居'在哪里呢？'居'在张炜先生所面对的那个世界，他对这个世界的感悟、直觉、冲动，用他的语言变成文字呈现给我们。""张炜先生对生活的理解和认识，或者用他的话说，真正的高雅文学、真正有历史地位、有历史影响的文学，才是时代的精品。"文学作品是通过人物、意象等艺术形式来表达作家对时代、社会和人性的理解，张江认为张炜是"以他的体验、他的感悟、他的直觉、他的冲动，把他的生命灌注在意象当中，把这个有生命的意象灌注在他的作品当中"。因此，张炜的作品充满了厚重的生命感和长久的生命力。张江还以王安忆对《九月寓言》的解读，提出了阐释的"边界"问题。阐释者可以"生产"出作品中所"没有"的意义，但是这个意义本身却是与作品有着"血脉联系"的，如果没有"血脉联系"则是超出了阐释的"边界"。

文学是"心灵的世界"，是一个民族的"秘史"。黄发有认为，张炜创作的一个关键词就是"心灵史"，他的"创作在某种意义上就是一部当代心灵史"。"张炜的创作有一种非常强的自传性，尤其是《你在高原》里的主人公都能看到张炜老师的个人的生命轨迹，以及他自己的思索的痕迹，所以我说他笔下的历史就是心史，也是从这样一个角度来理解的。"

张炜创作的体量是相当庞大的，这样的创作体量在当代文学中也是为数不多的。"庞大"或"庞然大物"是我们理解张炜创作的又一个关键词。孟繁华认为："张炜先生是当代文学的一个庞然大物，是一个巨大的存在，也是改革开放40年中国文学的健康力量、积极力量。""张炜先生的创作，就数量来说，在全国也是领先的，当然，张炜先生巨大的影响显然不只是他的数量，他是小说、诗歌、散文、中篇、短篇、长篇一个全能的选手。我感到重要的是从《古船》开始一直到《你在高原》到《艾约堡秘史》这样一个创作路向，这里既有张炜先生内在的对当时中国特别是中国农村现实反映的内在谱系关系，同时，他的每一部著作都有自己新的想法。"

谢有顺认为："张炜作品量特别庞大，这个庞大不只是他的写作的字数多，如果这样理解就太肤浅了，我觉得他的写作中有强大的精神背景，有自己的人物谱系，也有自己对历史对土地的广阔的看法，在他的写作轨迹中，有雄心，有大的视野和志向，有这样一个写作的高度。精致型作家的局限性是很明显的，所以我现在越来越看重作家的体量、视野、志向，并不是追求艺术细小的雕刻、细小的变化，我觉得还是应该对文学、艺术、历史有比较整体性的看法，这样的作家他会飞得更高、走得更远。但是如果有这样一个大视野的人物，无论他对写作贯彻得如何，至少你会觉得有可能性，有变数，有可能会有让我们很吃惊的东西，所以张炜老师这一路的写作你能看出他一以贯之的东西，这个一以贯之的东西是大的，是很难穷尽的，这个我觉得是他给我们的很深的印象。"

历史主义和道德主义可以说是我们审视张炜小说极为重要的两个视角和关键词。如何看待张炜在这两个问题上的"激进"与"保守"，是我们在历史语境中理解张炜创作"变"与"不变"的关键所在。王侃认为："有些人在80年代开始就误读了《古船》，小说中张炜写到的'以暴易暴'的历史循环，看到了改革这样一个驱使元素的存在，对粉丝厂的争夺，很多人可能还在改革开放现代化的话语框架里去解读旧传统、旧势力、旧根基，把这个小说纳入'改革文学'的思路上去理解，可能他们现在会觉得张炜写这样一个东西埋藏的另外一些线索是他们没有很清楚地意识到的。""张炜自己讲过：科技发展到今天，有那么高的科技，但是人类不配有那么高的科技。原因就是他认为人类的伦理高度不够。我有时候就想，光凭这一句话我们就可以断定张炜是一个理想主义者和道德理想主义者，这个标签对于张炜来说不算是一个有太大偏差的标签。但是很多人没有意识到，张炜通过《古船》《柏慧》这样的小说，以一个保守的姿态表达了激进的立场，以退避的姿态表达了批判的姿态。"

二、张炜与中国当代文学

张炜的创作几乎贯穿了整个新时期文学，他的创作与改革开放 40 年来的文学进程构成了非常紧密的关系，在每个重要的文学时段，我们都会看到张炜的作品。程光炜从"文学史"的视野，分析了张炜小说的意义和价值，他认为张炜小说对当代文学的贡献与价值主要有两点："一是高度概括、反思了当代中国史，再就是写出了作家在历史巨变中内心的冲突和挣扎。"张炜在这方面的代表作品就是《古船》，如果没有《古船》，"八十年代知识界的所谓'忧患意识'就白谈了，它使那次历史反思变得十分丰满、有血有肉了。当时这部小说所达到的思想高度，有目共睹。张炜是以一部小说写了一部当代中国政治运动史"。第二点是"张炜身上自始至终有托尔斯泰和陀思妥耶夫斯基的影子。他们都是善于刻画在历史巨变中内心的冲突和挣扎的伟大作家。陀思妥耶夫斯基是写邪恶的，托尔斯泰是写善的，张炜内心的剧烈有点陀思妥耶夫斯基的味道，但总体上，他的精神认同是向着托尔斯泰的善和自我救赎的"。"《古船》《九月寓言》这样的作品，不仅仅是写给当代人看的，他们不追求暂时的真理，而是写给后代人看的，所以读张炜的《古船》《九月寓言》，我觉得现在只有少数有思想、有思考愿望的人才会读懂和理解。"

从文学制度的角度来看，一个作家的创作是处在一个大的文学生产环境与链条之中的，黄发有从这个视角谈了张炜与当代文学尤其是山东文学的关系。黄发有指出因为今天的题目是张炜与中国当代文学，我想的就说张炜老师在文学组织尤其是对青年作家的培养方面做的工作，在我们以前的研究工作中还是会经常忽略的。张炜老师在山东文学发展过程中，一直是一个非常有示范作用的带头人，山东当代文学这些年能有这样的成就，确实他做出了非常大的贡献。现在他还在山东作协专门设立了张炜工作室，专门选拔了山东的一些出色的青年作家，给他们上课。

40 年的时间作为一个创作时段，对于一个作家来说是极为难得的。张炜的创作时间就超过了 40 年，伴随着张炜的创作，关于张炜的评论也是"与时俱进"。张新颖从张炜创作研究史的角度指出："当这样一个作家他创作超过了 40 年，我们对他的研究，从我个人而言，期待能看到这样一种研究——比如说，除了你描述他 40 年创作的轨迹这样一个思路之外，还能不能从一个空间的观点来看张炜的创作，他很有名的作品，包括他不太有名的作品，有些人说的那个'体量'这么大这么多的数量作品，它本身构成了一个生态系统。在这个生态系统里面，它有很多很多的物种。比如说，有的作家他也很了不起，但是他一辈子只种一个物种，他只会种苹果树，他一辈子种的所有的东西都是苹果树。但是如果是一个生态系统就不一样了，它一定有苹果树，有梨树，有山楂树，还甚至有别的东西。树下要长草，树中间要跑动物，刚才不是提到张炜写的很多动物，我也借用这个比喻，张炜有的作品是一个刺猬，有的作品是一个鲸鱼，有的作品是一棵很大的树，有的作品是很小的树，有的作品就是草，就是鸟，就是这样。如果我们有这样的视野来描述出张炜体量庞大的生态系统，这个生态系统本身是一个很迷人的东西。这个生态系统里面除了个别的物种、特别的物种，我们大家都认识到了一《古船》《九月寓言》还有什么什么？这样，认识这个生态系统里面个体的特殊性之外，还有就是把这个整体的生态系统的这个东西给描述出来。"

从作家的代际更替上看，张炜那一代作家往往都是改革开放以来四十年文学中的"庞然大物"，但当下的青年作家却基本没有这样的"庞然大物"。这固然与创作时段的长短有关，但也与时代氛围和作家个人的气质与趣味相关。何平从四十年当代文学创作历程的角度考察后认为"改革开放以来这40年的中国当代文学，20世纪40年代末到50年代出生的一批作家，都是在这40年文学中间成长为文学的'庞然大物'。可以说，这是一个中国当代文学的'庞然大物'的代际。这批作家以后，中国文学再往下走，越走越细，越走越瘦，越来越不'庞然'了。而且，照目前的文学形势看，我估计生于20世纪70年代、80年代的作家越往后发展成庞然大物的可能性越来越小了。"

当代文学中那些重要的作家，均会有一些处理历史的大作品，张炜的《古船》在这方面就有开创意义。房伟认为："《古船》除了家族叙事的开创性之外，还有一个非常重要的特点，就是在80年代中后期，给中国当代文坛提供了一种非常新的处理历史的方式，打开了长篇小说处理历史问题和现实问题的一种新的模式，这种历史的处理方式影响到了《白鹿原》，甚至还包括90年代一系列的长篇小说。"

当代文学中有各种潮流与实验，有些作家是这些潮流的弄潮儿，而张炜的创作则是入乎其中，出乎其外，很难归类。马兵认为："张炜其实是一个不太趋势的小说家。在过去，我们经常会讨论说，这个作家是文坛的弄潮儿，但是我们会发现张炜不是哪一种，哪一方面的弄潮儿，他是40年来最重要的作家之一，他有一个观点，我觉得几乎是和所有作家的说法都是背道而驰的，他一再强调说，他是一个不为读者写作的作家，而且他认为不考虑读者，其实是作家体现自己写作伦理的一个非常重要的特性，我觉得这一点是非常非常独特的。"王雪瑛认为："当我们在探讨张炜文学创作的时候，我想要讨论什么？在大家的发言中，有一个共识：他是一个大体量的作家，这不仅是指他创作体量大，更是指他的精神体量大。在他以创作参与当代文学发展与建构的过程中，我特别关注他与时代的关系，他如何把握自我与时代的关系，在作品中如何呈现对时代的认识与发现。""纵观张炜40年的创作历程，他始终关注中国20世纪历史大潮的走向，生动呈现时代嬗变中纷繁复杂的社会生活，深入描摹人物丰富的内心世界和人生轨迹，在时代演进中，叙写个体心灵史，呈现着个人与时代的深刻联系，体现着张炜真实的价值取向、思考深度和艺术创造力，也体现着中国当代作家的问题意识、思想资源以及文学追踪现实的能力。"

在今天这样一个"全球化"的时代，任何一个有重要影响的中国当代作家，他的创作自然也会引起其他国家学者、读者的关注。顾广梅从张炜作品的海外接受和传播的视角，谈了张炜作品的精神属性、价值意义，"海外学者普遍不认为可以轻易地把张炜老师归入寻根派、乡土派……但是，有学者认为张炜老师是可以归入纯文学作家，他们关注到了中国80年代文学当中的纯文学的探讨，认为纯文学的探讨和西方的纯文学不一样。西方的纯文学真的就是为了艺术而艺术的文学，它前面没有一个思想的脉络，因为80年代的中国纯文学之争是有一个脉络的，一个是要从政治的框架里边脱离出来，要避免文学变为政治的附属。另外一个是文学还要和商业化的媚俗抗争。所以他们是愿意把张炜放到纯文学作家这个行列里边的。这也是我所认同的。这是一个整体的海外张炜研究的接受视野。""欧美的学者在近几年把张炜老师的创作放到生态批评的框架里边来做普遍性的分析。他们认为张炜老师文学创作的中轴线或者说中心线恐怕不是别的，就是讨论了人与自然的关系。而在讨论人与自然的关系的意义上来说，张炜是个世界级的大作家。他是处在这个世界性的层级里边。所以，海外学者把张炜和其他讨论人与自然关系的世界级大作家，放在一起去讨论。"

一个作家的价值立场和创作的动力，也可说是这个作家独特的精神气质的根源。梅兰从"创作立场"和"创作动力"两个角度对张炜的小说进行了深度解析："张炜的小说是以理想主义的精神追求为支撑的，经常写主人公在漫长苦难历程中的精神跋涉，个人、历史还有现实，自我和他人，还有代际之间，年长和年轻的疑问、交流或者思索。""一位作家四十年来坚持自己的创作立场，我们也必须得考虑到这种坚持的内在动力，并且发现他的小说在艺术上的理由。在我看来，张炜小说里人的理据性居于中心位置，应该说这个问题的起点是中国当代的一个非常特殊的时期，因此给亲历者留下很深的心理和精神创伤，一生也很难忘记。所以在作品里面有非常多的无穷无尽的辨析、争论和判定。当代作家中没有任何一个作家长达四十年关注同一个问题，没有一个作家这么长时间思考这么一个问题，就是人的理据性。"

三、张炜作品的精神气质

张炜的创作体量是很大的，但在这些数量庞大的作品中，我们还是能够找到一些为张炜所独有的精神气质。陈晓明认为，张炜的作品中有一种"精神气质是大地，有大地的归属性，有一种大地的自我命名。在他作品的叙述中，这些人的活动、这些人的关系、这些人的命运、这些故事都有一种大地属性"，所以在张炜的许多作品中"他宁愿写无边的游荡，在大地上游荡，去流浪，他还归属于大地，总之是和大地在一起的。所以我想大地不只使他整个作品打开了宽广性、空间性，反过来让我感到他对大地的依存，他其实根植大地，他是实有，张炜的作品写的是实有"。"他是通过这些依据来给予他的这些人物一种美学属性，一种思想的属性、精神的属性。所以，我觉得在张炜作品的书写中，他打开了一个面向，不只是说一个美的事物，更是关乎生命的、生和死的问题。"

贺绍俊则从"现实主义"的创作立场和"思想性"的特质来概括张炜小说的精神属性。他认为："张炜是一位现实主义作家。他的现实主义功力在当代作家中是数一数二的。他的现实主义功力体现在他对现实场景的描写逼真生动，以及注重塑造典型环境中的典型人物等方面。但张炜同时又是一位以理性精神见长的作家，他的思想性是他的小说的一个很重要的特色。"贺绍俊认为，理解张炜整体创作的关键，就是要理解《古船》《你在高原》《艾约堡秘史》这三部作品及其隐喻的精神和思想，"'古船'这个文学隐喻的设置就表现了张炜他在思考历史与现实关系上的突破，他驾驭着《古船》，等于他找到了一所承载着古代思想精髓的船只。这个古船一直跟随着他，他驾驭着这个古船去不断地遭遇现实的挑战，他面对现实挑战总是能够从古船里寻找到他所需要的思想资源去化解现实中的问题。实际上《古船》这部小说试图用古代思想找到一种武器去解答现实中出现的问题。所以我觉得这种处理方式可以说在当代文学史上具有一种标志性的意义。就在这部小说当中，古船这种文学隐喻意味着开启了思考中国文化命运和出路的历史叙述方式"。《艾约堡秘史》"再一次显示出张炜锐利的批判精神，他的批判锋芒直指经济时代的内核：资本和物欲。《艾约堡秘史》是通过民营企业与民营企业家的矛盾，写了一种身心分离之痛，反映了经济与人性的不可协调。淳于宝册并不甘于成为经济的奴隶，所以他要将一座最好的别墅改成海神庙，将二姑娘供奉在庙里。这个细节的设置具有明显的寓意，这个寓意就是张炜希望今天仍然驰骋在经济大潮中的淳于宝册们能够为自己立一座精神之庙"。《你在高原》中，"高原是张炜的理想所在地，他的道德立场和精神信仰都源于这一高地。《你在高原》这样一部浩瀚之作，其实就是他寻访理想所在地的一次精神之旅。从古船到高原，再到艾约堡，张炜的这些文学领域是相通的，就是他始终对现实抱有一种怀疑，在怀疑中他顽强地寻找，但他没有最终的答案，因此，他还会在继续的寻找中产生新的文学隐喻"。

改革开放以来，尤其是进入 90 年代之后，社会主义市场经济的确立和深入发展，商业文明的触角深入我们生活中的每一个细节之中。栾梅健认为在张炜的创作中，反对重商主义是一个鲜明的精神标志，"如果我们对张炜的作品进行归纳的话，可以看到他主要是反对重商主义，他强调人文的价值。主张诗意写作"。一个大作家，他的创作领域一定是多面向的，他作品的精神气质也一定是多元的，在"现实主义"之外，对"神秘性"的关注也是张炜创作中另一个重要的精神特质。谢有顺认为："通过张炜的写作，让人重新思考写作是具有神秘性的一面。大地、万物、宇宙都是具有灵魂的，这个'灵魂'就使得我们的精神多了一个向度：超越性。""在张炜的小说中，一直有精神世界和世俗世界的对抗，其实是他想从这个世俗世界里面逃离，找寻精神世界中那些神秘、不可知、不确定的事物。我觉得张炜小说中有人文精神。人文精神是很中国化的一个表述。因为宗教还是要建构一个终极的、无限的、有位神的存在，但是人文精神通过自然文化、通过对万物有灵的这种观念的强调，通过宇宙神秘性这种维度的建构，还是会让我们觉得人在现实之上是有精神和想象的世界。所以，我觉得这个写作的维度恐怕是张炜一直在强调和追寻，对当代文学也是有启发的，就是让我们重新意识到写作的一种超越性、神秘性、现实之上的想象性，同时也让我们意识到作家，尤其是现代作家真的不完全是知识分子，不完全是由理性观念建构起来的对世界的描写者、思考者，我觉得还是要有原初的、祭祀般、具有通灵般的对世界的一种想象包括对世界的指证，因为只有这样才能扩大我们精神的边界。我觉得在这个时代里面，文学要想重新获得某一种力量，包括重新从过度边缘的状态获得更多人的呼应，还是要强调文学这一点的独特的意义。"

在张炜的创作中有着浓郁的浪漫主义风格和诗性气质，王侃认为张炜的诗性是这样的："它不是语言问题，不是技巧问题，不是工拙的问题，它是一个精神状态。""他对传统的强调，他对中国诗人传统的强调，李白、杜甫、陶渊明那个传统的强调，他对'野地'的强调，包括我知道现在张炜在不断在写儿童文学，我都认为是一种'反媚冲动'。在反媚冲动中展现出来的那种诗性，跟我们一般强调的语言技巧是不一样的，不是一个层面的概念。"

一个优秀的作家，可能从其创作的早期就奠定了创作的基调和精神气质。王学谦认为："和许多优秀作家相似，张炜一开始就表现出鲜明的个人风格，一种清纯透明的抒情特色，同时，他又展示出强大的突破、探索能力，从清纯变得复杂、博大和丰富。我发现，在个人风格的稳定性与探索、变化之间，张炜总能获得一种良好的平衡，这里面存在着一种个人的稳定性底子，是张炜小说的基本结构性力量：自然与社会的二元对立。尽管作家都希望下一部作品对于前边的作品是一个巨大的突破或革命，但是，实际上是不存在的。在文学史上，那种作家完全脱胎换骨式的革命，基本都是失败的。这里从张炜早期短篇小说《一潭清水》去理解张炜小说的基本结构及其变化。"张炜的"小说，实际上是关于人类堕落与拯救的这一古老原型的变化。'自然'一方面是描写对象，另一方面也是丰富而深厚的价值隐喻；是渴望、缅怀、追忆、思念的对象，这是张炜理想主义的源头。他始终无法放弃自然的澄澈天空。与自然对立的是社会，是欲望和喧嚣，涉及改革现实，也涉及比较远的历史状态。张炜文学就是这种自然与社会对立叙事的各种复杂变化，在不同的历史时期和文学背景之下，这种自然与社会的对立具有不同的特点"。房伟也谈到了张炜小说中的"自然"问题，他认为："张炜的小说把自然作为一种本质化的东西，提升到了一个本质化的思维方式。这在 90 年代也是非常有特点，因为在 90 年代文学书写中，不是没有人去写自然，也有很多作家去写自然，但是把自然作为一种哲学观念提高到一个本质化的观念，来形成一种对抗是张炜所独有的。所以，在他的笔下就呈现出了一种非常强的对抗性，那就是自然之子和恶之子的对抗。"

李骞侧重分析了《丑行或浪漫》的思想主题与精神气质，他认为："《丑行或浪漫》思考了一个人类生活的最直接的问题，就是性和爱的问题。刘蜜蜡的两次逃亡，它体现了一种女性的坚强的品格。"

在当代文学中，许多作家的创作都会写到苦难，但往往都是"直面"苦难，而张炜的"苦难叙事"在赵月斌看来则是一种"反苦难"叙事，"张炜的'反苦难'书写还表现在几乎不涉及极端事件、惨烈场景，像非正常死亡啊、重大灾难事故啊，一般不会在他笔下出现，他表达的像一种静态的苦难，一种死水无澜似的苦难"。"另外值得注意的是，张炜不乏其有趣、好玩的一面，他的'反苦难'不是避重就轻，不是拈轻怕重，而是以四两拨千斤的笔触，让你看到苦难时世的荒诞性，看到'不可承受的生命之轻'。""张炜笔下的厚重绝不是沉滞冗赘或泥沙俱下的，在面对历史与现实的深重苦难时，他没有用浓笔重墨为这种沉重层层加码，而是以幽默、反讽的方式，戳破那个沉重的外壳，让你看到'在遭受痛苦与希望减轻痛苦这二者之间的联系'——这也是卡尔维诺说的文学所要寻找的一个'常数'。"关于张炜的"苦难叙事"，木叶则认为"张炜的苦难叙事和书写，可能不是那种苦大仇深的方式，也不是暴力美学，而是借助其他的方式来讲述苦难，用他自己的话来讲，这种东西其实在中国很多小说家中也都有涉及，他是把苦难和生命本身的一种精神，做了一种对位法的书写"。

从"自然之子"到"生命主义"，一直都是张炜小说创作中的重要主题。丛新强以《独药师》为个案，分析了张炜小说中的"生态文明"特质，"任何一种文明的消失，对人类来讲都是不可逆转的，都永远不会回来的。所以我想文学最终除了关注所谓的历史、人性，还要关注人类文明。在《独药师》中是非常明显的历史和人性这样一种关系的结合，但是再进一步可能真的是一种人类文明的问题，这是人类所面对的共同的命运"。赵娜也从《九月寓言》《刺猬歌》等作品分析了张炜创作中的生态思想。

04

| 自述与访谈 |

《斑斓志》附记

张　炜

　　完成这次讲座的难处，在于古往今来言说苏东坡的文字太多，好像已经没有更多的话要说了；再就是诗人本人以及关于他的文字太多，要阅读它们并有所认识需要太多精力。但出于对诗人的热爱，这个工作我还是不想放弃。真正进入浩瀚的作品才发现，以前自己有关诗人的印象与认知是多么肤浅，他对我而言基本上算一个"熟悉的陌生人"。除去他人无数的描述和研究之外，我还要将其诗词及策论诏诰等公文全部读过。中间有过多次停顿，这不仅因为事冗耽搁，还因为越来越多地陷入思索。

　　与过去不同，这次仅为讲座准备的讲义就超过了10万字。

　　感谢华亭、陈永、北华、姜颖四位朋友，他们将错误百出的转录电子稿加以订正，才能使后边的工作得以进行。古典文学专家士彪教授不辞辛苦，仔细审读了20多万字的电子定稿，并将其中引用的全部诗文从版本学的角度加以择取，提出了宝贵的意见。濂旭先生前后付出了极大劳动，他不仅从头校听了30余小时的现场录音，在定稿上补入大量缺失的诗文，而且还把诸多口误和错置更正过来。这个过程耗费了他大量的时间，远不是一句感谢所能回报的。

　　更多的期待还要留到后来：不断听取广大读者的声音。苏东坡是言说不尽的，我将不断做出新的修订。

2019 年 12 月 30 日

《不践约书》序

张 炜

　　这部诗章虽然命名为《不践约书》，却实在是心约之作，而且等了太久。我深知要有一个相当集中的时间来完成它，还需要足够的准备。我已准备了太久。

　　一场全无预料的瘟疫笼罩了生活，而且前所未有。多半年半封闭状态下的日子，实在是一场砥砺和考验。由忧闷到困境，从精神到肉体，持续着坚持着，直到今天。

　　在这样的时空中，我似乎更能够走入这部诗章的深处；也只有这次艰辛痛苦却也充满感激的写作，才让我避开了一段漫长枯寂的时光。

　　我珍惜这部诗章。

2020 年 7 月 29 日

中国故事的讲法：雅文学传统的复活与再造

——关于《艾约堡秘史》的对话

张 炜 顾广梅

一、"秘史"何在？文学何为？

顾广梅：张炜老师您好！您的新作《艾约堡秘史》刚刚出版，这是您40年的创作道路上、1500多万字的文学王国当中的第21部长篇小说。这部艺术撞击力非常强的"纸上建筑"，就题目而言，"艾约堡"是空间，而"秘史"是时间，时空架构在一起，成为一个颇有深意的奇妙时空体。作品最重要的意义，在我看来，是对中国当下境遇、当下中国问题的最具有原创性的中国式文学表达。这里有三个"中国"：中国境遇、中国问题、中国式的文学表达，我想这证明您40多年来的文学笔力，达到一种酣畅淋漓、神妙高远的境地。您贡献的这部作品所叩问的核心问题，是我们的前人没有碰到过的，今天我们在走的现代化转型之路，像是在摸着石头过河般地探寻，碰到的许多问题还没有明晰的答案。您在《艾约堡秘史》中努力提供了您的答案或者说某种方案，或许也会成为我们想去抵达的那个答案。

小说触碰的核心问题，当下中国社会现实的难题和困境究竟何在？我想是作品所揭示的，随着传统与现代、地方性与世界性这些矛盾冲突的展开，一个致命的问题出现了，强大的资本力量介入自然生态和文化生态之中，展现出殊死的斗争、矛盾和纠缠。这种矛盾纠缠的后果除了表现在侵吞掉像矶滩角这样的小渔村，当然小渔村的消失并非最严重的问题，还有随之消失的地方文明和传统文化，更重要的是小说中通过人物吴沙原之口讲出来的，诸如正义、正直、公理、劳动等，人们不再相信了，这是最麻烦最可怕的，也是作品在思想上抵达的深度。正态的价值伦理体系遭遇垮塌和崩溃，最终形成您在《艾约堡秘史》中预警的"灾难性的后果"也构成了您书写中国故事的关键词之一。吴沙原的话久久回荡在我们的心灵通道，这是一个智者振聋发聩的文化预警。如果不早一点意识到这些矛盾、勘破这些难题的话，"灾难性的后果"可能真的会到来，正常伦理价值崩溃之后，取而代之的是巨大的恶、是绝对的私利等等人类无法掌控的异己"怪物"。

小说除了立意的深刻和高远，还有本身的可读性，作品写得血肉丰满、非常优美，里边的人物简直是历历在目、栩栩如生。比如，四个主要人物，两男两女，其中一位重要的男性人物叫吴沙原。吴沙原这一个人物比主人公淳于宝册用力要少一点，淳于宝册是主人公，而吴沙原的存在有什么意义呢？他是矶滩角这个小渔村的村头，他明知道最后的结果是和强大资本集团做斗争的失败，然而他却要苦斗下去。他跟淳于宝册说，我就是要跟你斗到底。

在这个人物身上我们看到了您之前的文学作品的"影子"，或者说是您塑造的那一系列思考者、抵抗者人物系列的"影子"，像《古船》中的隋抱朴、《刺猬歌》中的廖麦。从这个意义上来讲《艾约堡秘史》不是一次转型，是一次对您之前就有的现实主义书写的自我超越，而且这次自我超越来得特别难，因为所探讨的问题比《古船》《刺猬歌》所面临的问题更要具有当下性、整体性、复杂性，也就更具有难度，因为没有答案。

我想请教您一个问题，吴沙原这个人物的存在，在作品中有什么样特殊的意义吗？您在设计这个人物的时候是否也想到了之前自己文学谱系里边出现的人物形象？

张炜：吴沙原这个人在书里不是个主要人物，可能排第三、第四的样子，但是很重要。主人公淳于宝册是一个所谓的成功者，但他心里某个时候一定渴望拥有吴沙原的灵魂。吴沙原是他的对手，但在某个时候他渴望成为那样的一个人。

有人讲，《艾约堡秘史》看完了以后，觉得里面并没有惊人的"秘史"。他们主要想从社会层面寻找隐秘，它当然有，从字里行间看得细一点，会发现。真正意义上的"秘密"不能大吵大嚷，它要以自己的方式存在。这书命名为"秘史"，主要还指人性。要上升到这个层面。一般读者重视社会层面，像财富和权力对社会的作用之类。

但写作者最终还是写人：人的魅力、人的奥秘，要写出一个有魅力的、复杂的人。一部长篇中至少有三两个这样的人物，这是最值得重视的。如果作者面对淳于宝册这样一个重量级人物，能够面对他人性里的所有隐秘，也一定会揭示许多社会的秘史。这个时期所有的难题，主人公遇到很多，而且作为一个敏感的人，他比我们痛苦，并且不会因为自己的成功和辉煌而减轻痛苦。这样的一个人在九死一生的过去经常发出哀求，现在成功了，哀求之声却变得更大，那大半是在午夜。这就是隐秘。

大家注意到他是一个巨富，其实这个身份并不重要。他的价值不在于是一个巨富，而在于他的极其丰富性和复杂性。他怎样对待昨天、荣誉、爱情、权力，如果把这一切呈现出来，所有期待回答的社会问题、道德伦理问题，其他各种问题，都包含其中了。这个阅读过程，是一次人与人之间的深度对话，是关于人性隐秘的共同探索。

顾广梅：那么小说标题中的"秘史"二字，其实是可以理解为淳于宝册、吴沙原这样的现代中国人心灵史、精神史当中最隐秘的部分，也同时会折射出一个现代民族国家发展史、进化史中最隐秘的部分，所以面向"秘史"的书写本身便背负着责任和使命。这也使小说天然具有了一种沉重、崇高的美学气质，给读者带来强大深刻的心灵撞击力。读这部小说的时候，仿佛觉得小说里面的每一个人都是我们自己，它有我们当代人内心的呐喊、焦灼、叹息……每个人都不可能回避或者漠视一些重要问题，尤其是资本巨大的异己力量。您写巨富的秘史写到了资本这一外在之物，连巨富自己都掌控不了了，这恐怕是"秘史"中的"秘史"。

有意思的是，您为"秘史"还特别构想出了一个"艾约堡"，它既是巨富淳于宝册的栖息之所，又是极富象征意义的空间。我在评论您的另一部长篇新作《独药师》时，曾经用福柯的"异托邦"词来阐释男女主人公季昨非、陶文贝各自居住的阁楼。比较起来"艾约堡"这个异托邦的象征意义似乎更为复杂多义。在济南市泉城路新华书店您与记者的见面会上，有一位记者朋友便提出来，为什么叫"艾约堡"，有什么深意？看来敏感的读者都有探究谜底的欲望。

张炜：淳于宝册这个人物受了很多苦，内心很倔强，很刚，从不向黑暗的东西低头认输，不求饶。但我们似乎能感受到他内心里的呻吟，"哎哟"之声很大。他一路上九死一生，只是把求饶声隐藏下来了。他心里的哀求只有自己知道，现在，敏感的读者也会知道。他心里"哎哟"不断，所以才建起一座居所，并且那样命名，以纪念和提醒自己。有人说实际上淳于宝册是为自己建造了一座"屈辱的纪念碑"。有道理。

宝册九死一生，经历了那么多苦难，几次活不下去，到了花甲之年却遇到最大的考验、最大的坎。原来他苦斗一生拼尽所有，今天也仍然没法超越：爱情问题、形而上问题、生老病死以及被财富异化。活到现在，对世界的见识太多了，隐秘也洞悉了，却像进入了一座迷宫，再也转不出来。最大的告饶和哀求，原来不在昨天，不在流浪之路，而是到了所谓的人生辉煌期。他听到了午夜里灵魂发出的哀求："饶过我吧！"就是这绝望的声音在回荡。

我们了解的很多巨富和所谓的成功人士，他们的生活和爱，已成概念。一方面被写成了概念化，另一方面这一类人本身就活得很概念化。这次要写这样一个人，面临的难题很多。

顾广梅：那么该如何理解淳于宝册这个作为现代人的巨富形象呢？或者说如何理解这个人物身上的那些最隐秘的部分？

张炜：我在北京新书发布会上说过，1988年的时候遇到以前的一个文学青年，他已经做了企业，做得很大。这个人心智丰富，很不一般，绝顶聪明，是很浪漫很有内容的一个人。他活得不庸俗、不概念化、很自我。我只把他当成这样的人，"巨富"这个身份对他来说只是一种巧合而已。他不过是一个引发点，引发我们对人性本身去作深刻探讨。对写作来讲，巨富的身份不重要，不过对于社会层面和一般读者，可能就不同了。因为巨富更能够改变一些人的生活、干涉一些人的生活、影响一个地方的发展路径，显得很重要。

淳于宝册比一般的人多了一份自由，他像猫一样自我。他不是因为有了钱才这样，而是心智发达。他内心里储备的苦难、知识，更有文学方面的非凡才情，让他变得非同一般。他做了很多成功者干过的坏事，但一般的成功者对人生的洞悉、在生活中抵达的精神高度，根本没法与他相比。他具备了"伟大"的素质，表现出强大的生命力。作为这样一个人物，他对我们才是重要的。

他是一个极其复杂的人，既虚荣又虚伪，但有时又非常真挚，极其善良或残忍。所谓的"伟大人物"也难免如此。比如他的"君子远庖厨"，就是中国传统文化中对"仁"和"善"的定义与要求，这对他深有影响。说他虚伪也好，一种恪守也好，有时就那么单纯和复杂。他公开愚弄别人，像孩子一样作假和撒谎。把这样的一个人写到真处，每一个角落都加以挖掘，是有难度的。比如怎样把巨大的虚伪和超人的真挚一起呈现？好色却又纯洁，不顾一切的热烈追求，都在同一个人身上了。

二、雅文学传统的复活与再造

顾广梅：《艾约堡秘史》我细读后有种强烈的感受，就是作为一个研究者，我深感对您这 40 多年来文学创作的研究和把握往前再推进一步了。之前读您的《独药师》、更早的《九月寓言》《刺猬歌》等作品已经有一些把握，但还不敢明确地下判断，这次读到《艾约堡秘史》，我想是时候提出来了。您的创作在当代中国文坛之所以能始终保持鲜明的个人辨识度、强烈的异质性，根本原因在于您对中国传统雅文学的继承和追求，在小说的虚构叙事中努力实现对诗文传统的复活、再造，这是您区别于其他当代作家的最根本之处。不知您是否同意我的这个判断呢？

张炜：你说出了我的创作秘密，第一次听到。关于继承，这是一个很复杂的问题。我继承的是像《诗经》《诸子百家》《史记》《楚辞》《唐诗宋词》和中国的传统戏曲。另外，《红楼梦》对我影响非常大。它是中国古典小说的个案之一，继承了中国的诗词与戏曲，所以气质不同。雅文学的传统脉络中基本上没有小说，这就给后来现代小说的发展带来了困窘。

顾广梅：我悟出来这个道理，是在 2016 年研读《独药师》的时候开始明晰的，觉得文辞太典雅了，里边既可以雅，也可以从雅转换为通俗，通俗绝对不是庸俗，而是让普通老百姓也能读懂的那种通俗，因为小说是叙事类的，往往要走向这个方面。但您内心文人的梦、文人的气质，让您紧紧地拽着这根绳，让"俗"绝对不俗下去，而是一定要"雅"起来。您的作品一直是抒情化、诗意化的，可谓"雅"之表现。小说当中常常寄托着传统文人"书与琴"的理想，淳于宝册自剖说他是嗜读者，另一方面他还特别喜欢听林校长弹琴，包括《刺猬歌》里主人公廖麦晴耕雨读的理想，这无疑是传统文人雅士的审美理想和文化理想，在作品中创造性地和人物的命运走向交织在一起复现出来。这也就可以理解为什么喜欢您的读者是一批高雅的读者。

张炜：我近 20 年来写了两本书，这是 40 多年之后才抵达的，就是《独药师》和《艾约堡秘史》。不过，我的写作计划还没有完成，是想写出好诗，做挺大的诗人才好。年轻时候写诗，后来还是不停地写。读唐诗宋词、《诗经》《楚辞》、中外自由诗，受了很大影响。自我期许很强。已出版的诗集皆不满意。文学的核心是诗，慢慢地像摊饼一样摊开，从散文摊到小说，已经是它薄薄的边缘了。

顾广梅：我愿意尝试着称呼您为"诗人小说家"。因为您胸中有诗、心中有诗，笔下也写诗。您所谓的"往外摊了"，实际上是打通了古典诗文的传统与现代通俗叙事、虚构叙事的边界，是突破和跨越小说边界的大胆冒险。您把古典诗文中那些优雅的文辞转化过来讲故事，形成绚丽、婉转、优美的叙事。这或许是目前我对您的创作最核心的理解。

从中国雅文学往上回溯，是有这样一个写作脉络的。最早是在唐代，唐代的传奇小说家们已经开始了最早一批的艺术实验，从唐宋传奇到明代的戏曲，比如陈鸿的《长恨歌传》、元稹的《莺莺传》和汤显祖的《牡丹亭》，后来到蒲松龄的《聊斋志异》，另外还有文人们的笔记体小说，就是这样一批文人雅士在诗文传统之外建构起一个全新的虚构叙事的文学世界，这些古典叙事作品现在找来读一下会觉得特别的雅和美。他们用雅文学的笔墨语汇，即诗与文的那套笔法转换过来叙写各式各样的民间故事。但因为毕竟是在古典文学的传统框架里边，今天看来是存在一定局限性的，比如，诗文笔法的运用有套路化、模式化之嫌，后来甚至出现滥用的情形，影响了叙事的自由展开。

而您现在做的工作实际上是用现代小说的精神来复活、激活传统诗文的语言精魂、审美精魂。周作人、废名、沈从文这些现代作家曾经尝试着做过这个工作，也取得了相当重要的文学成就。当代作家里面像汪曾祺是这方面的继承者，他曾经被称为"中国最后一位士大夫"，不过他主要集中于地方风俗人情的雅化工作，您当下所做的文学实验更有整体性，也更有革命性，因为不仅要借此激活地方文化、传统文化，还要去直面解答一些复杂缠绕的现实难题。所以在我看来，您在中国当代文坛最为独特的意义在于，您是把中国传统雅文学、中国诗文传统与五四新文学运动以来现代白话革命的成果融会贯通并续接打通的作家，把在地性的现代白话语言，以及您故土所在的胶东半岛的地方语言进行了创造性的审美转换，由此生成了新的叙事型的雅文学。可以说，您对雅文学传统的创造性继承和转换工作做了40年，做到《独药师》《艾约堡秘史》已经达到了一个令读者叹为观止的妙境。您的文人雅士的审美理想和意趣，您的书与琴的优美诗文的语言……这些都与现代性的虚构叙事如此难得地融合杂糅在一起。想问一下，您是如何想到把中国传统的诗歌与文章的雅境雅趣，尤其是语言上的那些雅语结合起来的呢？比如，淳于宝册的雅语就特别多，他喜欢说"阁下""您"，他说蛹儿这样美好的女子在书上叫"人儿"，这大概是我们中国传统文人理想的语言状态。

张炜：你讲到怎样继承文学的传统。写作的人都有一个问题，即怎样继承自己的民族传统，完全学外国是走不远的，因为毕竟是这个土地上成长起来的。问题是民族传统中有很多支流，比如小说，大致是一些通俗小说。雅文学怎么继承？以长篇而论，只有一部《红楼梦》是雅文学，还有三部民间文学，《西游记》《三国演义》《水浒传》。民间文学不等于通俗文学，那是在民间口耳相传很久，由文人整理出来的。民间文学跟通俗文学貌似，都有传奇色彩，烟火气很重，但它们的品质是不一样的。通俗文学是由一个或几个人创作的，而民间文学产生在无限的时间和空间里，是不可预测的巨大创造力的结晶。

中国现代小说，雅文学，几乎没有自己的传统可以继承。西方的小说主要继承了戏剧和史诗。一个通俗作家继承小说传统是没有问题的，雅文学作家会有问题。但也未尝不可：吸收它的某一部分营养。我没有这样做。

顾广梅：所以说中国作家们的传统继承问题就显得有难度了。是借助古典的诗文传统进行高难度的二次创造，还是从民间虚构文学中直接汲取叙事营养？或者是从西方叙事传统中借镜学技？这不仅是关乎技术层面的问题，更是关于作家审美理想、文化旨归的根本问题。您对中国古典诗词和古代典籍相当熟稔，您的"古典三书"包括《楚辞笔记》《也说李白与杜甫》《陶渊明的遗产》透出的真功夫，确乎证明了您的精神谱系、文学资源乃至语言符号系统，您精神的根须、文学的灵性深深扎根在中国古典诗文传统当中。这已经引起研究者的兴趣和关注，学者郜元宝曾专门著文论述过。他把您的小说创作与古典资源之间看作是"互文"关系，这是很有意义的尝试性把握和定位，就像文中指出的："从《古船》到《仇月寓言》，楚辞式的忧愤深广与异想天开，不是始终融为一体吗？""《融入野地》《九月寓言》分明又洋溢着《桃花源记》《归去来兮辞》的气息，甚至'不足为外人道也'的'海边葡萄园''万松浦书院'与色彩斑驳的'隐士'文化也不无干系。"这些判断颇有深度和说服力。不过，这篇文章主要从精神渊源的角度来看所谓的互文关系，没有提及语言层面的重要问题。

其实，您对传统雅文学的复活和再造，不仅是精神资源、文学根性、审美理想的继承与发扬，更是语言层面上创新性地大胆活用。毫无疑问，文学史上的每一次潮汐涌动都离不开语言的革新甚至"造反"。《艾约堡秘史》中最令人拍案叫绝的是那些看似随意穿插在全文中的篇章片段，就是老椐子带领手下的青年怪才们为淳于宝册精心编撰的有关狸金集团各种大事小事、虚虚实实的文字材料，为了迎合他的雅趣雅兴，在文辞上竭尽修饰雕琢之能事，用古典文言追求最大化的雅致表达。以至于淳于宝册每每阅读，竟生出"狗东西转起词儿来也着实害人"的念头，但又欲罢不能，越读越上瘾。有意味的是，这些插入的叙事片段文辞虽极雅，美学效果却是令人忍俊不禁的幽默，但又绝没有流向滑稽或者油滑一路。这就显现出语言高手的功力了。如此这般的文中文的套嵌式运用，和戏中戏的复杂审美效果有些相似，值得反复咀嚼回味。这可以视为您的一次艺术实验吧。您自觉地讲述最鲜活的中国故事，没有禁锢在传统雅文学的固有思维和表达方式中，而是赋予这些优雅的文辞以现代叙事的艺术活力和美学质素，锻造出现代小说具有的混杂性、复调性品质，开拓之功力显。

当代作家中有古典诗文修养当然不止您一人，但能把这种修养自觉内化为文学资源、审美理想的却不多，尤其是像您这样能将其贯穿进自己的全部文学创作中，一点一点地晕开化开，一步一步地走来，扎实而可信地让读者领悟到您对雅文学的继承与再造之功。《独药师》《艾约堡秘史》都足以体现您在讲述中国故事时，对雅文学的复活再造逐渐步入自由自然之境。

张炜：雅文学的写作就是诗与思，是语言艺术，执着于每个标点、每个符号、每个词汇。真正意义上的文学阅读就是从享受语言开始的。说了太多作家的苦，幸福却不为人知，沉浸到语言艺术中几个月，这几个月一定幸福极了，享受极了。这段时间应该是过得最愉快的时候。能够享受自己的语言，这是多么好的事情。如果不能在自己的语言里陶醉，肯定不会有好的写作。

三、巨大的愤怒与技术的难度

顾广梅：4月14日我们在济南市泉城路新华书店关于《艾约堡秘史》做现场对话的时候，有一位读者朋友比较赞同我所说的雅文学继承与再造的问题，他同时还关注到您在小说中彰显出来的和古代文人墨客一脉相承的家国情怀，您所焦虑的现代化进程中怎样保护生态环境，保护传统文化以及对未来的担忧令人肃然起敬。比如，吴沙原和淳于宝册激烈地争辩，说我们的河流被污染了，鱼都死了，人都长病了，几辈子我们都没法偿还这个债。

张炜：写作中遇到的最大困难在哪里？巨大的不安和愤怒、忧虑，这些社会层面的问题，对作者构成了很大挑战，当然需要把握。任何一位好作家心里的愤怒和爱都会是饱满的，这些道德元素甚至是写作的前提，是创作的基础。但作家有时面临的不是热情不够、责任心不够，而是其他，如技法层面。有人讲写了40年或更久，文字在手上想怎样就怎样，怎么会有技法问题？这可不一定。作家的每一部书都会在技法层面遇到难题，因为不能完全沿用业已形成的那些经验和技术。依赖几十年的经验结构一部长篇很容易，如果每天写五六千字，很快就可以完成一个大致不错的长篇，但这一定是失败的开始。量的积累没有意义。每一部长篇之间尽可能加强距离感，这才有张力，所以要拥有新的笔调和语言。

顾广梅：您曾经在一次演讲中提及山东当代作家，就是"文学鲁军"的创作问题，您认为山东作家们的道德感、使命感普遍强烈，这当然和儒家文明的熏染浸润密切相关。愤怒、正义、责任这些道德伦理因素已经积淀成文学鲁军的精神底色。但同时您也指出山东作家对技术的重视和锤炼还有待提高。您近两年推出的《独药师》和《艾约堡秘史》在技术上实现了怎样的攀援和搏击呢？

张炜：《独药师》和《艾约堡秘史》的语言、叙事方式、结构和意境方面应有极大的不同。所以寻找一种技术支持，完成一次长跑，对写作者来说会是最大的难题。羞于谈技巧，愿意谈责任，这并不是好事。在技术层面勇于突破自己，这才是写作。

《独药师》《艾约堡秘史》都设计了"附录"，这需要许多技术处理，比如结构的均衡性。就《艾约堡秘史》来说，把附录的三部分从正文拿掉，并不影响故事的完整性，结构也完整。在完整的故事框架之外可以缀加，如果读了正文意犹未尽，再读附录。它与正文有一种间离效果，好像所记不是确指与实在，不是必然，而是或然，这就对文本有了另一种呼应。

是一点现代主义的成分：看起来不经意的、随意的、率性的，使用了三段过去的经历。但是这些经历很明显地表现出一个人内在的仁善和柔软，还有苦难。我们将进一步同情主人公：这个人活得太难了。正因为如此，他今天应该好好活着，这有两个层面：一是世俗层面（他活得很好，身体大致可以，有钱有权力）；二是精神层面（活得有良知，有正义）。受了这么多苦，今天可要好好活着。

顾广梅： 有意思的是，我听到一些读者朋友包括专业研究者都对您与主人公淳于宝册之间的关系感兴趣。有读者问，主人公是否多少有您个人的影子？或者说主人公对资本的焦虑，有没有您个人在现实生活中的一些焦虑和体会？

张炜： 所有的作者努力在做的一个事情，就是一定要让笔下的人物远离自己，越远越好、越安全。这个安全是指理解作品时，不能简单地和作者画等号，这会影响对文本的理解。表达的一切远比个人经历要复杂得多，但无论怎样，最后会发现写了一千万字、两千万字，或者像歌德那样写了三四千万字，最终却只塑造了一个主人公，那就是作者自己。他没法掩藏。

但这不是就一部作品对号入座，比如说淳于宝册在学校的一些感受、流浪的一些感受，经历者都有体会。但这只用来进一步探索笔下人物，而不是去局限和界定他们。不要说写一个人，就是写一只猫，也要借助作者的生活经验。原来个人的生命经验不仅对于理解他人有用，即便用来写一只小鸟也非常重要。所有生命既复杂又相通。一个人生活经验浅薄，写猫也写不好。个人的生存经验、生命体验，对于理解其他生命是最重要的条件。

顾广梅： 您是用倒着不断往回闪的方式写了主人公淳于宝册的一生，这样不断闪回的一生，是用心灵的渠道、用心灵的笔法写出来的，这里边有很多心灵的辩证法。淳于宝册最理想的那个自我的灵魂投射，可能有一部分在吴沙原身上，还有一部分投射在他的真爱欧驼兰身上，也就是说在这两个人物身上都有淳于宝册的一部分自我。这个人物充分体现了您所追求的那种"隐秘的丰富性"。

我觉得这部作品一直在纠结、探讨一个问题，除了现实层面—社会问题、经济问题等，那就是资本这只"看不见的手"对淳于宝册的控制，还有更重要的，就是这个人物始终在寻找，他在拷问自己精神的来路和去路。为什么他一路上都在回忆，他要让他手下的"老楷子们"写他的传记，就是要寻找他自己的来路，人生之初的本性是什么，他想做什么，以及他最后做成了什么。他成了什么样子，还有未来的他将去之路，那也就是这个人物的过去、现在和未来，在这本书里边是打通了来写的。

这三点，他的过去、现在与未来，在您笔下我觉得写得最诗意的部分是在未来，因为这个人物的复杂性就在于他直到 60 岁花甲之年，还没有找到他最想成为的那个自己。他说他想成为一个大著作家，他想写书，成为作家或者诗人，他写不了诗，但是他可以写书。还有一点，他不断地自我忏悔或者说自我反思：我为什么会变成了今天这个样子？我成了一个企业家、实干家，甚至我还成了一个说谎的阴谋家，我是一个很虚伪的人。他很不能认同自己的这些面孔。您怎么来看待您的人物，他在过去、现在和未来之间都在自我寻找和自我认同，对于我们读者现实境遇里边的每一个自己，您有什么样的提醒，怎么样找到最想成为的那个自己呢？这里边有什么样的心灵的法则或者奥秘吗？

张炜：淳于宝册是第一流的人物，所以无论做什么都会做得很好。现在阴差阳错成了一个巨富。假如他是一个管理者、一个著作家、一个情种、一个银行家，以其心智的丰富性，都会达到很高的量级，注定了是一个不凡的人。

他今天的位置是一种偶然，他自己也理解这种生命的偶然性；实际上他完全可以做很多事情，最大的痛苦是没有时间了。爱情方面、著作方面，许多。面对生老病死、爱恨情仇，许多大事都等待他去完成和尝试。有个电视连续剧里说到一位帝王的奢望：还想再活五百年。他们不甘心来到人间短促地走过这一趟，因为是一个巨人。巨人很难写，很难满足，也很难表达。

顾广梅：其实淳于宝册的难题何尝不是我们的难题呢？这个人的丰富和复杂性就在于，他始终都在拷问纠结自己精神的来路和去路，何去何从，这是现代人都在纠结的问题。而且淳于宝册的不幸，也就是您对这个人物蕴含的大悲悯是什么？就是他活到花甲之年才终于觉悟真爱为何。还有他从吴沙原身上终于醒悟原来资本还有那么恶的一面，他跟着老政委是悟不出来这一面的，正是这两个截然不同的人物的存在提醒他资本之恶和资本异己的力量。所以淳于宝册不仅是一个巨富，他就是我们活在当下每一个人的内心，我们都想寻找那个最美最好的自己、最想达到的自己，淳于宝册也是在这样追求的。

张炜：《艾约堡秘史》里边有四五个重要的人物，其中最重要的是淳于宝册，他做的事情特别多，想法复杂得不得了。这样的一个人，只能借助于个人的生存经验、生命经验，用想象去抵达那些隐秘的、狭窄的、一般人走不到的心灵角落。讲到一个人的文学才能，就是看其想象力思维力能否抵达那些非常偏僻的地方，它越是偏僻，也就越有难度。

他经历了那么多苦难，才有了今天的不安和觉悟。说他是了不起的、"伟大"的人物，也包括了其常人不能拥有的奇特经历：苦难几乎达到了顶点，从死亡的锋刃上踏过来。这样的人无论遇到多么大的幸与不幸，都能够制胜。他轻易不会满足今天的生存状态，会拥有一个永远不能满足的未来，这种遗憾和痛苦才构成了他的生活。读者会有很多联想，联想淳于宝册未来如何，矶滩角未来如何，欧驼兰未来如何。书是开放的结尾，因为没法不开放：他们自己不能确定自己的命运，作者又怎么能？

很多人常问一个问题：作品为谁而写？回答只能是为那些具有文学阅读能力的人。因为对方没有这个能力，书是白写的。要具备这种能力不一定拥有很高的学历之类。文学阅读是一个复杂的审美过程，审美能力的缺失，如对语言不够敏感，对文字没有还原力，再多的知识也难以弥补。有时一个人刚能够磕磕巴巴地读书，却有一种感悟性敏感性，对细节、幽默、场景、意境与词语，很能心领神会。所以有时候听一个孩子谈文学，他虽然不会使用时髦的术语，但一听就知道他深深地领会了感知了。可见这是生命中天生拥有的一种能力。

所以一个对于美、对于文字、对于诗性迟钝的人，读再多的书也没有用。审美力每个人都有，怎样保持它的鲜活，使之生长，不致枯萎，却是都要面临的一个大问题。写了许多东西，读了许多书，会有很多经验。经验固然好，可是也会变为成见。所以有时候将一本书交给那些有了成见的人，反而是不可期待的。如果心里装了许多教条和术语，怎么会自由自在地感受？文本是自由的，它是活生生的鲜活的生命。

文学阅读要从语言开始，因为它是语言艺术。所以一定要贴着语言走，一个词语、一个标点都不要忽略。有人以为大体一翻就可以了，对不起，那不是文学阅读。如果不喜欢扔掉就可以了，真正意义上的好书可不是那样读的。

真正意义上的文学阅读太有魅力了。多大的魅力？让人几个月之后，脑子里仍然回荡着一本书所描述的旋律和意境。有时阅读中最怕的事情，是这本书快要读完。好书越厚越好，可惜这种书太少了。不能说《艾约堡秘史》就是这样的书，但可以说作者近二十年写作最沉浸的有两本书：一本《独药师》；一本《艾约堡秘史》。它们准备与那些具有文学阅读能力的人，进行一次饱满的对话。

顾广梅：济南的读者见面会上，有一位读者朋友的提问很有意义，他问《古船》和《艾约堡秘史》的同与不同？《艾约堡秘史》中您怎么看待企业家的原罪感？

张炜：《古船》是我的第一部长篇，《艾约堡秘史》是第二十一部。第一部长篇在技术上遇到的难题更多，表达也更生涩。第二十一部却要摆脱过多成熟的经验。就文学价值而言，当然有技法不能代替的东西。比如《古船》，青春的力量、一个人的纯洁性、不顾一切的勇气，技法都不能替代。生命的不同阶段，处理日常生活的方式不一样了，处理文学问题肯定也不会一样。

一个民族有一个民族的特征，一个历史阶段有一个历史阶段的特征。一个民族走到今天，有一部分人已经生活得相当概念化了。对一些人来说原罪是存在的，这是没法避免的，也是一个群体概念化生活的一部分。所以说要把这一类人写好，既要认识概念，又要摆脱概念。"概念车""概念电脑"，可见都是有概念的。

现在不停地有人担忧，说文学没有人读了，都读电脑手机了。实际上这个担心一点必要都没有，因为这种担心不是网络时代才有的。如果去看雨果这个19世纪的大作家，其中有一篇叫《论莎士比亚》，里面说现在有人担心没有人读文学了，都看其他热闹去了，文学就要死亡了。他回答说：文学不会死亡的，文学是生命里固有的需要；如果不爱文学了，男人就不爱女人了，玫瑰花也不会开放了。还有一位大作家也是法国的，叫左拉，他说的就更绝了：我憎恨说这种话的人，自己缺乏能力和教养，就以为大家都和自己一样。他们两人的话过去了几百年，现在文学还活着，只是担心依旧。可见人类对文学的爱是永远不会消失的，它一定跟我们人类的历史一样漫长。任何热闹都不能取代语言艺术的魅力，它的魅力之大，可能远超想象。

《斑斓志》的创作过程

张　炜　刘宜庆

关于《斑斓志》
一场热烈的讲授形成了文字，需要冷却的时刻

刘宜庆：您的诗学专著已经出版了《也说李白和杜甫》《陶渊明的遗产》《楚辞笔记》《读诗经》，以及今年夏天出版的解读苏轼的这部《斑斓志》，您在什么样的契机下，开始诗学专著的创作？

张炜：我们这一代写作者在最能阅读的时候，读了大量翻译作品。特别是小说作者，就尤其是如此。将世界文学的窗口打得更开，直到现在来说仍然是最好不过的事情。但是，当一个写作者认识到民族文学的源头力量以及这种迫切需要时，一般都是年过四十以后。这几十年里我一直在为自己补课，虽然自小就读过一些传统经典，但真正深入下去，能够系统地读，还要静下心来，拿出大量的时间。

因为这些年要在书院和一些大学里讲课，所以谈古诗人比较多。这是个好好学习和讨论的过程。我选择这些内容主要还不是因为讲课的需要，而是读的古诗多了，体会多了，有话想说。这是阅读古典的一个自然而然的过程。

单纯的"备课"式的阅读，在我这里是不多的。我沉浸在中国传统经典中的时间越来越多，心里的感慨不由自主地就积累了许多。这会影响到自己的写作，尤其是诗的写作。

刘宜庆：去年夏天，在鲁东大学贝壳儿童文学周，我有幸听您的讲座，近距离感受您演讲的风采：才情如大地喷泉，喷薄而出，妙语连珠汇成江河，汪洋恣肆。让我想起古代高僧讲佛法，顽石点头。我看后记介绍，这

本《斑斓志》是根据您讲苏轼的系列讲座而成，从讲座的语言，到书稿文本，这样的转换是否会把讲座的现场感丢失？在转换为书稿文本时，增加了什么内容？

张炜：现场讲出的内容，特别是进入讨论之后的思想焕发，是安静的个人工作中难以出现的。但一场热烈的讲授形成了文字，还要有一个冷却的时刻。在讲的时候或者会遗漏一些重要的东西，少了点严密的学术性，甚至是表述的错误。如篇章中的一些细部勾连、一些更准确的表述，都要好好斟酌一番。有些引用的诗句，也要在后来找好的版本加以确定和补充。

人在讨论中，在深入的言说中，思维容易被激活，所以落到文字上往往是活泼和外向的。书面阅读的要求则有些不同，其特征恰好是要有更多的内向性，是细细地贴紧文本咀嚼。文本一旦喧哗了是不好的，这和现场听讲互动的效果有所区别。所以有时候现场效果极好，落实到文字上反而不好，这种情况是经常发生的。

演讲稿、讲课稿，一旦形成电子稿放到案头上，就要将其当成一本书一篇文章，以这种心态去对待它要求它。要好好研究自己在热情交流时，在面对一场听众时，都说了些什么、怎样说的。即便如此，口中吐出的文字和一支笔写下的文字，气息还是大有不同。二者的长处结合起来是最好的。我不知自己做到了没有。

我察觉到，自己尽管在讲授时并没有居高临下，而是平等探讨，但这时的口气和伏案工作时仍旧不同。教导他人的姿态会排拒读者，这也是事后检查文字时应该注意的。让听者的热情感染自己，这是极大的帮助。没有热情的听众，或者他们精神涣散，一场讲授将没有深度和神采。但订正录音稿时，却要尽可能地冷静，旁若无人。

刘宜庆：每一讲中的小标题，都很吸引人，具有文学的趣味，是诗意的表达。这些小标题就是全书的脉络，是您妙手偶得、灵光一现的产物，还是深思熟虑、仔细斟酌出来的？

张炜：成文之因只是讲下去，围绕一个方面，讲清楚了再移向另一个方面。平时阅读经典也会有些手记。读和讲、最后订正，都有可能拟出标题，它们的作用是条理化，将漫开的思绪归拢起来。这就使讲述能够层层推进，并呈现出这种层次感。它们之间似乎是分离的，实际上却有内在的紧密联系，有感性和理性的逻辑。这些标题携手一起，合成了一种内在的推动力。

如果不是因为表达对象的复杂难言，尽可能不要意象式的标题去统领。标题实一些更好，贴切，具体，突破了平均化和概念化的习见，就会显出诗与人的本来面目。诗学研究面对的任务，主要是进入诗的内部，而不仅是外部的考证和索引。当然这也是必须的，是基础。不过在这方面用力太猛，就会出现过度诠释的问题。审美诗学，这在研究中始终应该是个大方向。但是做好这个工作需要的条件比较多，因为远不是资料的分捡归拢就可以办到的。

<h2 style="text-align:center">关于苏东坡
这个生命太有趣了，全部文字都通向了他这个人</h2>

刘宜庆：《斑斓志》全书分为七讲一百二十余题，每题都有洞见和卓识，比如，在谈到乌台诗案时，您认为正是它的炼狱之火成就了诗人："这一场文字狱、一场旷世冤案之后，这位天才人物的心灵发生了剧烈的变化。""就在这里，他攀上了诗与思的最高处，那是穷尽一生才能达到的高度。"我感觉您解读苏轼，调动了您的生命阅历和体验，站在人性的高峰，观照苏东坡，更加懂他了？

张炜：有关苏轼的文字太多了。现当代这方面的文字，从林语堂的那本传记出来以后，苏东坡的基本精神面貌及其他，包括学术上的大致走向，也就在某个层面上形成了。苏东坡作为一个形象，在人们心目中是相当固化的。当然，许多出色的苏东坡研究也出现了。我不是，也不想写一部苏东坡的传记文字，更不是写一般意义上的学术文字。一个当代写作者对一个古代写作者的全面接触，包括通常意义上的学术及其他，都要以自己的方式表达出来。读作品最终还是读人，苏东坡的全部文字都通向了他这个人。就文学来讲，古人的写作和今天有许多相同与不同。相同的地方很多，如诗意的生发和表达，手与心的距离，生活与想象的关系，词语的使用调度，都有写作学的基本规律存在。离开了这个基础，就不好谈了。但时代环境变了，表达形式变了，现代主义诗学的观照下，视角也将有改变。抽离了古代文学研究的现代因素，也就走向了另一种刻板和肤浅。这是我必须理解的。事实上，关于苏东坡的文字再多，也会发现留给后来者做的事情还有很多。诗学和写作学方面，思想方面，现代价值观与儒学证伪、传统仕人的兼独道路，等等。我们不能过于满足苏东坡的一些通俗故事，其实他的真实面目，诗与思的面目，却常常被这些东西所遮蔽。

　　刘宜庆：《斑斓志》不仅打通古今，也有中西文化视野的关照。一本书，熔铸诗学、写作学、文学批评、作品鉴赏、历史钩沉等，呈现斑斓之美。您给读者介绍一下好吗，为什么起名《斑斓志》，是象征苏轼的渊博吗？

　　张炜：这是其中一章的题目而已。"斑斓"这个比喻其实很直接，因为苏东坡的人生，比其他诗人更加呈现出斑斓多彩的特征。他和一般人的确是大不一样的。看看他一生做下的事情、达到的水准、踏入的方向，都会有这样的感叹。这个人太丰富太有趣了，绝不贫瘠。有的诗人或艺术家，或生活中的其他人，也很专注很深入，但就多彩多姿这一点来说，还远不足以使用"斑斓"二字。有人可能觉得这个词用到其他人身上也勉强可以；不，用到苏东坡身上才最为贴切。如果强化这种感受，最好的办法就是深入阅读苏东坡，读他所有的文字。千万不要止于有人连缀给我们的那些通俗故事，它们看起来生动，其实有许多是表面化概念化的，而且不求甚解。真实的生活与人性，更有苏东坡这样的特异人物，并不是那样的夸张趣味。他是深邃难言的"平易"，是一桩"个案"。有人以自己的理想和志趣来解释苏东坡，好像也不对榫。有一些通常的做法，就是利用古人写出自己，这是不太好的习惯。

　　刘宜庆：苏轼通达于儒释道，纵浪大化，他的生命智慧对于今人有什么启示？

　　张炜：他一生恪守儒学，对释和道既不特别深入，也不信服。他只是像对待学问和知识一样去关注它们，只有那样的兴趣，但并不作为信仰。他对佛和道这两界中的朋友来往不少，友谊深厚，那是因为觉得他们有色彩有格调。他对所有个性人物都很好奇很亲近，而佛道二界中有一些人疏离于生活，往往更独立更有真趣。他和他们的友谊、与佛道原理的接近，都是这样的意义。在唐代，白居易兼收并蓄儒释道，韩愈则不然，后者与释和道界的人物都有交往，但一生都是一个坚拒佛道的人。苏东坡和韩愈差不多。苏东坡因为坚守儒家的入世精神，并不轻信佛道，所以坎坷很多，一生有这么多劫难。说到底，这是由他的儒家世界观决定的：兼治和独善，知其不可为而为之。比较其他人，如白居易，吃了亏则能通融，然后儒释道并用，所以后半生就顺利了许多。苏东坡作为一个古代大政治家和文学家，强烈的入世治世责任，对真理的追求，对劳民的关切，是最让人感动的方面。

关于创作
我在方格稿纸上写作，反复修改

刘宜庆：您在演讲中说过，天才们怎样使用时间是一个谜。去年在万松浦书院参观，走进您的书房，看到书橱里陈列的一排一排您的著作，了解这句话的含义。同时也很好奇，您是怎样支配时间的？列夫·托尔斯泰只在早晨写作，他认为在早晨才能使人保持一种清醒的批判精神；福楼拜夜里通宵写作，书房里不眠的灯，甚至成为塞纳河上船夫的航标。巴尔扎克写作时喝咖啡；海明威用一只脚站着写。您在什么时间段写作，有没有什么写作习惯？

张炜：我如果有写作的冲动，就会在白天写三个小时左右。晚上不写。写的时间太长了不行，思维的力度和新鲜感都会降低。平时占最多时间的是阅读。读书是一种奢侈的享受，尤其是现在。要拂去灰尘一样的喧嚣。我不太看网络荧屏上的东西，它们耗人且得不偿失。写作当然要依赖冲动，没有冲动而写是没有必要的。

我发现国内外从古到今，非专业写作者写得更好。这是因为他们保证了创造动机的纯粹性。我学习他们，尽量找一些日常的职业化的工作去做，有了写作欲望才闭门造车。在电子传播时代，纸质书变得更加可爱了。它们印得越是讲究，就越是可爱。储存许多好书，这是一种梦想的高尚生活。一部分人的梦想，就是过高尚的生活。有人从小追求这种生活。但到现在为止，我的存书还是不够多。平庸的书太多，不能存。设法存很多好书，这是非常困难的。就因为好书不像想象的那么多，所以任何人要过上一种高尚的生活，并不容易。我在方格稿纸上写作，反复修改，如果改得太乱就抄清再改，一般要经历四五遍。最后再变成电子稿，保存和邮寄就方便了。

刘宜庆：郭沫若著有《李白与杜甫》，林语堂著有《苏东坡传》，称得上才情与学识兼具的经典。您的诗学专著中有《也说李白和杜甫》，也有解读苏轼的这本《斑斓志》，在写作上，是不是可以看作超越前贤的尝试？

张炜：每个写作者都会有自己的局限，如果在学习中看到了他人的局限，既要谅解，也要在工作中避免。这样，写出的文字才会谦虚诚恳，会有意义。

通过努力学习，找出自己的不足，这就是谦虚；也正因为谦虚才能有所发现。没有发现就没有事业上的递进，工作是无意义的。这只是一种认识，要做到并不容易。当我发现他人因为过分的社会性和现实性，或者因为努力写出自己，甚至为了追求小说的通俗性和生动性，为这诸种原因造成了偏颇和失误时，就变得十分谨慎了。

我不是为了和前人不同才要出版这些新著，而是想写出贴近诗人的著作。我的局限也会被他人发现，那时候他们的工作就有了自己的意义。有一颗平静朴实的心，才能从事研究的学术的工作，因为一使性子，事情就会办砸。写作者要经受许多诱惑，战胜它们并非易事。因为求真和深入而沉迷到一个世界里，不在乎世俗的脸色和口味，既困难，又是起码的工作态度。比如苏东坡，哪里仅仅是什么有趣和好玩？又哪里仅仅是什么有才和乐天派？他经历的爱欲洗礼，他在苦海里的浸泡，他的韧顽和软弱，我们作为读者还需做好全面接受的准备。

刘宜庆：您近年的文学创作，是不是偏重于儿童文学和诗学专著？

张炜：我一直在写儿童文学，基本上没有停止。古典文学特别是诗学，也一直在学习和探究。各个阶段的计划安排会有不同，做完一些计划，再着手干别的。总之，写作仍旧是有无冲动的问题，这种劳动需要冲动，有了冲动才会做好。这是很奇怪的事情：会在某个时候写诗、小说或散文，或与爱好者一起讨论问题。这是不同的需求和劳作。

我其实一直用心的是直接写诗，而不是诗学研究。这是从起步时纠缠的心念。我的代表作，也许会是诗。我明白这是较为纯粹的求索，并无什么功利来扰乱自己。儿童文学同样是因为它的纯粹性吸引了我，而不是其他。好的写作者一般都向往好的儿童文学。

关于《张炜文集》
这是一个难得的自我检察和总结的时刻

刘宜庆：五十卷的《张炜文集》由漓江出版社出版，堪称皇皇巨制，这已经超越了著作等身，堪称一座高峰，宛如泰山孤拔。请您为我们的读者介绍一下这套文集吧。

张炜：写作的数量很重要，但这只对一小部分写作者来说是这样，对大多数写作者并不重要。因为文学创作从来重质不重量。我希望数量对我是重要的。我这里的意思是，只有写得足够好的人，数量对他们才重要，不然就越多越坏。我常问自己：这一次写得足够好吗？如果回答是否定的，那么会立刻停止写作，该干什么干什么。写作是极有分寸感的一种工作，是很自尊的一种工作。这种感受一旦丧失，写作就该终止。

我写得不算多。因为这套文集中的很大一部分，是我在教学中形成的文字。我一直将这种职业色彩较重的工作，当成现实生活中的所谓"分工"。坐在斗室里的创作，比如小说之类只占了一半多点。我主张以非专业作家的心态去努力写作，并取得专业作家的技能，而不是反过来。反过来的情形并不少见，我会避免。

每个写作时间较长的人，都希望有机会集中印出自己的作品，我当然也不例外。这是一个难得的自我检查和总结的时刻。

编后记

　　张炜是中国当代最具原创力、影响力的作家之一，创作极为丰富，意蕴博大深邃，素为海内外研究者关注。《张炜研究》系鲁东大学张炜文学研究院创办的学术集刊，旨在以张炜作品为中心，探讨张炜创作的文本、艺术及思想，考察张炜创作之于时代文化之意义。

　　《张炜研究》暂定每年一辑，每辑 25 万字左右，内设小说研究、散文研究、诗歌研究、儿童文学研究、综合研究、自述与访谈等版块。本辑内容共收论文及访谈 20 余篇，比较全面和深入地展示了张炜的文学成就，对张炜小说以及儿童文学创作的研究尤为集中。关于张炜小说的研究论文，长篇和中短篇作品均有涉及，多是细读精研之后的心得卓见。儿童文学研究主要涉及《寻找鱼王》《半岛哈里哈气》《我的原野盛宴》等，对张炜作品中儿童视角的艺术手法和万物偕美的审美倾向做了细密评析。

　　《张炜研究》第一辑的编纂，得到了许多单位和个人的帮助与支持。感谢张炜先生一直以来对研究院和集刊的关心支持，感谢鲁东大学特别是李合亮校长、亢世勇（原）副校长，对集刊出版的大力支持，感谢编委会各位专家的悉心指导，感谢张金良先生的居中联络及新华出版社的出版支持。此外，姜岚教授为本辑的编辑出版付出了大量辛苦劳动，做出了很大贡献，值得铭记和感谢。

　　由于办刊经验与水平所限，刊中肯定有许多不足之处，恳请广大读者指正，以便今后改进和提高。《张炜研究》力求刊载识见卓异、功力深厚的学术论文，欢迎海内外方家赐稿（电子邮箱：zhangweiyanjiu@126.com）。

鲁东大学张炜文学研究院

《张炜研究》编辑部

2022 年 7 月 30 日